Mehr von Tina Folsom

Samsons Sterbliche Geliebte (Scanguards Vampire - Buch 1)
Amaurys Hitzköpfige Rebellin (Scanguards Vampire - Buch 2)
Gabriels Gefährtin (Scanguards Vampire - Buch 3)
Yvettes Verzauberung (Scanguards Vampire - Buch 4)
Zanes Erlösung (Scanguards Vampire - Buch 5)
Quinns Unendliche Liebe (Scanguards Vampire - Buch 6)
Olivers Versuchung (Scanguards Vampire -Buch 7)
Thomas' Entscheidung (Scanguards Vampire – Buch 8)

Ein Grieche für alle Fälle (Jenseits des Olymps -Buch 1)
Ein Grieche zum Heiraten (Jenseits des Olymps - Buch 2)
Ein Grieche im 7. Himmel (Jenseits des Olymps – Buch 3)

Geliebter Unsichtbarer (Hüter der Nacht - Buch 1)

Begleiterin für eine Nacht (Der Club der ewigen Junggesellen – Buch 1)
Begleiterin für tausend Nächte (Der Club der ewigen Junggesellen – Buch 2)

Der Clan der Vampire

(Venedig 1 & 2)

Tina Folsom

Der Verkauf dieses Buches ohne Buchumschlag ist nicht autorisiert. Wenn Sie dieses Buch ohne Buchumschlag finden, wurde es dem Verleger als ‚unverkauft und vernichtet' berichtet und weder der Autor noch der Verleger wurde dafür bezahlt.

Der Clan der Vampire (Venedig 1 & 2) ist ein fiktives Werk. Namen, Charaktere, Orte und Geschehnisse wurden erfunden. Jegliche Ähnlichkeit mit wirklichen Orten, Ereignissen, oder Personen, lebend oder verstorben, sind zufällig.

Deutsche Erstausgabe
Die Amerikanische Originalausgabe erschien 2010 und 2011 unter den Titeln *Venice Vampyr #1* und *Venice Vampyr #2: Final Affair*.

Cover design: Pickyme
Cover Fotos: Hot Damn Stock
Autorenfoto: ©Marti Corn Photography

Für Mark

Der Clan der Vampire

Venedig 1

Isabella & Raphael

1

Venedig, Italien – Anfang 1800

Raphael di Santori hätte nie gedacht, dass sein Leben so enden würde. Anhand eines Pfahls durch sein Herz oder von der Sonne zu Asche verbrannt, ja, aber doch nicht durch Ertrinken! Nicht, dass nicht viele Vampire genau diese Angst hatten: Ihre Körperzellen waren so dicht und fest, dass ihre Körper viel schwerer als Wasser waren und daher wie Steine sanken.

Und genau das war ihm zugestoßen. Einen Augenblick nur war er am Kanal entlang gewandert und nun fand er sich in dessen eiskalter Tiefe wieder. Er konnte rudern und versuchen zu schwimmen soviel er wollte, sein Gewicht zog ihn trotz seiner Bemühungen unter Wasser. All seine Kraft arbeitete gegen ihn.

Es gab nichts, woran er sich hochziehen oder festhalten konnte. Der Kanal war von venezianischen Häusern gesäumt, die keinerlei Vorsprünge, keine Docks und auch keine Eingangstüren an der Wasserseite hatten, die hauptsächlich für Lieferungen benutzt wurden und in den größeren Häusern der reichen Kaufleute üblich waren. Die Gebäude, die diesen schmalen, unbedeutenden, jedoch tiefen Kanal im Labyrinth von Venedig säumten, verfügten nicht über solchen Luxus. Die Bewohner betraten die Häuser von den Straßen aus, von Straßen, durch die er früher am Abend geschlendert war.

Der Lärm der Einwohner, die den Karneval feierten, trieb, gedämpft durch das Wasser in seinen Ohren, zu ihm. Selbst wenn er schrie, würde ihn niemand hören. Sie waren zu betrunken, um Notiz von ihm zu nehmen. Das war einer der Gründe, warum er trotz der großen Anzahl von Menschen durch die Straßen gestreift war. In dem Gewühl von Betrunkenen gab es mehr als ein paar Häppchen, die zur Beute werden würden, mehr als ein paar saftige Hälse, an denen er schlemmen konnte, ohne entdeckt zu werden.

Das ganze Jahr über hatte er darauf geachtet, nicht auf Beutezug zu gehen, wenn auf den Straßen viel los war und immer sicherzustellen, dass sich seine Opfer nicht an die Geschehnisse erinnern konnten. Nur während des Karnevals, wenn Masken das perfekte Accessoire zu jedem Kleidungsstück waren, sättigte er sich an dem reichhaltigen Buffet von Menschen.

War er diesmal zu leichtsinnig gewesen? Hatte ihn jemand gesehen? Er glaubte, eine Hand an seinem Rücken gespürt zu haben, die ihn in den Kanal gestoßen hatte. War es lediglich ein Missgeschick eines betrunkenen Passanten gewesen oder eine vorsätzliche Handlung von jemandem, der über ihn

Bescheid wusste? Hatten die Hüter des Heiligen Wassers ihn schließlich doch eingeholt?

Die Hüter – er und seine Brüder fürchteten sie. Niemand wusste, wie die geheime Gesellschaft von Kaufleuten und Adligen entstanden war. Doch während der letzten hundert Jahre seines Lebens hatte er mitansehen müssen, wie ihnen mehr und mehr Vampire zum Opfer gefallen waren. Viele seiner Freunde waren eines Nachts verschwunden und niemand hatte je wieder von ihnen gehört. Sie waren entweder durch einen Pflock im Herzen gestorben oder ertrunken, so wie er ertrinken würde.

Hatte die Hand, die er kurz auf seinem Rücken gespürt hatte, einem der geheimnisvollen Hüter gehört? Geheimnisvoll, da trotz aller Nachforschungen, die er und andere Vampire durchgeführt hatten, sie niemals mehr als ein Symbol entdecken konnten: ein Kreuz, das mit drei Wellen durchzogen war. Seinen Brüdern war es ein einziges Mal gelungen, ein Mitglied der Hüter des Heiligen Wassers gefangen zu nehmen. Aber dieser hatte ihnen nicht viel mehr als seinen Namen und das Symbol, das er auf einem schwarzen Onyxring trug, offenbart, bevor er in den Tod geflüchtet war und das Geheimnis mit ins Grab genommen hatte.

Steckten die Hüter auch hinter seinem Schicksalsschlag? Hatte einer von ihnen ihn ins Wasser gestoßen, wohl wissend, dass er ertrinken würde? Aber das spielte jetzt sowieso keine Rolle mehr. In ein paar Minuten würde er tot sein, sein unsterbliches Leben für immer vorbei. Er würde auf dem Boden des Kanals verrotten. Sein Körper würde nicht wie andere Wasserleichen irgendwann an die Oberfläche steigen, denn selbst während er verweste, würde die Dichte seiner Zellen und Knochen dafür sorgen, dass kein Teil seines Körpers jemals den Grund des Kanals verließ.

Raphael dachte über sein langes Leben nach, länger, als ein Mensch sich je gewünscht haben könnte. Er ließ seinen Bruder Dante zurück. Aber es gab keine Frau, die ihn liebte oder eine Träne um ihn weinen würde. Sein Leben war leer. Mit einem letzten Atemzug gab er seinen Kampf auf und erlaubte dem Wasser, ihn zu verschlingen.

***

Isabella Tenderini vernahm das Geräusch des herumschwappenden Wassers in dem ansonsten ruhigen Kanal und bat ihren vertrauenswürdigen Gondoliere, schneller zu fahren. Der Canale Grande war wegen des Karnevals voller Boote und Gondeln, und sie hatte deshalb Adolfo angewiesen, sie durch die ruhigeren Seitenkanäle nach Hause zu bringen.

„Ja, Signora“, sagte er jetzt und trieb die Gondel mühelos vorwärts.

Ihre Augen spähten in die Dunkelheit. Gelegentlich warf Licht von den Häusern, die den Kanal säumten, unheimliche Schatten auf den schmalen Wasserweg. „Siehst du etwas?“

„Direkt vor uns scheint etwas im Wasser zu sein“, antwortete Adolfo.

„Schnell, bring uns dorthin.“ Ihr Herz schlug höher, als sich schreckliche Gedanken in ihr breitmachten. „Berichte mir, was du siehst.“

„Jemand scheint im Wasser zu sein, Signora.“

Die Angst packte sie wie eine enge Faust, und ohne lange nachzudenken, nahm sie den Umhang ab, der sie gegen die kalte Nachtluft geschützt hatte, und ließ ihn auf den Sitz neben sich fallen. „Ein Kind?“

„Nein, größer. Ein Mann.“

Ein Gefühl von Déjà–vu überkam sie und ihr Herz erinnerte sie an ihren eigenen Verlust. Ohne zu zögern, öffnete sie die Schnüre ihres Mieders, da fühlte sie Adolfos Hand auf ihrer Schulter.

„Nein, Signora, er ist zu schwer für Sie. Sie können keinen Mann retten. Ein Kind, ja, aber keinen erwachsenen Menschen.“

Isabella wandte sich ihm zu. Sie würde sich nicht von seiner Besorgnis davon abbringen lassen. Er musste verstehen, dass sie dies tun musste, damit keine andere Frau die Schmerzen ertragen müsste, die sie hatte ertragen müssen. Dass keine andere Frau heute Witwe werden würde, so wie sie Witwe geworden war. „Ich kann niemanden ertrinken lassen, das weißt du doch.“

Er nickte und trotz der Dunkelheit erkannte sie seine traurige Miene. Aber er würde sie nicht aufhalten. Ihr eigener Gemahl, ein wohlhabender Kaufmann, war vor einem Jahr in einem dieser Kanäle ertrunken. Das Geld, das er ihr hinterlassen hatte, hatte ihr nicht über den schmerzhaften Verlust hinweggeholfen.

Als sie ihr reich besticktes Kleid auszog und die Petticoats auf den Boden der Gondel fallen ließ, blies die kalte Februarluft durch ihr Unterkleid. Aber alles, woran sie denken konnte, war der Mann, dessen Hände nun die einzigen Körperteile waren, die noch aus dem Wasser ragten, als versuchte er, sich an einem unsichtbaren Seil festzuhalten. Wenn sie ihn retten könnte, würde sie vielleicht endlich Frieden finden und akzeptieren, was geschehen war. Giovannis Tod akzeptieren.

„Halte dich über Wasser“, bat Isabella. „Nur noch ein paar Sekunden.“ Sie betete, sie würde nicht zu spät kommen.

„Ich werde Ihnen helfen“, bot Adolfo an.

Sie schüttelte den Kopf. Nur weil sie diese Dummheit begehen musste, bedeutete das nicht, dass sie ihren treuen Diener gefährden würde. „Nein, du bist kein guter Schwimmer.“

Nachdem er das Boot neben dem Ertrinkenden zum Stillstand gebracht hatte, ließ Adolfo vom Ruder ab und trat hinter sie. Einen Augenblick später spürte sie seine Hände auf sich.

„Was?“ Er würde sie doch nicht aufhalten wollen?

„Ein Seil. Ich werde es um Sie binden.“

Gekonnt band er das Tau um ihre Taille, während sie das dunkle Wasser nach dem Mann absuchte. Seine Hände waren verschwunden. Er war untergegangen. Nur Wellen waren noch auf der Wasseroberfläche zu sehen.

„Beeil dich!"

„Fertig."

Ohne einen Blick zurückzuwerfen, sprang sie mit den Füßen voraus in den Kanal. Das eiskalte Wasser traf sie wie ein Schlag ins Gesicht. Sie hielt den Atem an und ließ sich in die Tiefe des trüben Kanals ziehen. Sie spürte einen Ruck am Seil und wusste, dass Adolfo dafür sorgen würde, dass ihr nichts geschehen würde.

Isabella öffnete ihre Augen nicht – es hatte keinen Zweck. Ihre Augen würden nur schmerzen, doch sehen würde sie trotzdem nichts. Es war zu dunkel. Selbst bei Tageslicht wäre es fraglich, ob ihre Augen ihr in dem trüben Wasser dabei helfen könnten, den Ertrinkenden zu finden.

Sie ruderte mit ihren Beinen und streckte ihre Hände aus, tastete sich vor. Nichts. Fieberhaft tauchte sie tiefer, drehte sich zu ihrer Linken, dann zu ihrer Rechten. Sie streckte ihre Arme weiter aus. Schließlich berührten ihre Finger etwas. Sie griff danach und ihre Hand bekam ein Stück Stoff zu fassen, einen Ärmel oder den Aufschlag eines Mantels. Der durchweichte Wollstoff war schwer. Sie zog daran und zu ihrer Erleichterung spürte sie etwas Schweres, was ihr bestätigte, dass sie den Ertrinkenden gefunden hatte.

Der Druck in ihrer Lunge wurde immer intensiver. Sie kämpfte gegen den Instinkt ihres Körpers an, aufzutauchen, um Luft zu holen. Sie wusste, dass, wenn sie ihn jetzt losließe, sie ihn nie wieder finden würde. Also versuchte sie, ihr eigenes Verlangen nach Sauerstoff zu unterdrücken.

Isabella schob eine Hand unter die Achsel des Mannes. Trotz des Auftriebs des Wassers war er schwerer, als sie erwartet hatte. Sie sammelte all ihre restlichen Kräfte und signalisierte Adolfo mit einem Zug am Seil, sie hochzuziehen. Sie hatte gerade noch genug Zeit, um ihren zweiten Arm unter die andere Achsel des Ertrinkenden zu haken, bevor sie spürte, wie sie nach oben gezogen wurde. Der Mann in ihren Armen war groß. Sein massiver Körper war gegen sie gepresst und sie konnte kaum seine Brust umfassen.

In dem Moment, als sie die Wasseroberfläche durchbrachen, schnappte sie nach Luft und füllte ihre Lunge mit dem dringend benötigten Sauerstoff. Die Kälte schmerzte in ihrer Brust, aber sie ignorierte diese ebenso wie das Gewicht des Mannes, den sie in ihren Armen hielt. Lebte er noch?

„Sie waren so lange dort unten", hörte sie Adolfo lamentieren, seine Stimme angespannt aus Sorge um sie.

„Er ist so schwer", presste Isabella heraus und versuchte, auf das Boot zuzuschwimmen. Aber alles, was sie tun konnte, war, den Mann festzuhalten und Adolfo die harte Arbeit machen zu lassen. Sie würde Adolfo nach dieser Tortur ein paar zusätzliche Lira als Belohnung geben.

Als ihr Gondoliere am Seil zog, spürte sie den Fremden aus ihrem Griff schlüpfen. Ohne nachzudenken, machte sie ihre Beine breit und schlang sie um dessen Hüften, um ihn wie in einem Schraubstock festzuhalten. Keine Lady würde so etwas Unanständiges tun, aber der Mann war bewusstlos und würde sich sicherlich nicht daran erinnern.

Sie vernahm Stimmen aus einiger Entfernung und betete, dass Hilfe kam. Adolfo war nicht stark genug, um sowohl sie als auch den Mann in die Gondel zu ziehen.

Ihre Gebete wurden erhört.

Ihre Gliedmaßen waren wie erfroren, als sie schließlich mit Hilfe von zwei freundlichen Lieferanten, die sie und den halb toten Fremden ins Boot zerrten, in der Gondel landete.

Adolfo bedeckte sie sofort mit ihrem Umhang, aber sie wusste, dass sie nicht die Einzige war, die Wärme benötigte. Isabella krabbelte näher zu dem Mann, den sie gerade gerettet hatte, wickelte den Umhang um sie beide und hielt ihn fest an ihren Körper gepresst, um das bisschen Wärme zu erhalten, das noch übrig war.

Sie fühlte Schauer durch seinen Körper rasen und konnte diese nur erwidern.

Er lebte.

2

Isabella riss dem Fremden die nassen Kleider vom Leib, während ihre Zofe Elisabetta mit weit aufgerissenen Augen daneben stand. „Steh nicht nur da! Leg mehr Kohle auf das Feuer!“, befahl sie.

„Signora, sollte das nicht lieber einer der Lakaien tun?“

Isabella warf ihr einen missbilligenden Blick zu. „Wir haben keine Zeit für Schamhaftigkeit.“ Sie hatte schon wertvolle Minuten damit verschwendet, sich von ihrer eigenen nassen Kleidung zu befreien und sich zu trocknen, bevor sie sich ein Unterkleid und einen Schlafrock übergeworfen hatte.

Adolfo hatte ihr geholfen, den Fremden in ihr eigenes Schlafgemach zu bringen und ihn auf den Diwan vor dem Kamin zu legen. Sie hatte ihn angewiesen, kein Wort über den Mann verlauten zu lassen. Mit einem Fremden, der weder ihr Gemahl noch ein enger Verwandter war, alleine in ihrem Haus zu sein, würde alle Münder in Venedig zum Schwätzen bringen. Dennoch wusste sie, dass es nur eine Frage der Zeit war, bis einer ihrer Bediensteten zu klatschen begann und die skandalöse Neuigkeit verbreitete.

Trotz der Tatsache, dass sie schon seit einem Jahr um ihren Mann trauerte, hatte sie sich keinen Liebhaber genommen. Sie hatte noch niemandem erlaubt, ihr den Hof zu machen, wie es die Sitten einer respektablen Witwe erlaubten. Doch selbst sie würde einem Skandal nicht unversehrt entkommen. Sollte jemand herausfinden, dass ein Fremder in ihrem Haus war – schlimmer noch, in ihrem eigenen Schlafgemach – dann müsste sie mit Folgen rechnen. Sie wären schwerwiegend. War es das wert? Sie hatte sich nie nach der Berührung eines Mannes außer der ihres Gemahls gesehnt. Bis heute.

Als sie den großen Fremden, dessen Kleidung sie Schicht für Schicht entfernte, ansah, war sie dankbar dafür, dass ihr Dienstmädchen damit beschäftigt war, das Feuer zu schüren, denn sie wollte nicht dabei beobachtet werden, wie sie diesen schönen Mann mit ihren Augen verschlang.

Isabella erlaubte ihrer Hand, über seine muskulöse Brust zu wandern, und spürte die rohe Kraft, die von ihm ausging. Sie fragte sich, welcher Art von Arbeit dieser Mann, der so stark zu sein schien, nachging. Aber sie wusste, dass er kein gewöhnlicher Arbeiter war, der auf den Docks oder in den Lagerhäusern arbeitete. Seine Kleidung war zu gut geschneidert und zu teuer. Er musste ein Gentleman sein, ein sehr gut gebauter Gentleman.

Während sie die Klappe seiner Hose Knopf um Knopf öffnete, erhitzte sich ihr eigener Körper trotz der Kälte, die sie in dem eiskalten Wasser erfahren hatte. Kein Mann hatte jemals diese Art von Reaktion in ihrem

Körper hervorgerufen, nicht einmal ihr verstorbener Gemahl. Sie hatten eine liebevolle Ehe geführt, eine sehr komfortable Ehe, doch sie hatte nie nach ihm gelüstet, wie sie jetzt nach diesem Fremden lüstete.

Der Stoff klebte an ihm. Sie redete sich ein, dass sie ihm die Kleidung herunterreißen musste, damit er nicht an einer Erkältung starb, aber sie wusste, dass es nicht so war. Der Grund, warum sie jetzt kräftig an seiner durchnässten Kleidung zog, war, dass sie ihren Blick auf das werfen wollte, was darunter lag. Sie zog ihn hastig aus und ließ die nassen Kleidungsstücke auf den Teppich fallen.

„Gib mir eine Schüssel mit warmem Wasser und einen Schwamm."

Hinter ihr schlurfte Elisabetta näher. Ein entsetztes Keuchen bestätigte ihr, dass ihre Zofe den nackten Mann anstarrte. Isabella verlagerte ihren Körper, um ihrem Dienstmädchen die Sicht zu rauben. Sie wollte ihn mit niemandem teilen. Was für ein seltsamer Gedanke, dachte sie. Er gehörte doch nicht ihr, doch sie wollte die Einzige sein, die ihn so sah: verletzlich in seiner Nacktheit.

„Signora! Das ist nicht anständig!"

Isabella drehte den Kopf und schnappte die Schüssel mit Wasser aus Elisabettas Händen. „Lass uns alleine! Und kein Wort davon, wenn du Wert auf deine Anstellung legst. Hast du mich verstanden?"

Die Zofe nickte nervös und floh aus dem Zimmer. Isabella blickte zurück auf den schönen nackten Mann vor ihr und nahm einen tiefen Atemzug. Sie hätte einen ihrer männlichen Diener rufen sollen, um dies zu tun, aber sie wollte diese intime Aufgabe nicht an jemand anderen abtreten.

Mit dem Schwamm begann sie, sein Gesicht zu waschen. Sein dunkles Haar war glatt und glänzend wie das eines Raben. Es klebte an seiner Kopfhaut. Als sie sanft über sein Gesicht fuhr, fragte sie sich, was für Augen hinter den dunklen Wimpern lagen. Waren diese so dunkel wie sein Haar? Und würden diese Lippen sie anlächeln, wenn er wüsste, was sie tat? Sie seufzte. Es war so lange her, seit sie eine andere Person berührt hatte. Und diesen Fremden zu berühren, war aufregender, als sie sich je erträumt hätte.

Isabella reinigte jeden Zentimeter seines Körpers mit warmem Wasser, dann trocknete sie ihn mit einem großen Tuch. Während der ganzen Zeit ergötzte sie sich an seiner nackten Schönheit. Starke, kraftvolle Oberschenkel, eine muskulöse Brust, die nur leicht mit dunklen Haaren bedeckt war, Arme, die stark aussahen. Aber was wirklich ihre Aufmerksamkeit gefangen hielt, lag dort, wo sich seine Oberschenkel trafen.

In einem Nest von schwarzen Locken ruhte sein großer Schaft auf dem Sack, der aussah, als behüte er zwei kleine Eier in sich. Sie kannte den männlichen Körper – ihr Gemahl war ein viriler Mann gewesen und hatte ihr die fleischlichen Freuden gelehrt, wie sie ihn erregen und ihm Freude bereiten konnte.

Als sie diesen Fremden nun ansah, wollte sie genau das tun: ihn erregen, ihm Vergnügen bereiten. Ihre Hand streichelte über seine Männlichkeit und erforschte seine weiche Haut. Wie sehr sie doch vermisste, einen Mann zu berühren. Wie sie sich doch nach der Invasion sehnte, die ihr Inneres bis zur Kapazität füllte. Und dieser Mann würde sie füllen. Selbst in seinem entspannten Zustand war er außerordentlich groß. Erregt würde er prachtvoll sein.

Plötzlich bewegte er sich unter ihrer Berührung und erschreckte sie. Isabella griff sofort nach der dicken Decke und legte sie über seinen wunderschönen Körper.

Jemand hatte einen Fehler gemacht. Er sollte in der Hölle sein. Aber von dem, was Raphael sehen konnte, war er im Himmel gelandet. Er hatte nicht erwartet, dass es für Vampire einen Himmel gab. Aber er würde sich nicht beschweren, nein, er würde seine Bedenken nicht äußern, obwohl er wusste, dass er dies nicht verdient hatte.

Die Frau war eindeutig ein Engel. Ihr rabenschwarzes Haar hing offen über ihre Schultern und war nicht mit Hunderten von Haarnadeln hochgesteckt, wie es aktuell Mode war. Ihre Kleidung konnte bestenfalls als anrüchig bezeichnet werden. Sie trug einen langen roten Morgenrock aus Brokat, der mit goldenen Rosen bestickt war. Er war eng an ihrer Taille zusammengezogen, aber oben klaffte er auseinander, als sie sich über ihn beugte. Darunter bemerkte er den weichen, weißen Stoff, der an ihren großzügigen Brüsten haftete.

Nein, sie konnte keine Sterbliche sein. Keine Frau in Venedig wäre in Gegenwart eines Mannes, der nicht ihr Gemahl war, so skandalös gekleidet. Das war der Beweis dafür, dass er im Himmel war. Warum er auf einem Diwan in einem sehr femininen Boudoir lag, konnte er sich noch nicht erklären, aber das würde er schon noch herausfinden. Auch konnte er nicht erklären, warum ihm kalt war. In der Tat zitterte er regelrecht.

„Ich werde Elisabetta bitten, gleich mehr Kohle auf das Feuer zu legen“, sagte der Engel.

Kohlen im Paradies? Raphael hatte gedacht, dass sie im Himmel etwas fortgeschrittener wären. Als sie die Hand ausstreckte und über sein Gesicht streichelte, fiel ihm auf, dass ihre Haut fast so kalt wie seine war. Dagegen konnte er sicherlich etwas unternehmen.

„Sie sind wach. Endlich. Wir haben uns gesorgt.“ Ihre Stimme war die schönste Musik, die er je gehört hatte.

Sie hatte sich gesorgt, dass er es nicht in den Himmel schaffen würde? „Mein Engel, darüber musst du dich nicht weiter sorgen. Ich bin jetzt hier.“ Er griff nach ihrer Hand, brachte sie zu seinem Mund und küsste ihre Handfläche. Das Blumenbouquet ihrer Haut verschleierte kaum den reichhaltigen Duft des Blutes in ihren Adern. Trotz der Tatsache, dass er sich kurz vor seinem Tod ernährt hatte, fühlte er, wie seine Zähne juckten und sein Magen sich vor Durst nach dem Blut des Engels verkrampfte.

Die Schönheit entzog ihm ihre Hand. „Signore, eine solche Vertrautheit ist nicht angebracht."

Raphaels Blick fiel auf ihr Dekolleté. „Vertrautheit? Meintest du vielleicht Formalität?" Er schenkte ihr ein charmantes Lächeln, das gleiche Lächeln, das er verwendete, um seine weiblichen Opfer zu ihm zu locken. Als sich ihre Augen trafen, blickte er in deren grüne Tiefe. Seine Hand hob sich zu ihrem Gesicht. Plötzlich bemerkte er, dass er keine Kleidung trug. Warum war er nackt?

Wenn er nackt mit dem schönsten Engel über ihn gebeugt hier lag, konnte es nur einen Grund dafür geben: Er war hier, um mit ihr Liebe zu machen. Immerhin war dies das Paradies. „Du hast recht, mein Engel, warum deine Hand küssen, wenn deine Lippen so rot und voll sind?"

Raphael zog sie an sich und streifte mit seinen Lippen über ihre. Ein Keuchen war ihre Antwort. „Sch, mein Engel, lass mich dich lieben."

Er eroberte den Mund des schönen Geschöpfes, schlang seinen freien Arm um sie und drückte sie an sich. Sie schien protestieren zu wollen, doch das ließ er nicht zu. Stattdessen schob er seine Zunge gierig zwischen ihre geöffneten Lippen und erforschte sie.

Ihr würziger Geschmack war erregend, ihre Lippen weich und nachgiebig. Sie schmeckte genauso verlockend, wie ihr Duft angedeutet hatte. Ja, er würde mit ihr schlafen und gleichzeitig ihr berauschendes Blut trinken, an ihr schlemmen und damit seine Ankunft im Himmel feiern.

Er schmeichelte ihr mit seiner Zunge, bat sie damit, seine Liebkosung zu erwidern und mit ihm den intimen Tanz zweier Liebender zu tanzen. Bei der ersten Berührung mit ihrer Zunge pumpte sich sein Schwanz mit Blut voll und bereitete sich auf sie vor. Er drückte ihren Körper näher an seinen, um ihr sein Verlangen bewusst zu machen.

Ihre Hände drückten gegen seine Brust und er dachte, sie täte es, um sich ihrer Kleidung zu entledigen, doch stattdessen schob sie ihn von sich und sprang von dem Diwan hoch.

Sie wich ein paar Schritte zurück, ihr Körper zitternd, aber er bezweifelte, dass dies ein Zeichen der Angst war. Sie blickte ihn empört an. „Signore! Ist das der Dank dafür, dass ich mich um Sie kümmere, nachdem Sie fast ertrunken wären? Von Ihnen in meinem eigenen Haus angegriffen zu werden?"

3

Isabella presste ihre Hand gegen ihre Brust. Ihr Herz schlug wie wild. Er hatte sie geküsst! Der Fremde hatte sie geküsst und sie Dinge spüren lassen, die sie noch nie erlebt hatte. Das konnte sie nicht zulassen! Sie durfte das Vergnügen, das er ihr anbot, nicht annehmen. Sie wusste doch nichts über ihn. Er war ein Fremder, vermutlich ein Schwerenöter, wenn sie bedachte, wie er sich benahm. Wenn sie ihm nachgab, wäre sie nicht besser als eine gewöhnliche Hure. Sie war schon zu weit gegangen, indem sie ihn berührt hatte. Sie hätte ihn nie hierher bringen dürfen. Er stellte eine Gefahr für ihren Körper und ihr Herz dar.

„Ich wurde gerettet?“ Seine Stimme war voller Unglauben. Er setzte sich auf und die Decke glitt von seinem Oberkörper und entblößte seine muskulöse Brust.

Isabella wandte ihren Blick ab. „Ja, Sie hatten Glück.“

„Dann bin ich nicht im Himmel?“

„Im Himmel?“ Hatte er das wirklich gedacht? “Nein, Sie sind in Venedig. Erinnern Sie sich daran, was passiert ist?“ Ihr Puls schlug wieder etwas langsamer. War dies alles nur ein Missverständnis gewesen? Er hatte sie Engel genannt – tatsächlich mehrmals. Hatte er wirklich geglaubt, dass er im Himmel und sie ein Engel wäre? Hatte er sie deshalb geküsst?

„Signora, meine aufrichtige Entschuldigung“, sagte er und versuchte, sich zu erheben, doch dann schien er zu bemerken, dass er unbekleidet war. „Ich würde aufstehen und mich verbeugen, um um Ihre Vergebung zu bitten, aber es scheint, dass ich dazu nicht angemessen bekleidet bin.“

Trotz seiner aufrichtigen Worte lag ein Schmunzeln auf seinem Gesicht, das Grübchen in seinen Wangen verursachte. Er sah jung aus, jünger als er zu sein schien. Sie folgte seinem Blick hinunter zu den nassen Kleidungsstücken, die auf dem Boden lagen.

„Es scheint, dass meine Kleider im Moment unbrauchbar sind.“ Dann sah er sie an und einer seiner Mundwinkel zog sich zu einem Lächeln hoch. „Haben Sie mir geholfen, mich zu entkleiden?“

Isabella fühlte, wie sie bis zu ihren Haarwurzeln errötete. Er wusste es! War er wach gewesen, als sie ihn ausgezogen hatte? Hatte er gespürt, wie sie seinen nackten Körper gestreichelt hatte, ihn gewaschen und getrocknet hatte? Sie nahm einen dringend notwendigen Atemzug und fürchtete, sie würde von der akuten Verlegenheit, die sie überfiel, ohnmächtig werden. Sie war eine

Närrin. Ihr Ruf war für immer zerstört. Sie würde von der anständigen Gesellschaft gemieden werden und Venedig verlassen müssen.

Ein leises Lachen kam von dem Fremden. „Ach, ich verstehe. Nun, Signora, dann scheint es, als hätte ich nichts mehr zu verbergen.“ Sie hörte, wie die Decke zu Boden geworfen wurde und drehte ihm sofort den Rücken zu.

Er erhob sich und eine Sekunde später stand er hinter ihr.

„Signore, ich werde meine Diener beauftragen, Ihnen Kleidung meines Mannes zu bringen“, beeilte sie sich zu sagen.

„Ihres Mannes?“, fragte er und holte scharf Luft.

„Meines verstorbenen Mannes, ja.“ Sie ging zur Tür und versuchte, die Versuchung hinter sich zu verlassen, aber er folgte ihr. Als seine Hände ihre Schultern ergriffen, hielt sie den Atem an.

Erleichterung schien in seiner Stimme zu liegen, als er wieder sprach. „Ich bin für das, was Sie für mich getan haben, dankbar. Sehr dankbar“, betonte er.

Dann drehte er sie zu sich. „Raphael di Santori, zu Ihren Diensten.“

Sie drehte ihren Kopf zur Seite, um zu verhindern, dass ihr Blick nach unten schweifte, denn sie wusste, was sie sehen würde: seinen sehr verlockenden nackten Körper. Und wenn sie sich erlaubte, noch einmal einen Blick darauf zu werfen, würde sie der Versuchung erliegen, ihn zu berühren.

„Signore, dies ist wohl kaum der richtige Augenblick, sich vorzustellen.“ Sie versuchte, sich seinem Griff zu entziehen, aber seine Hände umfassten ihre Schultern fester.

„Wann dann, wenn nicht jetzt? Oder möchten Sie lieber, dass ich Sie erst vernasche, bevor ich Ihren Namen erfahre?“

Sein arroganter Vorschlag ließ sie herumwirbeln. „Es wird kein Vernaschen geben, Signore di Santori. Ich bin eine anständige Witwe. Sobald Sie angekleidet sind, können Sie in den Salon kommen, damit wir uns unterhalten können.“

Isabella entzog sich seinem Griff und drehte sich zur Tür. Er folgte ihr nicht.

„Ihr Name, Signora.“ Als sie zögerte, fügte er hinzu: „Bitte.“

Die Weichheit in seiner Stimme ließ sie nachgeben. „Isabella Tenderini.“ Dann fegte sie aus dem Raum, den Kopf hoch erhoben, verzweifelt versucht, ihre Würde zu bewahren. Als sie die Tür hinter sich schloss, folgte ihr sein Lachen. Unverschämter, arroganter Schurke!

Raphael konnte nicht aufhören zu lachen. Oh, diese Frau hatte Feuer in sich. Sie ließ ihn sich wieder lebendig fühlen. Verdammt, er war noch am Leben! Und er hatte Hunderte von Fragen. Hatte ihn einer ihrer Diener aus dem Wasser gezogen? Aber was noch wichtiger war: Wer war diese verführerische Frau, die ihn ausgezogen hatte?

Und nicht nur das, jetzt, da ihr berauschender Duft seinen Geruchssinn nicht mehr beeinträchtigte, bemerkte er, dass seine eigene Haut nicht nach dem trüben Gewässer des Kanals roch, wie er erwartet hätte. Jemand hatte ihn gebadet. Seine Augen suchten das großzügig eingerichtete Zimmer ab. Sein Blick fiel auf das Himmelbett und die unendlichen Möglichkeiten, die er damit verband. Langsam, mein Guter, warnte er das harte Fleisch zwischen seinen Beinen und fuhr fort, sich in dem Gemach umzusehen. Es war eindeutig ihr Schlafgemach.

Seine Augen fielen auf die Schüssel mit Wasser und den Schwamm und er lächelte in sich hinein. Isabella war also diejenige gewesen. Sie hatte den Schwamm in ihren eleganten Händen gehalten und seinen Körper damit gewaschen. Hatte sie seine Hoden in ihren Händen gewiegt? Hatte sie seinen Schwanz in ihre Hand genommen, als sie diese intime Aufgabe durchgeführt hatte?

Kein Wunder, dass sie wie eine Debütantin errötet war. Jetzt verstand er warum. Sie hatte seinen Körper intim berührt, intimer, als er seit langem berührt worden war, und nun war es ihr peinlich. Gefiel ihr, was sie gesehen hatte? Hatte sie ihn vielleicht sogar gestreichelt, ihn liebkost? Waren ihre Lippen dorthin gefolgt, wo ihre Hände ihn zuerst erforscht hatten?

Bei Gott, bei dem Gedanken an all die Dinge, die sie mit ihm gemacht haben könnte, während er bewusstlos war, wurde er hart. Es störte ihn nicht im Geringsten, dass sie seine Verletzlichkeit ausgenutzt hatte. Nein – es erregte ihn nur noch mehr. Alles, woran er denken konnte, war, ob sie es wieder tun würde.

Als Witwe war sie mit den fleischlichen Freuden vertraut. Sie war keine scheue Jungfrau, sondern eine erwachsene Frau, die ihre eigenen körperlichen Bedürfnisse kannte. Er hatte die Leidenschaft, die sie verborgen hielt, unter ihrer Haut aufkochen gespürt. Herauszufinden, wie er diese Begierden befreien konnte und dafür sorgen würde, dass sie sie auf ihn entfesselte, würde seine größte Herausforderung sein. Ja, das wollte er tun: sie in sein Bett locken (oder in ihres) und sie dazu bringen, sich ihm hinzugeben.

Er hatte schon eine Weile keine Herausforderung mehr gehabt. Die meisten Frauen fielen ohne viel Aufhebens in seine Arme und sein Bett, sobald er sie anlächelte und ihnen zuzwinkerte. Trotz des Kusses, den sie ihm erlaubt hatte zu stehlen, würde sie keine leichte Beute sein. Ihr strenger Tadel hatte ihm dies deutlich gemacht. Sie hatte sich wieder unter Kontrolle gebracht. Und er würde alles tun, um ihr diese Kontrolle zu rauben, so wie ein Jäger einen Zweig mit seinen Füßen zertrampelte. Weil er es konnte. Und weil sie das erlesenste Häppchen war, das er seit langer Zeit gekostet hatte.

4

Raphael fand den eleganten Salon, in dem Isabella auf ihn wartete, nachdem er sich angezogen hatte. Die Kleidung ihres verstorbenen Mannes passte ihm nicht nur perfekt, der Mann hatte dazu noch Geschmack. Und genau so perfekt, wie er in die Hose, das Hemd und den Wams des Mannes geschlüpft war, würde Raphael auch in seine Witwe gleiten. Er war sich sicher, sie würde ihm genauso perfekt passen.

Isabella stand mit dem Rücken zu ihm vor dem Kamin, als er eintrat. Ihr Haar war nun in ihrem Nacken zu einem festen Knoten gebunden. Sie trug ein Kleid, das für jede Adelige in Venedig passend gewesen wäre. Wenn sie vorgeben wollte, dass sie anständig war, würde er das zulassen, doch später würde er enthüllen, was unter ihrem respektablen Äußeren lag: eine leidenschaftliche Frau.

„Signora Tenderini“, grüßte er sie.

Ein sichtbares Schaudern ging durch ihren Körper. Hatte sie ihn nicht hereinkommen hören? Vielleicht war er so daran gewöhnt, sich den Menschen leise zu nähern, dass er es kaum bemerkt hatte. Er machte sich eine mentale Notiz, sie nicht nochmals zu erschrecken.

Isabella drehte sich um und sah ihn an. Ihre Züge waren angespannt, als hätte sie lange und intensiv über etwas nachgedacht. Ein Stirnrunzeln störte ihr hübsches Gesicht. Ihre geöffneten Lippen waren Beweis dafür, dass sie ihre nächsten Worte bedächtig wählte.

„Es freut mich zu sehen, dass die Tatsache, dass Sie beinahe ertrunken wären, keinerlei dauerhafte Schäden hinterlassen hat.“ Während sie sprach, blieb ihr Rücken steif, als zwinge sie sich zu Formalität.

Raphael nickte und verneigte sich leicht. „Ich bin Ihrem Diener dankbar und möchte den Mann, der mich aus dem Kanal gezogen hat, ein kleines Geldgeschenk machen, wenn Sie es mir erlauben.“ Wer so mutig gewesen war, in das eisige Gewässer zu springen und die Kraft gehabt hatte, seinen schweren Körper herauszuziehen, sollte belohnt werden.

„Mein Gondoliere wurde bereits von mir belohnt. Es bedarf keiner weiteren Belohnung.“

Raphael würde ihm trotzdem eine stattliche Summe zukommen lassen. Sein Leben war es wert. Aber Isabella gegenüber nickte er nur, denn er wollte sie nicht vor den Kopf stoßen. „Ich danke Ihnen für Ihre Großzügigkeit. Und wenn ich darf, möchte ich mich auch für mein Fehlverhalten entschuldigen. Lassen Sie mich Ihnen versichern, dass – “

„Keinerlei Zusicherungen sind notwendig“, unterbrach sie ihn. „Die traumatischen Umstände erklären Ihr Verhalten. Ich bin eine anständige Witwe und habe einen guten Stand in der venezianischen Gesellschaft, den ich nicht gefährden möchte. Ich vertraue deshalb auf Ihre Diskretion.“

Raphael verbeugte sich und lächelte in sich hinein. Bevor er sich wieder aufrichtete, wischte er das Grinsen von seinem Gesicht. Sie bat um seine Diskretion? Das konnte nur eines bedeuten: Sie wollte ihn als ihren Liebhaber nehmen.

Er hatte nicht erwartet, dass sie ihm so ein Angebot machen würde. Vielleicht hatte er sie unterschätzt. Vielleicht war sie eine Witwe, die häufig Liebhaber nahm. Der Gedanke behagte ihm nicht und er wusste nicht warum. „Meine Diskretion ist legendär, Signora.“

„Gut. Dann leben Sie wohl. Mein Gondoliere wird Sie nach Hause bringen.“

Sie entließ ihn? Aber hatte er ihr nicht gerade eben versichert, dass er diskret sein würde? Dass der venezianischen Gesellschaft nichts von ihrer Affäre zu Ohren kommen würde?

„Signora? Ich verstehe nicht. Wie ich Ihnen gerade versichert habe, ist meine Diskretion beispiellos. Nichts von unserer Affäre wird an die Öffentlichkeit – “

„Affäre?“, rief sie empört aus und wich einen Schritt zurück. „Sie denken, ich biete Ihnen eine Affäre an?“ Ihr Busen hob sich, und ihre Wangen färbten sich in einem wunderschönen Rotton. Und nicht nur das. Er konnte die Vene an ihrem Hals pochen sehen. Ein Anblick, der ihn in Versuchung führte, sie über seine Schulter zu werfen, sie auf die nächste flache Oberfläche zu legen und ihre Röcke hochzuheben, bevor er sie fickte und seine Reißzähne –

„Ich lege Ihnen nahe, mein Haus sofort zu verlassen. Ich bin eine anständige Frau, keine Schlampe.“

Die Empörung in ihrer Stimme gab ihm zu denken. Es schien, als würde er diese Eroberung nicht so leicht machen, wie er angenommen hatte.

Er verbeugte sich wieder und zog sich zurück. Für den Moment. Er würde herausfinden, wie er sie für sich gewinnen könnte – je schneller, desto besser.

Der Gondoliere erwartete ihn am Dock. „Signore, wohin darf ich Sie bringen?“

Raphael stieg in die Gondel und setzte sich, bevor er dem Mann eine Adresse in der Nähe seines Hauses gab. Er offenbarte nie die Lage seiner Unterkunft. Sein Leben hing davon ab.

„Gut, Signore.“

Raphael lehnte sich zurück und ließ seine Gedanken zurück zu Isabella schweifen. Warum er plötzlich gedacht hatte, dass sie ihm eine Affäre anbot, konnte er nur darauf schieben, was in ihrem Schlafzimmer vorgefallen war. Warum hatte sie ihn dorthin gebracht, ihn entkleidet, ihn vermutlich liebkost, während er bewusstlos war, wenn sie nicht die Absicht hatte, die Sache weiterzuführen?

Und warum war sie so provokativ gekleidet, als sie sich um ihn gekümmert hatte? Warum war sie nicht in ihrem anständigen Kleid geblieben? Denn diese skandalöse Kleidung hatte ihn dazu provoziert, sie zu küssen. Dieser verdammte Kuss! Er konnte ihn nicht vergessen, war er auch noch so kurz gewesen. Er konnte sie immer noch auf seiner Zunge schmecken.

„Wir sind hier, Signore." Der Gondoliere legte an einem Dock an.

Raphael blickte den Mann an. „Wenn du hier ein paar Minuten auch mich wartest, werde ich dir etwas Geld bringen, um dir dafür zu danken, dass du mein Leben gerettet hast."

Der Gondoliere warf ihm einen erstaunten Blick zu. „Aber, Signore, ich war nicht derjenige, der ins Wasser gesprungen ist, um Sie herauszuziehen."

„Wer war es dann?" Er starrte den Mann an, aber dieser zögerte plötzlich.

„Es tut mir leid, ich habe mich versprochen", behauptete er.

Raphael erkannte eine Lüge, wenn sie ihm ins Gesicht sprang. Argwohn schlich sich seine Wirbelsäule hoch. Er erhob seine Stimme. „Wer sprang in den Kanal, um mich zu retten?"

Der Gondoliere senkte seinen Blick. „Die Signora."

Der Schock rann durch Raphaels Körper. Isabella hatte dem kalten Wasser des Kanals getrotzt, um ihn zu retten? „Signora Tenderini?"

„Ja, Signore. Sie war diejenige, die Ihnen das Leben gerettet hat."

***

Isabella seufzte tief. Sie hatte die Angelegenheit nicht durchziehen können. Mehr als alles andere hatte sie ihn um eine Affäre bitten wollen, eine sehr diskrete, sehr kurze Affäre, nur damit sie daran erinnert wurde, wie es sich anfühlte, die Arme eines Mannes im Schlaf um sich zu spüren. Aber der Gedanke, dass diese Affäre irgendwann entdeckt werden könnte, hatte sie davon abgehalten.

Massimo, der Vetter ihres verstorbenen Gemahls behielt sie im Auge, immer bedacht darauf, ihr das zu nehmen, was ihr Mann ihr hinterlassen hatte: seinen Warenhandel. Als einziger männlicher Verwandter hatte er erwartet, das Geschäft nach dessen Tod zu erben. Doch ihr geliebter Giovanni hatte andere Pläne gehabt. Er hatte sie immer als das gesehen, was sie war: eine starke und intelligente Frau, die mehr als fähig war, die Führung eines Geschäftes zu übernehmen. Sein Testament hatte dies bestätigt.

Nachdem Massimo nichts geerbt hatte, konnte er nicht aufhören, seine Nase in ihr Privatleben zu stecken. Er hoffte darauf, dort etwas zu finden, das ihren Ruf beschmutzen könnte. Es gab nichts zu finden. So tugendhaft, wie sie vor ihrer Ehe gewesen war, blieb sie auch nach Giovannis Tod. Wenn sie sich auch nur einmal zu etwas Unsittlichem hinreißen ließe, würde Massimo dies gnadenlos gegen sie verwenden. Er würde Gerüchte unter der venezianischen Gesellschaft verbreiten und dafür sorgen, dass diese nicht nur sie, sondern auch ihr Geschäft mieden. Sie kannte seinen Plan genau. Wenn sie erst einmal am Boden zerstört von der feinen Gesellschaft gemieden wurde, würde er ihr das Geschäft für einen Hungerlohn abnehmen.

Nein, niemals durfte sie sich gehen lassen und den Begierden nachgehen, die angefangen hatten, in ihr aufzukochen. Nur eine neue Ehe würde akzeptabel sein. Allerdings war sie seit Giovannis Tod keinem Mann begegnet, den sie auch nur im Entferntesten als Gemahl in Betracht zog.

Und der Schurke, der gerade ihr Haus verlassen hatte? Er war kein Mann, der um die Hand einer anständigen Frau wie ihr anhalten würde. Sie hatte es in seinen Augen gesehen: die Lust, die Leidenschaft, die Hitze. Alles, was er wollte, war, seine fleischlichen Gelüste mit ihr zu befriedigen. Und selbst wenn sie es nicht in seinen Augen gesehen hätte, hatten seine Worte es deutlich gemacht. Er hatte eine Affäre erwartet.

Ihr eigener Körper hätte sie beinahe verraten, als er vor ihr gestanden war. Sie hatte sich in seine Arme werfen wollen, um ihn zu bitten, sie zu Bett zu nehmen, sie unter seinen schönen nackten Körper zu bringen und sie wild zu machen. Seine harte Männlichkeit zu spüren, wie er sie füllte, sie befriedigte. Es hatte all ihrer Kraft bedurft, diesem Wunsch nicht nachzugeben. Ihr bisheriges Leben würde vorbei sein, wenn sie es täte.

Schon dass sie Raphael – oh, was für ein wunderbarer Name – in ihr Haus gelassen und ihn persönlich gepflegt hatte, war zu riskant gewesen. Sie konnte nur hoffen, dass Elisabetta sich ihre Drohung zu Herzen nehmen würde. Adolfo vertraute sie zu hundert Prozent. Er war ihr Verbündeter, der einzige ihrer Diener, der ihr gegenüber vollkommen loyal war. Elisabetta war eine neue Zofe und Isabella hoffte, dass sie von ihr eingeschüchtert war, damit sie es nicht wagte, ihrem strengen Befehl zuwiderzuhandeln. Sie hatte ihre Herkunft gründlich durchforscht, bevor sie sie angestellt hatte. Isabella hatte keine Verbindungen zu Massimo gefunden. Massimo hatte schon genug Spione in ihrem Haushalt.

Jetzt konnte sie nur hoffen, dass kein Wort von dem, was heute Abend in ihrem Haus vorgefallen war, an die Außenwelt gelangte.

5

Isabella wartete, bis Elisabetta ihr Korsett am Rücken gelockert hatte. Dann streifte sie es von ihrem Körper. Sie trug nur noch ihr Unterkleid und ihre Unterwäsche. Ihr Haar war bereits von den Haarnadeln befreit worden, die es hochgehalten hatten und hing jetzt lose über ihre Schultern.

„Das ist alles für heute Nacht." Sie begegnete Elisabettas Blick im Spiegel. „Und vergiss nicht: Ein Wort von dem, was heute Abend hier geschehen ist und du wirst nie wieder eine Anstellung in Venedig finden."

Elisabetta verneigte sich. „Ja, Signora."

Als die Zofe schließlich ihr Schlafgemach verließ, stieß Isabella einen leisen Seufzer aus. Alles, was sie tun konnte, war zu träumen. Zumindest hatte sie heute ein Leben gerettet. Sie hoffte, dass es das wert gewesen war.

„Endlich! Ich dachte, sie würde nie verschwinden." Die tiefe Stimme kam hinter den Vorhängen hervor.

Erschrocken wirbelte sie auf ihrem Stuhl herum und sah Raphael di Santori aus seinem Versteck hervortreten. Keuchend presste sie eine Hand an ihre Brust und griff verzweifelt nach ihrem Morgenrock. „Signore, das ist unverschämt! Wie sind Sie hier hereingekommen?"

Er deutete auf das Fenster. „Ich bin hereingeklettert. Und keine Sorge, niemand sah mich. Mir ist bewusst, dass Sie Wert auf Diskretion legen."

Isabella drückte ihren Morgenrock gegen ihren Oberkörper, um so viel sie nur konnte zu verdecken. Ihr Herz schlug ihr bis zum Hals. Nur ein Halunke würde das Schlafgemach einer Dame ohne Einladung betreten. „Ich würde es noch mehr zu schätzen wissen, wenn Sie sich genauso diskret wieder entfernen würden." Sie machte eine betonende Pause. „Augenblicklich."

Raphael trat einen Schritt näher. „Das kann ich nicht."

„Natürlich können Sie das", beharrte sie. „Wenn Sie es geschafft haben, hereinzuklettern, werden Sie es sicherlich schaffen, wieder hinauszuklettern."

Er lächelte ein schiefes Lächeln und funkelte sie mit seinen blauen Augen an. Sie hatte noch nie einen Mann mit solchen hypnotischen Augen gesehen. „Was ich sagen wollte, ist, dass ich es nicht tun werde. Denn Sie, Signora, haben mich angelogen."

Sie schoss von ihrem Stuhl hoch. „Angelogen?" Wessen beschuldigte er sie? Und welche Rolle spielte es überhaupt? Er war in ihr Haus eingebrochen.

„Sie haben Ihr Leben riskiert, um meines zu retten. Warum haben Sie mich in dem Glauben gelassen, dass Ihr Diener mich gerettet hat?"

„Oh, das."

„Ja, das.“

Bevor sie wusste, was er vorhatte, überquerte er den Abstand zwischen ihnen und ergriff sie bei den Schultern. „Verstehen Sie nicht, in welcher Gefahr Sie sich befanden? Sie hätten mit mir ertrinken können! Wie konnten Sie nur so leichtsinnig mit Ihrem eigenen Leben umgehen? Ist Ihnen nicht bewusst, wie schwer ich bin? Haben Sie überhaupt darüber nachgedacht?“

Mit jedem Wort schien er wütender zu werden. Sie konnte nicht verstehen, warum. Immerhin waren sie beide in Sicherheit. „Aber wir haben doch beide überlebt.“

„Was auch immer für ein Glücksfall dafür verantwortlich ist! Sie hätten fast Ihr Leben für mich gegeben, für einen Fremden. Sie wissen nicht einmal, ob ich wert war, gerettet zu werden.“ Seine Augen wurden mit jeder Sekunde dunkler und seine Stimme mit jedem Wort unnachgiebiger.

„Ich konnte Sie nicht ertrinken lassen. Jedes Leben ist es wert, gerettet zu werden.“

Warum diese schwarzhaarige Schönheit ihn so wütend machte, wusste Raphael nicht. Doch genau das tat sie. In dem Moment, als er von dem Gondoliere gehört hatte, dass sie diejenige gewesen war, die in das eisige Wasser gesprungen war, hatte er das Gefühl gehabt, als drückte ihm eine eiskalte Hand sein Herz ab. Zum ersten Mal in seinem Leben war pure Angst durch seinen Körper gerast. Angst um eine andere Person. Angst davor, was ihr hätte passieren können.

Und als der Gondoliere ihm gestanden hatte, wie lange Isabella unter Wasser geblieben war und wie schwer es gewesen war, sie nach oben zu ziehen, war alles, woran er denken konnte, ihr ihren störrischen Hintern zu versohlen. Und ihr damit eine Lektion zu erteilen, damit sie nie wieder wagte, sich so in Gefahr zu bringen.

„Verdammt noch mal, Weib, wäre ich Ihr Gemahl, würde ich dafür sorgen, dass Sie nie in einen eisigen Kanal springen und Ihr Leben riskieren würden.“ Ja, wenn Raphael ihr Mann wäre, dann gäbe es eine ganze Menge Dinge, die er tun würde, angefangen mit –

„Und wie würden Sie das anstellen? Sie arroganter, undankbarer Mann!“, fauchte Isabella und schüttelte seine Hände ab.

Arrogant? Vielleicht. Undankbar? Ganz bestimmt nicht. Raphael war nicht undankbar dafür, dass er eine zweite Chance bekommen hatte. Doch ihr scheinbarer Mangel an Sorge um ihre eigene Sicherheit erzürnte ihn. Und sie davon abzuhalten, in Kanäle zu springen, um Fremde vor dem Ertrinken zu retten? Dafür hatte er genau das richtige Mittel.

Ruckartig zog er sie in seine Arme, entriss den Schlafrock ihrem Griff und ließ ihn auf den Boden fallen. „Wenn ich mit dir fertig bin, wirst du keine

Kraft übrig haben, in schmutzigen Kanälen zu schwimmen und unwürdige Fremde zu retten."

Sein Mund nahm ihre prallen Lippen gefangen. Sie hatte diese geöffnet, eindeutig, um zu protestieren, und diese Tatsache nutzte er nun zu seinem Vorteil. Gierig drängte Raphael seine Zunge zwischen ihre Lippen und tauchte in sie ein. Die köstliche Höhle ihres Mundes begrüßte ihn mit dem berauschenden Aroma einer erregten Frau.

Er bemerkte, dass er sie nicht kalt ließ, und es gefiel ihm außerordentlich. Er nahm kein Mauerblümchen ins Bett. Nein, diese heißblütige Frau in seinen Armen wusste ganz genau, was jetzt auf sie zukam oder zumindest ihr Körper wusste es. Und ihr Körper protestierte nicht länger. Im Gegenteil, ihre Arme umschlangen seinen Nacken und eine Hand glitt in sein Haar, wobei sie ihn fester an sich drückte.

Raphael spürte, wie sich ihr großzügiger Busen gegen seine Brust presste und nur ihr dünnes Unterkleid und seine eigene Kleidung einen engeren Kontakt verhinderten. Sie war weich an all den richtigen Stellen und warm, so herrlich warm. Er spürte ihre Wärme in seinen Körper fließen. Hunger ergriff ihn, Hunger nach Isabellas Körper und nach ihrem Blut. Er unterdrückte ihn, denn er wollte sie nicht erschrecken. Wenn er mehr als nur eine Nacht mit ihr wollte, musste er seine Blutlust vor ihr verbergen. Und er wollte mehr als nur diese eine Nacht.

In dem Moment, als ihre Zunge seine streichelte, durchfuhr ihn ein Blitzschlag. Ein tiefes Grollen bildete sich in seiner Brust, als sein Körper dem Stimme verleihen wollte, was sie ihm antat. Ihre Zunge berührte ihn ein zweites Mal und er befreite seinen Mund von ihrem und stieß das Stöhnen von sich, das gedroht hatte, ihn zu ersticken.

„Engel", flüsterte er an ihren Lippen, seine Stimme heiser und atemlos, sein Puls rasend.

„Niemand darf es jemals herausfinden", hauchte sie mit zitternder Stimme.

Er nickte eifrig. „Ich verspreche es dir." Er würde ihre Affäre geheimhalten. Nichts würde ihre Stellung in der Gesellschaft gefährden. Dafür würde er sorgen. Je länger er ihre Affäre vor den neugierigen Augen der Venezianer verstecken konnte, desto länger würde er sie haben, sie verschlingen, sie verzehren.

Raphael hob sie in seine Arme und trug sie zum Himmelbett, wo er sie auf die frischen Laken legte. Sie sah mit geweiteten Augen zu ihm auf, Augen, gefüllt mit dem Wissen, was passieren würde.

„Du bist wunderschön. Ich werde dich mit jeder Faser meines Körpers verehren."

Dann legte er seinen Umhang ab und ließ ihn zu Boden fallen.

6

Raphael zog sich vor ihr aus. Isabella war sich bewusst, dass er wollte, dass sie ihn beobachtete, wie er Kleidungsstück für Kleidungsstück von seinem Körper nahm und ihr seinen nackten Oberkörper offenbarte.

Machte sie einen großen Fehler, indem sie ihm erlaubte, sie zu verführen? Als er in ihr Schlafgemach eingedrungen war, war sie zunächst schockiert gewesen. Aber ihr Entsetzen hatte sich bald in Verlangen verwandelt. Und sie hatte begonnen, eine Möglichkeit zu sehen. Wenn es wahr war, dass ihn niemand gesehen hatte, vielleicht konnte sie es dann ein einziges Mal riskieren. Er würde auf dem gleichen Weg gehen, wie er gekommen war, und niemand in ihrem Haushalt würde je davon erfahren.

Für eine Nacht konnte sie in Leidenschaft und Vergnügen schwelgen. Für viele Jahre würde sie daran zehren: an der angenehmen Erinnerung, an den paar Stunden des Glücks. Und zu wissen, was sich unter Raphaels Kleidung befand, machte ihr klar, dass es ein außerordentliches Vergnügen sein würde. Sein Körper war für die Sünde erschaffen.

Sie hielt den Atem an, als er begann, seine Hose zu öffnen. Ihre Entscheidung war getroffen, als er mit jedem Knopf, den er löste, mehr von seinem Fleisch enthüllte. Zuerst kam dunkles, lockiges Haar in Sicht, dann sprang sein Schwanz aus dessen Gefängnis. Schwer und groß bog er sich nach oben.

Oh Gott, er war so viel größer als vorher während seiner Bewusstlosigkeit. Viel größer als ihr verstorbener Gemahl. In der Tat schien es, dass sein beeindruckender Schaft mehr als doppelt so groß war, oder halluzinierte sie? Sie leckte sich erwartungsvoll die Lippen. Das war mehr, als sie erwartet hatte, und sie wäre eine Närrin, so ein Geschenk abzulehnen.

Alles, woran sie denken konnte, war, wie es sein würde, wenn er sie mit seinem mächtigen Instrument aufspießte. Der bloße Gedanke brachte sie zum Transpirieren.

„Geduld, mein Engel“, flüsterte er ihr mit einem wissenden Lächeln auf den Lippen zu. „Das ist alles für dich und nur für dich.“

Isabella begegnete seinem Blick und erschauderte. So viel rohe Begierde und Lust lag in seinen Augen und deren Intensität sollte ihr Angst machen, doch stattdessen schürte es die Flammen in ihrem Körper noch höher. Instinktiv glitt ihre eigene Hand an die Stelle zwischen ihren Schenkeln, wo ihr Körper mit unkontrollierbarem Verlangen pochte. Die Stelle, wo sich bereits Feuchtigkeit gebildet hatte.

Als Raphael sichtlich einatmete, wusste sie, dass auch er es bemerkt hatte. Seine Nasenflügel bebten und seine Augen wurden dunkler. Seine Stimme war ein Knurren. „Du wirst mein Tod sein."

Seine Worte hatten keine Bedeutung für sie, machten keinen Sinn, aber sie nahm sie auf und genoss das Wissen, dass er bald sein Verlangen auf sie entfesseln würde. Wie ein kaum gezähmtes Tier stand er vor ihr, jetzt vollkommen nackt, während seine Brust sich mit jedem Atemzug hob und senkte. Seine Augen schweiften über sie und ruhten dann auf der Stelle, wo ihre Hand über ihrem bebenden Geschlecht lag.

„Ich will dich", flüsterte sie, und es kümmerte sie nicht, dass sie forsch klang.

Er nahm einen tiefen Atemzug, als wollte er ihren Geruch in seinen Körper aufnehmen. Im nächsten Augenblick sprang er auf das Bett, brachte seine Knie zu den Außenseiten ihrer Hüften und schwebte über ihr. „Mein Engel, dir gehört jeder einzelne Zentimeter meines Körpers und du kannst damit machen, was du willst."

Dann ergriff er ihr Unterkleid und ohne jegliche Anstrengung riss er es vom Ausschnitt bis zum Saum entzwei. Isabella konnte angesichts seiner Kühnheit nur nach Luft schnappen. Und vor Verlangen beben.

In dem Moment, als Raphael das dünne Hemd zerrissen und ihre Brüste offenbart hatte, fühlte er, wie sein Schwanz einen unwillkürlichen Ruck machte. Isabella war die Verkörperung von Schönheit. Noch nie in seinem langen Leben hatte er eine Frau mit solchen perfekten Brüsten aus cremiger Haut, die mit den härtesten Nippeln gekrönt waren, gesehen. Er blies seinen heißen Atem gegen eine ihrer Brustwarzen und entlockte Isabella damit ein ersticktes Stöhnen.

Sie war so empfänglich. Als er sich vor ihr entkleidet hatte – und dies bewusst langsam getan hatte, um ihr Gelegenheit zu geben, ihre Augen an ihm zu weiden – hatte er es genossen zu beobachten, wie ihre Erregung stieg. Ihre Brustwarzen waren unter ihrem dünnen Hemd hart geworden, und das Aroma, das in seine Nase getrieben war, hatte ihn fast zum Höhepunkt gebracht, so erregend war es.

So lecker, dass seine Fänge zu jucken anfingen, obwohl er sich vor seinem unerwarteten nächtlichen Bad reichlich ernährt hatte. Er musste sich beherrschen, um sie nicht zu beißen und ihr Blut zu trinken. Das Letzte, was er wollte, war sie zu erschrecken. Alles, was er heute Nacht wollte, war, seine fleischlichen Triebe mit ihr zu befriedigen und zu spüren, wie sich ihm dieser Engel in seinen Armen hingab, bis sie erschöpft zusammenbrach und kein Gliedmaß mehr bewegen konnte. Vielleicht würde sie dann endlich verstehen, dass sie ihr Leben nicht mehr riskieren durfte, indem sie in Kanäle sprang.

Der Gedanke daran, was sie getan hatte, ließ ihn immer noch schaudern. Wenn sie seine Frau wäre, würde er so etwas nie erlauben. Aus Angst, dass ihr etwas Schlimmes passieren könnte, würde er sie nie aus den Augen lassen. Er würde sie Tag und Nacht beschützen.

Raphael stoppte seine Gedanken. Warum war er so besitzergreifend? Sie gehörte nicht ihm – in der Tat würde sie ihm nie gehören. Es würde nur eine kurze Affäre sein, während der er sich glücklich schätzen durfte, eine Frau wie Isabella sein eigen zu nennen, eine Frau, die ihn jetzt mit Augen voller Sehnsucht ansah. Er würde sie nicht enttäuschen. Sie würde heute Nacht das höchste Vergnügen in seinen Armen erleben, selbst wenn es ihn seinen letzten Atemzug kosten würde.

Er senkte seinen Kopf zu ihren Brüsten und leckte mit seiner Zunge über eine Brustwarze, dann über die andere. Sie bäumte sich ihm entgegen. Mit einem anerkennenden Seufzer legte er seine Lippen auf eine Brust und saugte den kleinen harten Nippel tief in seinen Mund. Seine Hände waren nicht untätig. Er berührte ihre wunderschönen Hügel und drückte das feste Fleisch sanft. Trotz der großzügigen Proportionen passten sie perfekt in seine Handflächen. So, als wären sie für ihn gemacht.

Die Brustwarze in seinem Mund schmeckte mit jedem Streicheln seiner Zunge besser. Oh Gott, er konnte nicht genug von ihrem warmen Fleisch bekommen, genauso wenig wie von der Frau unter sich. Als er zur anderen Brust wechselte, um dieser die gleiche Aufmerksamkeit zu widmen, warf er einen kurzen Blick auf Isabellas Gesicht. Ihre geröteten Wangen waren von ihren langen dunklen Haaren umrahmt, von denen Strähnen an ihrer glitzernden Haut klebten. Ihre Augen waren halb geschlossen, und ihre langen, dunklen Wimpern ruhten auf ihrer Haut. Sie hatte ihre Unterlippe zwischen ihre Zähne gezogen.

Raphael lächelte. „Mein Engel, heute Nacht gibt es kein Zurückhalten. Was auch immer du fühlst, ich will es hören."

Isabellas Augen flogen auf und sie blickte ihn überrascht an. „Aber es ist nicht sittsam." Ihre Stimme war atemlos.

„Nichts von dem, was wir heute Nacht tun, ist sittsam. Also lass dich gehen und zeig mir, wer du bist." Er wollte die leidenschaftliche Frau sehen, die sich unter der anständigen Fassade versteckte, die mutige Frau, die ihr eigenes Leben leichtfertig aufs Spiel gesetzt hatte, um seines zu retten.

Wieder saugte er ihre Brustwarze in den Mund und zerrte daran.

„Oh!", rief sie aus.

„Genau so, mein Engel", spornte er sie an und knabberte sich einen Weg weiter nach Süden. Als er ihre Unterwäsche erreichte, zog er an den Bändern und lockerte das Kleidungsstück. Ohne Anstrengung befreite er sie davon und legte den darunterliegenden Schatz frei.

Und was für ein Schatz es war. Ihre dunklen Locken glänzten von ihrem Honig. Ohne ihr zureden zu müssen, machte sie ihre Schenkel breit. Er nahm die Einladung an und ließ sich zwischen ihren Beinen nieder. Er pflanzte kleine Küsse auf den dunklen Schopf Haar, dann legte er seine Hände auf ihre Schenkel und drängte sie, diese noch weiter zu öffnen. Sie wand sich unter seinem Griff. Er senkte seinen Mund und schwebte damit über ihren feuchten Falten.

„Du solltest das nicht tun“, sagte Isabella.

Er hob seinen Kopf und erwiderte ihren Blick. „Du magst das nicht?“

„Ich weiß es nicht.“

Das überraschte ihn. „Dein Mann hat nie . . . ?“ Er ließ die Frage im Raum stehen.

Sie schüttelte den Kopf. „Er hat mich gelehrt, was ich mit ihm tun soll. Aber er hat mich nie . . . es ist nicht reinlich.“

Welche Art von Mann war er gewesen? Er hatte sein eigenes Vergnügen gefordert, aber ihr nicht das gleiche im Gegenzug gewährt? Raphael atmete scharf ein, wobei er ihren verführerischen Duft einsog. „Es ist mehr als reinlich. Dein Duft macht mich wahnsinnig, und du würdest uns beide eines Vergnügens berauben, wenn du mir nicht erlaubst, dich zu kosten.“

Ihre Augen weiteten sich. „Du willst das?“

„Mehr als alles andere.“ Dann senkte er einfach seinen Mund zurück auf ihre warme Muschi und erlaubte seiner Zunge, sie zum ersten Mal zu kosten. Als ihr Honig sich über seine Zunge verteilte und seine Kehle hinunterlief, durchfuhr ihn ein Blitz und sein Magen verkrampfte sich. Er knurrte und leckte nochmals.

Isabella war ein noch leckererer Schmaus, als er jemals gehabt hatte. Er würde sogar auf Blut verzichten, wenn sie ihm erlaubte, sich an ihrem Honig zu sättigen. Er fühlte sich wie ein Pirat, der eine Schatzhöhle plünderte. Die Intimität seines Handelns entging ihm nicht. Er war ihr Erster, der erste Mann, der sie so intim kostete, der von ihr trank. Bei dem Gedanken fegte ein Ansturm von Wärme durch ihn hindurch.

Mit betulicher Leichtigkeit leckte er ihre feuchten Falten, zeichnete mit seiner Zunge ihren Schlitz nach. Er bewegte sich weiter nach oben und erkannte sofort, wie sich ihre Atmung veränderte. In dem Moment, als er das geschwollene Bündel von Nerven erreichte, das über dem Eingang zu ihrer Scheide ruhte, versuchte sie, sich aus seinem Griff zu drehen. Er spürte ihr Herz wie wild schlagen und hörte ihre keuchenden Atemzüge. Dann leckte er über die kleine Perle. Sein Name explodierte von ihren Lippen und ihre Hüften drängten sich gegen ihn.

„Das ist es, mein Engel“, lobte er, saugte das Bündel von Fleisch in seinen Mund und zerrte daran.

Jetzt wurde ihr Stöhnen und Keuchen noch heftiger. Er leckte, knabberte, saugte, küsste und verschlang ihre süße Muschi. Und mit jeder Berührung wurde sie empfindlicher und reagierte noch heftiger auf seine Liebkosungen. Unter seinen Händen und Lippen spürte er, wie sie wie eine Blume aufblühte.

Mit seinen Fingern öffnete er sie weiter. Abwechselnd stieß er seine Zunge in ihre enge Spalte dann fuhr er damit wieder über ihren Lustknopf. Er spürte, wie sie sich anspannte, und verdoppelte seine Bemühungen, bis er sie erschaudern spürte. Er hielt sie fest, als ihr Körper mit ihrem Höhepunkt erbebte und trank die Flüssigkeit, die aus ihr sickerte, denn er wollte ihren Körper, der ihm wie ein Paradies vorkam, nicht verlassen.

„Raphael“, flüsterte sie und ihre Stimme war mit Unglauben und Staunen gefärbt.

Widerstrebend hob er seinen Kopf von ihrem Kern und rutschte nach oben. Dann richtete er seine Hüften mit ihren aus. Sein erigierter Schwanz schwebte am Eingang ihres feuchten Kanals, der noch von den Nachbeben ihres Orgasmus zitterte. Er konnte nicht anders und drang ohne ein Wort oder ein Zeichen dessen, was er tun würde, in sie ein.

Ihre Augen weiteten sich. „Oh, ja.“

Er nickte und die Sehnen in seinem Hals traten vor Anstrengung, die es ihn kostete, seinen bevorstehenden Höhepunkt abzuwenden, hervor. Sie war zu eng. Niemand hatte ihre warme und feuchte Höhle seit langer Zeit besucht. Er versuchte, sich zurückzuhalten, aber aus eigenem Antrieb zogen sich seine Hüften zurück und er stieß wieder in sie hinein. Der Klang von Fleisch auf Fleisch trieb seinen Hunger nach ihr nur noch höher.

„Engel, ich muss dich hart ficken.“

Bei seinem nächsten Stoß schlug sie ihr Becken gegen ihn und intensivierte damit seine Bewegung. Dann übernahm sein Körper den Rhythmus und sein Schwanz stieß in sie hinein, als gäbe es kein Morgen. Alles, woran er denken konnte, war, sie zu besitzen, sie für sich zu beanspruchen und sie zu brandmarken.

Raphael blickte in ihr Gesicht und fragte sich, ob er ihr mit seinem fieberhaften Rhythmus wehtat, und das Bild, das sich ihm bot, erfüllte sein Herz mit Stolz. Ihre Lippen waren leicht geöffnet, ihre Augen dunkel vor Lust und Begierde. „Oh, ja, Isabella, ja!“

„Fick mich!“, flüsterte sie. Ihre Worte gaben ihm den Rest. Nie hatte er eine Lady solche Worte sagen hören, aber als sie über ihre Lippen rollten, konnte er nicht umhin, sich zu freuen. Seine Hoden brannten und zogen sich in dem Wissen zusammen, wie viel Vergnügen ihr diese Vereinigung bescherte.

Er tastete mit seiner Hand nach ihrem Geschlecht und drückte mit dem Daumen auf ihre Perle. Die Weitung ihrer Augen bestätigte ihm, dass er damit ihr empfindliches Fleisch nochmals entfachte. „Ja, noch einmal. Lass mich spüren, wie du meinen Schwanz melkst.“

Ihre inneren Muskeln krampften sich eine Sekunde später um ihn herum und er verlor seine Beherrschung. Mit heißen und eifrigen Stößen füllte er ihre enge Scheide mit seinem Samen, pumpte immer wieder in sie hinein, bevor er, auf seine Ellbogen gestützt, auf ihr zusammenbrach.

7

Isabella legte ihren Kopf in seine Halsbeuge und atmete seinen würzigen Duft ein. Ihr ganzer Körper fühlte sich schlaff. Wenn jemand sie jetzt bitten würde, aufzustehen, würde sie nicht in der Lage sein, auch nur ein einziges Gliedmaß zu bewegen.

Raphael drehte sein Gesicht zu ihr und drückte ihr einen sanften Kuss auf die Stirn. Das überraschte sie. Sie hatte nicht erwartet, dass er eine zärtliche Seite hatte.

„Und jetzt möchte ich wissen, was zum Teufel du dir dabei gedacht hast, in den Kanal zu springen, um mich zu retten", sagte er mit ruhiger Stimme.

Sie schreckte auf und versuchte, sich von ihm loszureißen, aber seine starken Arme hielten sie gefangen.

Isabella seufzte. Sie wollte nicht an das, was geschehen hätte können, als er ihr fast ihren Armen entglitten war, erinnert werden. Dann hätte sie nie die Art von Vergnügen verspürt, die er ihr in der letzten Stunde geschenkt hatte.

„Bitte", fügte er leise hinzu.

Sie zog sich hoch und sah ihn an. „Ich konnte dich nicht ertrinken lassen."

„Aber du kanntest mich doch nicht einmal", protestierte er.

„Das spielt keine Rolle."

„Warum, Isabella? Du musst einen Grund gehabt haben."

Sie schluckte die Träne hinunter, die drohte, an die Oberfläche zu gelangen. „Mein Gemahl ertrank in einem Kanal."

Bestürzt sah er sie an. Dann zog er sie an sich, legte eine Hand auf ihren Hinterkopf und drückte sie gegen seine Halsbeuge. „Oh, mein Engel, es tut mir so leid. Ich wollte keine schlechten Erinnerungen heraufbeschwören."

„Es geschah vor etwa einem Jahr. Und ich habe in vielerlei Hinsicht Glück. Aber . . . " Ihre Stimme füllte sich mit drohenden Tränen.

„Du vermisst ihn", flüsterte Raphael in ihr Haar.

Sie nickte.

„Erzähl mir, was passiert ist."

„Giovanni war gut zu mir, großzügig und freundlich. Er brachte mir bei, sein Geschäft zu führen. Ich glaube, er tat es nur, weil es ihn amüsierte, nicht, weil er wusste, wie viel es mir bedeutete. Er verbrachte viel Zeit mit mir, trotz der Tatsache, dass er und Massimo oft ohne mich ausgingen und ohne mir zu sagen, wohin sie gingen."

„Massimo?", fragte Raphael.

„Giovannis Vetter. Sie waren sich sehr nahe. Aber dann, etwa einen Monat vor dem Tod meines Mannes, änderte sich etwas. Er begann, Massimo zu meiden und Entschuldigungen zu erfinden, wenn er vorbeikam. Ich musste für Giovanni lügen, wenn er ihn nicht sehen wollte. Mich mied er auch. Plötzlich wollte er mein Bett nicht mehr teilen. Er blieb die ganze Nacht aus. Ich glaube, er hatte eine Geliebte."

Daran zu denken, tat immer noch weh, selbst nach so langer Zeit. „Er verlor das Interesse an mir. Er hörte auf, mich zu lieben."

Isabella fühlte Raphaels Hand an ihrem Kinn, als er ihr Gesicht anhob, bis sie ihn ansehen musste. „Ich kann mir nicht vorstellen, wie ein Mann jemals aufhören könnte, dich zu lieben. Mir ist noch nie ein liebenswerteres Geschöpf als du begegnet, mein Engel." Er gab ihr einen zärtlichen Kuss auf die Lippen.

„Du schmeichelst mir, aber ich kann die Wahrheit nicht ignorieren. Er war fast jede Nacht weg – bis zu jener kalten Dezembernacht. Niemand weiß, was wirklich passiert ist, doch bis die zwei Lakaien es geschafft hatten, ihn aus dem Kanal zu ziehen, hatte sich seine Lunge bereits mit Wasser gefüllt und sein Herz hatte aufgehört zu schlagen. Sie sagten, sie hätten Glück gehabt, ihn überhaupt zu finden. Hätte sein Umhang sich nicht in Angelhaken verfangen, die über einem Boot hingen, wäre er weggetrieben."

„Und du glaubtest, indem du mich rettest, würdest du deinen Mann retten. Warum?"

„Ich war so wütend auf ihn. Ich wollte noch eine Chance. Wenn ich etwas falsch gemacht hatte, das ihn dazu bewegte, sich von mir zurückzuziehen, wollte ich eine Chance, das wieder gutzumachen. Siehst du das nicht? Bevor er ertrank, hatte ich nie die Gelegenheit, ihn zu fragen, warum er mich nicht mehr liebte." Sie hatte so viele Nächte geweint und versucht, alles, was geschehen war, zu verstehen.

„Ich bin sicher, es gibt eine andere Erklärung dafür, warum er nachts immer weg war. Der Mann, der mit dir verheiratet ist, braucht keine Geliebte. Glaub mir, wenn ich dir sage, dass, wenn ich dich jede Nacht in meinem Bett hätte, ich keinen Grund haben würde, jemals mein Vergnügen woanders zu suchen." Raphael rieb seinen Daumen über ihre Lippen, dann drängte er ihn dazwischen. Sie saugte sofort an ihm und sah, wie er die Augen schloss. „Siehst du? Genau das meine ich. Mit deinen Lippen auf meinem Körper würde ich nie die Kraft haben, dein Bett zu verlassen."

Als Raphael seine Augen öffnete, stieß sein Blick mit ihrem zusammen. Seine Augen waren dunkel vor Leidenschaft. Er zog seinen Daumen aus ihrem Mund und senkte ihn zu ihrer Brust, wo er damit über ihren Nippel rieb.

Ihr Atem stockte.

„Ich will, dass du mich reitest. Du hast mich unter deinen Bann, und ich möchte dir meinen Körper anbieten. Nimm dir dein Vergnügen. Ich bin da, um dir zu dienen."

Seine starken Hände unterstützten seine Worte, als er sie auf sich zog. Ihre Beine fielen automatisch auseinander, sodass sie rittlings über ihm lag und sich ihre Mitte mit seinem harten Schaft ausrichtete. Isabella setzte sich auf und blickte nach unten, wo ihre Körper aufeinandertrafen. Seine Männlichkeit war geschwollen, fast lila, was bewies, dass er mit Blut vollgepumpt war. Sie griff nach ihm und streichelte das samtige Fleisch.

Er zuckte bei ihrer Berührung zusammen und stöhnte. „Sag mir, Isabella, hast du mich berührt, als ich bewusstlos war?"

Sie spürte, wie ihre Wangen sich vor Verlegenheit färbten.

„Bitte, ich will es wissen. Du musst dich nicht schämen."

Sie vermied es, in sein Gesicht zu sehen, als sie ihm antwortete. „Ich wusch dich und trocknete dich."

„Hast du deine Hand über mich gleiten lassen, wie du es gerade getan hast?" Seine Stimme war heiser. Sie begegnete seinem Blick und sah Erregung aus seinen Augen scheinen.

Isabella nickte. „Nur einmal." Bei der Erinnerung daran wurde sie feucht.

„Hast du meine Eier berührt? Hast du sie in deinen Handflächen gewiegt?"

Sie fuhr mit der Hand über seinen Schaft, zuerst hinauf, dann hinunter. „Ich ließ meine Fingerspitzen darüber streifen."

„Hat es dir gefallen?"

„Ja."

„Und nun, gefällt es dir, jetzt wo ich wach bin?"

Isabella schlang ihre Hand um seinen Schwanz, drückte ihn fest und entlockte ihm ein Stöhnen. „Es gefällt mir jetzt noch mehr, weil du jetzt hart und groß bist." Sie presste seine Männlichkeit so an ihr Zentrum, dass er die Stelle berührte, wo ihr Verlangen wohnte, die Stelle, die nun unkontrollierbar pochte.

„Ich mag es jetzt auch", gestand er ein. „Denn jetzt kann ich fühlen, was du tust. Dennoch reizt mich der Gedanke daran, was du getan hast, als ich bewusstlos war. Ich möchte dasselbe mit dir tun: dich berühren, wenn du schläfst. In deine enge Scheide gleiten, wenn du dir dessen nicht einmal bewusst bist."

Der Gedanke sollte sie nicht erregen, doch er tat es. Von ihm genommen zu werden, wenn sie keine Abwehrkräfte hatte, keine Möglichkeit, ihn zu bekämpfen. Ihm mit ihrem Körper solche Freiheiten zu erlauben, Freiheiten, die sie nicht einmal ihrem verstorbenen Gemahl gewährt hatte. „Was würdest du tun?", hörte sie sich fragen.

Sie bemerkte, dass seine Augen vor Lust aufflackerten. „Ich würde von hinten meinen Schwanz in dich stoßen, bis ich ganz in dir bin. Du wärst immer noch feucht von unserem vorherigen Liebesspiel. Dann würde ich deine Hüften festhalten und in dich hineinpumpen, langsam und stetig, ohne Hast, bis du aufwachst."

Isabella drückte seinen Schwanz näher an sich und rutschte daran nach oben und unten. Die warme Feuchtigkeit, die mit jedem seiner Worte aus ihr tropfte, befeuchtete nun seine Hoden.

„Mein Engel, ich kann spüren, wie du für mich weinst." Er pumpte seinen Schwanz in ihre Hand. „Reite mich."

Als er seine Hände auf ihre Hüften legte, hob sie sich und brachte seinen Schwanz an ihren feuchten Eingang. Mit einem langen Stoß glitt sie nach unten und ummantelte seine harte Länge. Sie begrüßte, wie er sie füllte.

„Ja", stöhnte er und drückte seinen Kopf zurück in die Kissen. „Es ist wie im Paradies."

Isabella lächelte bei seinem Vergleich und bewegte sich nach oben, um ihn dann wieder tief in sich aufzunehmen. Sie verfiel in einen einfachen Rhythmus, und wie sie an den Seufzern der Lust hören konnte, die er von sich gab, und dem hungrigen Blick, den er über sie schweifen ließ, war er mehr als zufrieden mit ihr.

Seine Hand fand ihr Lustzentrum und rieb dagegen. Mit jedem Stoß nach unten streifte sein Daumen das kleine Bündel von Fleisch und entzündete die Flammen in ihrem Körper. Sie fühlte, wie sich Schweiß auf ihrem Gesicht und Hals bildete und kleine Rinnsale zwischen ihren Brüsten hinunterliefen. Sie sehnte sich danach, berührt zu werden.

„Streichle mich." Sie war schockiert, ihre eigenen, lustvollen Worte zu hören. Aber anstatt von ihren schamlosen Worten angewidert zu sein, lächelte Raphael sie an.

„Ich kann nur eine deiner Brüste berühren, wie du sehen kannst." Er schaute demonstrativ dort hin, wo sein Daumen ihre Perle streichelte. Dann nahm seine andere Hand ihren Nippel gefangen und kniff ihn. „Berühre deinen anderen Nippel."

Ihre Augen weiteten sich vor Entsetzen. Sie konnte so etwas Skandalöses nicht tun.

„Tu es!", befahl er. „Und höre nicht auf, mich zu reiten." Er stieß seinen Schwanz nach oben und tauchte tiefer in sie ein. „Ich möchte sehen, wie du dich berührst", fuhr er mit heiserer Stimme fort. Er kniff ihre Brustwarze wieder, und sie wurde hart. „Mach nach, was ich tue. So." Wieder rollte er ihre Brustwarze zwischen Daumen und Zeigefinger und sandte einen Schwall von Hitze durch ihren Körper und direkt in ihre empfindliche Perle.

Sie warf den Kopf zurück und kam seiner Bitte nach. Mit geschlossenen Augen berührte sie ihre andere Brust und rieb zögernd über ihre Brustwarze. Sie wurde hart.

„Mehr", drängte er sie.

Ohne nachzudenken, ließ sie sich nur von ihrer Lust leiten und kniff ihre eigene Brustwarze und schrie bei dem intensiven Gefühl auf. „Oh, Gott!"

Aus eigenem Antrieb beschleunigte sich ihr Tempo und sie ritt ihn, als hinge ihr Leben davon ab. Das Gleiten von Fleisch auf Fleisch klang wie eine Symphonie in ihren Ohren, und seine Hände, die sie streichelten und rieben, trieben jeden vernünftigen Gedanken aus ihrem Verstand. Sie war wie ein Tier in der Brunftzeit und erkannte sich selbst kaum wieder. Plötzlich war sie ein liederliches Geschöpf, das nur auf sein eigenes Vergnügen aus war und sich nach derselben köstlichen Erlösung sehnte, die Raphael ihr schon zuvor geschenkt hatte.

Immer härter spießte sich Isabella auf ihm auf. Mit jedem Stoß stieß er tiefer in sie hinein und füllte sie mehr. Und sie hielt sich an ihm fest, denn sie wollte nicht, dass dies endete, dass er ihr entkam. Und dann, mit einem atemlosen Stöhnen, begrüßte sie ihren Höhepunkt. Die Wellen, die über sie schwappten, machten sie fast bewusstlos.

Sie spürte die Wärme in ihrem Inneren und erkannte, dass Raphael auch zum Höhepunkt gekommen war und seinen heißen Samen in sie schoss. Dann sackte sie auf seiner Brust zusammen.

Seine Arme legten sich sofort um sie. Seine Brust hob sich von der Anstrengung, die das Atmen ihn zu kosten schien. Sie spürte einen warmen Hauch an ihrer Schläfe, als er sprach. „Du hast mich erschlagen.“

8

Raphael hatte noch nie so einen detaillierten Traum gehabt wie diesen: von Engeln und dem Himmel, von einer reifen Frau und sexueller Glückseligkeit. Selbst sein Geruchssinn war noch mit dem Duft der schönen Isabella, die ihn gerettet hatte, betäubt. Er konnte sich nicht einmal daran erinnern, wie er nach ihrer berauschenden Liebesnacht nach Hause gekommen war. Hatte er sie nochmals genommen, nachdem sie ihn wie wild geritten hatte? Und zu wissen, dass es seine Hände und sein Mund gewesen waren, die ihr all diese Leidenschaft entlockt hatten!

Er rutschte im Bett umher und stieß gegen üppige, warme Kurven, die so vertraut waren, dass er sie instinktiv an seinen Körper zog, erfreut darüber, dass sein Traum noch nicht zu Ende war. Ja, er konnte die schlafende Frau in seinen Armen nochmals genießen und mit ihr Liebe machen, während sie schlief. Er konnte seinen schmerzenden Schwanz in sie hineinstoßen und sie damit aufspießen, bis er zum Orgasmus kam. Und dann würde er das tun, was er nicht in Wirklichkeit mit ihr hatte tun können: aus der prallen Vene an ihrem anmutigen Hals trinken und ihr reichhaltiges Blut schlucken.

Ja, selbst in seinem Traum spürte er die Anziehungskraft, die sie auf seinen Körper ausübte. Und selbst jetzt, mit dem Geist ihrer Form an ihn gepresst, wurde er sofort hart. Hart für ihren Körper und durstig nach ihrem Blut.

Raphael nahm einen tiefen Atemzug. Ihr Duft schwebte noch immer um ihn herum, und es fühlte sich so echt an, dass er fast kam. Er wollte aus diesem Traum nicht aufwachen und hielt seine Augen geschlossen. Seine Hand wanderte zu den weichen Brüsten der imaginären Frau in seinen Armen und drückte sie. Ihre Brustwarze rieb gegen seine Handfläche und verhärtete sich.

Sein Schwanz drückte gegen ihr warmes Gesäß, und er zog sich zurück, um sich neu zu positionieren. Ja, er konnte einfach in die Frau seiner Träume gleiten. Denn in seinem Traum würde sie feucht für ihn sein und bereit für jede Art von Ausschweifung, die er im Sinn hatte. Er würde sie ohne ihr Wissen nehmen, denn sie war nur eine Ausgeburt seiner Fantasie. Ein sehr schönes Hirngespinst.

Seine harte Länge war am Eingang ihres Geschlechts bereit und er bemerkte, dass sie warm und feucht war, als er in sie hineinglitt. Wie ein Handschuh hielt sie ihn fest umschlungen in ihrer dunklen Tiefe.

„Oh, ja", brummte er. „Lass mich dich ficken."

Die Frau in seinen Armen regte sich. Ihr Gesäß schob sich zurück, um ihn tiefer zu nehmen.

„Ja, nimm meinen großen Schwanz in deine Muschi.“ Mit der Frau in seinem Traum konnte er schmutzig reden und es erregte ihn. Er musste nicht vornehm tun. „Und danach ist dein Arsch dran.“

Ein erstickter Schrei kam von ihr, als sie sich ihm entzog. Er packte ihre Hüften härter und stieß seinen Schwanz wieder in sie hinein.

„Raphael!“ Isabellas Stimme klang so echt, dass er in seinen Bewegungen innehielt.

Dann spürte er ihre Hand auf seiner – allzu real, um ein Traum zu sein. Seine Augen öffneten sich schlagartig. Trotz des trüben Lichts konnte er deutlich ausmachen, wo er war: in Isabellas Schlafgemach. Er hatte es nie verlassen.

Raphael fluchte und zog sich aus ihr heraus und dieses Mal hörte er nicht auf seinen pochenden Schwanz. Ein kurzer Blick auf das Fenster bestätigte das Schlimmste: Es war Tag, und obwohl die Jalousien und die Vorhänge die Strahlen der Sonne davon abhielten, in den Raum zu dringen, konnte er Licht von den Seiten hereinsickern sehen.

Er hatte in ihren Armen geschlafen – besser als je zuvor – und den Sonnenaufgang verpasst. Er steckte in der Klemme.

„Du hast mir versprochen, du würdest vor Sonnenaufgang gehen“, sagte Isabella. Er konnte ihr nicht einmal den anklagenden Ton in ihrer Stimme übel nehmen.

Als er sie ansah, sah er Besorgnis in ihren Augen. Er wusste, was sie dachte: Wenn jemand ihn jetzt ihr Haus verlassen sehen würde, wäre ihr Ruf ruiniert. Und wenn er blieb, würden ihn ihre Bediensteten früher oder später entdecken.

Aber was sie nicht wusste, war, dass er keine Wahl hatte. Seine einzige Möglichkeit war, bei ihr zu bleiben. Die Strahlen der Sonne würden ihn verbrennen und innerhalb weniger Minuten wäre er ein Häufchen Asche. Er wusste es, denn gelegentlich hatte er kurze Augenblicke in der Sonne verbringen müssen, um von einem Versteck in ein anderes zu laufen – nur wenige Sekunden hatte es gedauert, dennoch war seine Haut schmerzhaft verbrannt. Er war nicht auf eine Wiederholung erpicht.

Er konnte ihr Haus nicht verlassen. Und irgendwie musste er ihr dies klarmachen, ohne ihr zu gestehen, was er war.

„Es tut mir leid, mein Engel. Ich schlief in deinen Armen ein. Ich weiß nicht, wie es passiert ist.“

„Du kannst nicht hier bleiben. Meine Diener. Sie werden dich finden. Du musst gehen. Bitte. Aber niemand darf dich sehen.“ Ihre Stimme zitterte, und ihre Augen wanderten durch den Raum, als ob sie versuchte, einen Ausweg für ihn zu finden. Dann keuchte sie.

Er folgte ihrem Blick. Die Uhr über dem Kamin zeigte an, dass es bereits nach zehn Uhr morgens war.

„Oh, nein!“

„Bitte, Isabella, beruhige dich. Wir finden eine Lösung für dieses Problem. Aber ich kann das Haus nicht verlassen. Nicht jetzt. Die Straßen werden nur so von Leuten wimmeln. Ich kann nicht ungesehen davonkommen.“ Und am Leben bleiben. So sehr er seinen nächsten Vorschlag hasste, war es die einzige Lösung. „Du musst mich hier verstecken. Vielleicht in einem dunklen Lagerraum, den niemand benutzt?“

Isabellas Verstand arbeitete fieberhaft. Wie hatte das passieren können? Hatten sie nicht vereinbart, dass dies nur für eine Nacht war und dass niemand jemals davon erfahren würde? Und nun stand sie vor einer Katastrophe. Wie konnte sie ihn vor ihren Dienern verstecken? Der Einzige, dem sie vertraute, war Adolfo, alle anderen würden vermutlich den Klatsch verbreiten.

„Vielleicht kann Adolfo dich in der kleinen Werkstatt verstecken, wo er immer Reparaturen an der Gondel macht. Aber wie soll ich dich dort hinunterbringen, ohne dass du gesehen wirst?“ Sie drückte die Tränen der Verzweiflung zurück.

Einen Moment später fühlte sie seine Hand ihre Wange streicheln. „Wir werden einen Weg finden. Jetzt lass mich dir helfen, dich anzukleiden.“

Raphael sprang aus dem Bett. Wie von einem Magneten angezogen, folgten ihre Augen seinem nackten Körper. Sein Gesäß war stramm, als er zu ihrer Kommode ging. Er zog ein frisches Unterkleid und seidene Unterwäsche aus einer Schublade.

Er drehte sich zu ihr und grinste unverschämt. Wie er Humor in dieser Situation finden konnte, konnte sie nicht ergründen. „Wie kannst du –?“

„Jetzt darf ich noch ein paar Stunden mit dir verbringen, die ich sonst nicht gehabt hätte.“ Er trat auf das Bett zu, zog die Decke zurück und setzte sie damit seinen hungrigen Augen aus. Ja, sie konnte deutlich das Verlangen in ihnen sehen und wurde sofort daran erinnert, wie sie erwacht war: mit seinem harten Schaft tief in ihr und den unanständigen Worten in ihrem Ohr, die er ihr zugeflüstert hatte. Worte, die sie trotz allem erregten. Mehr als sie ihm gestehen wollte. Wenn sie das täte, wäre sie nicht besser als eine gewöhnliche Hure.

Raphaels Hände waren sanft, als er ihr half, ihre Unterwäsche anzuziehen. Ihr Korsett folgte. Er schnürte es in ihrem Rücken und sie spürte, wie er seine Lenden an ihr Gesäß drückte. Sein Schwanz war so hart wie zuvor.

„Du bist wunderschön“, flüsterte er ihr ins Ohr und begann, daran zu knabbern. Für einen Moment verlor sie alle Sinne.

Ein Tumult auf der Treppe holte sie in die Realität zurück. Sie fuhr zusammen. Raphael ging es ebenso. Er hatte die Stimmen draußen auf dem Flur auch gehört.

„Schnell!“ Er schnappte ihren Morgenrock und half ihr hinein.

„Nein, Signore, Sie können sie jetzt nicht sehen!“, drang Elisabettas empörte Stimme zu ihr.

Aber einen Augenblick später wurde die Tür ohne ein Klopfen aufgerissen und Massimo stürmte in den Raum, sein Kammerdiener auf seinen Fersen.

Elisabetta versuchte, sich in den Raum zu drücken, wurde aber von den beiden Männern daran gehindert. „Es tut mir leid, Signora. Ich versuchte, sie aufzuhalten.“

Aber Isabella hörte nicht auf ihre Zofe, denn Massimos aufbrausende Stimme nahm ihre ganze Aufmerksamkeit in Anspruch.

„Schau dich an, du Hure. Wie du den Namen meines Vetters durch den Dreck ziehst!“

„Massimo“, brachte sie schockiert hervor.

Raphael packte sie und schob sie hinter seinen nackten Körper, als ob er sie von Massimo abschirmen wollte. Aber er konnte sie vor den Anschuldigungen, die über dessen Lippen rollten, nicht beschützen.

„Mit ihrem Liebhaber erwischt, der noch immer bereit ist“, höhnte Massimo und deutete mit dem Finger auf sie, während Raphael sie hinter seinem breiten Rücken zurückhielt, scheinbar unbekümmert von seiner Nacktheit. „Heute Abend wird ganz Venedig erfahren, was für eine Hure du bist! Ich kann den Ball kaum erwarten.“

Dann machte er auf seinen Fersen kehrt und knallte die Tür hinter sich zu.

Sie war ruiniert. Es war nicht nur ihr Wort gegen seines, nein, er hatte einen Zeugen mitgebracht. Jeder würde ihm glauben. Ihr ganzes Leben war wegen einer einzigen Nacht ruiniert. Niemand konnte ihr jetzt helfen. Nicht einmal Raphael.

„Geh!“, würgte sie heraus und wandte sich von ihm ab.

9

Raphael stand wie angewurzelt da und starrte immer noch auf die Tür. Massimo hatte sie ihn genannt. Der Vetter ihres verstorbenen Gemahls. Aber nichts davon zählte, nicht nachdem Raphael den Ring gesehen hatte, den der Mann trug. Er hatte das Symbol darauf erkannt. Ein Kreuz, das mit drei Wellen durchzogen war, zierte den schwarzen Onyxring – das Zeichen der Hüter des Heiligen Wassers. Heiliges Wasser, weil sie es sich zur Aufgabe gemacht hatten, alle Vampire zu vernichten und jeden einzelnen von ihnen zu ertränken.

Er und seine Brüder hatten es nicht geschafft, herauszufinden, wer die Mitglieder dieser geheimen Gesellschaft waren, zumindest nicht bis jetzt. Sie waren viel zu vorsichtig. Dies war das erste Mal, dass er tatsächlich jemanden das Symbol hatte tragen sehen. Er konnte sich das nur damit erklären, dass Massimo den Ring versehentlich in der Öffentlichkeit getragen und sich damit verraten hatte. Es sei denn, er betrachtete Isabellas Haus nicht als einen öffentlichen Ort, sondern einen Ort, wo sein Geheimnis sicher war. Oder war er einfach gedankenlos gewesen?

Hatte das Schicksal ihm gerade den Schlüssel zur Lösung gereicht, um die Bedrohung, die die Hüter darstellten, auszuschalten? Hatte er deshalb eine zweite Chance bekommen und war in dieses Haus und die Arme dieser Frau katapultiert worden? Damit er herausfinden konnte, wer die Hüter waren?

Ein Schluchzen hinter ihm ließ ihn herumwirbeln. Isabella saß an ihrem Schminktisch und versuchte, ihr Haar zu kämmen, ihr Gesicht eine Maske der Verzweiflung. Die Frau, die ihm nur Stunden zuvor soviel Vergnügen bereitet hatte, war am Boden zerstört.

Als sich ihre Augen im Spiegel trafen, wich sie seinem Blick aus. „Du solltest gehen. Es gibt hier nichts mehr für dich zu tun. Bis heute Abend wird ganz Venedig wissen, was für eine Hure ich bin."

Ihre Lippen zitterten, als sie sprach, und Raphael fühlte sich hilflos. Er ging auf sie zu und nahm sie in seine Arme.

„Nein", protestierte sie. „Es nützt nichts. Es ist besser, wenn du gehst."

Er hob ihr Kinn mit der Hand und zwang sie, ihn anzusehen. Ungeweinte Tränen standen am Rand ihrer Augen auf Lauer. Doch er würde sie nicht weinen lassen. „Doch. Es gibt etwas, was ich tun kann."

Ein Hoffnungsschimmer erschien in ihren Augen.

„Hast du einen Diener, dem du vollkommen vertraust?"

Sie warf ihm einen fragenden Blick zu, dann nickte sie. „Adolfo, mein Gondoliere. Er ist mir treu ergeben."

„Gut. Schicke ihn los, einen Priester zu holen."

„Einen Priester?" Sie versuchte, sich ihm zu entziehen, aber er ließ es nicht zu. Ihre Augen weiteten sich, und er wusste, dass sie ihn verstanden hatte. Ihr Atem stieß keuchend aus ihrer Lunge. „Nein. Das kannst du nicht tun. Ich werde es nicht zulassen."

Er hatte nicht damit gerechnet, dass sie so hartnäckig war, doch es war ihm egal. Sie würde dieses Argument nicht gewinnen. „Du hast keine Wahl. Nur wenn wir nachweisen können, dass wir verheiratet sind, kann ein Skandal abgewendet werden. Das weißt du so gut wie ich."

Sie schüttelte den Kopf. „Aber du kannst mir nicht so einfach einen Antrag machen und dich opfern. Alles, was du wolltest, war eine Nacht mit mir. Das wäre dir gegenüber nicht fair."

„Fair? Isabella, ich habe dich in diese Position gebracht. Ich habe dich ruiniert. Ich wäre ein verdammter Schweinehund, wenn ich dich jetzt nicht heiraten würde, wo unsere Affäre publik geworden ist. Du kannst doch sicher keinen Skandal wollen, oder?"

Sie war in die Ecke gedrängt, und er konnte gleich zwei Fliegen mit einer Klappe schlagen. Indem er sie heiratete, konnte er sich in ihre Familie einschleusen. Er wäre in der Lage, in die Nähe ihres verabscheuungswürdigen Vetters zu gelangen und mit etwas Glück könnte er herausfinden, wer die anderen Hüter waren. Niemand würde ihn verdächtigen. Allerdings würde er vorsichtig sein müssen.

„Natürlich will ich keinen Skandal, aber ich kann dein Leben nicht ruinieren."

„Mein Leben ruinieren?" Er zog sie näher an seine Brust, drückte ihren Busen gegen sich und ließ seine Hand auf ihr Gesäß wandern. „Mein süßer Engel, wenn ich jede Nacht so mit dir verbringen darf wie die letzte, dann kann ich in der Tat sehen, wie mein Leben ruiniert werden würde." Ja, sein zweiter Grund für die Vermählung stand vor ihm: Er wollte die leidenschaftliche Frau in seinen Armen nicht loslassen.

Raphael grinste und rieb seinen Schwanz an sie. Es war immer noch ziemlich steif und ihren spärlich bekleideten Hintern in seiner Handfläche zu fühlen sorgte dafür, dass alles verfügbare Blut in ihn hineinfloss und ihn steinhart machte. „Hier ist deine Wahl: Heirate mich, damit wir jede Nacht unseres gemeinsamen Lebens einander Vergnügen bereiten können, oder . . . " Er hielt inne und streichelte sie innig, wohl wissend, dass er keinen zweiten Vorschlag hatte.

„Meinst du das wirklich?"

„Ja. Kleide dich an, bevor ich dich wieder ins Bett zerre. Denn das nächste Mal, wenn ich dich vernasche, werde ich es als dein Gemahl tun." Seine Brust schwoll bei den Worten an, Worte, die ihm Angst machen und ihn dazu bewegen sollten, in die entgegengesetzte Richtung zu laufen. Aber zu wissen, dass sie in wenigen Stunden seine Gemahlin sein würde, erfüllte ihn mit nie gekanntem Stolz.

***

Isabella verbrachte die meiste Zeit des Tages wie in Trance. Raphael hatte die ehrenvolle Sache getan und sie geheiratet. Damit hatte sie nicht gerechnet. Es gab keinen Grund für ihn, das zu tun. Er hatte nichts zu verlieren, sie schon. Aber sie war nicht mutig genug gewesen, sein Angebot abzulehnen. Obwohl sie befürchtete, dass seine Güte schnell nachlassen würde, sobald er mit der Realität einer Ehe konfrontiert wurde. Für einen kurzen Moment fragte sie sich, ob er sie geheiratet hätte, wenn sie keine wohlhabende Frau wäre, doch sie schob den Gedanken schnell wieder beiseite. Seine Erscheinung und seine Manieren deuteten darauf hin, dass er ihr Geld nicht brauchte.

Sie erlaubte Elisabetta, Aufhebens um ihr Haar zu machen und es hoch auf ihrem Kopf aufzutürmen. Für den Ball hatte sie ein Kleid aus roter Seide gewählt. Sie hatte es nur wenige Wochen vor Giovannis Tod anfertigen lassen und noch nie getragen. Aber als Raphael es in ihrem Schrank entdeckt hatte, hatte er ihr versichert, dass es das richtige Kleid für diesen Anlass wäre. Sie musste einen starken Eindruck machen: Sie würde sich angesichts der bösartigen Gerüchte nicht in die Knie zwingen lassen.

„Sind Sie soweit, Signora?“, fragte die Zofe und begegnete ihrem Blick im Spiegel.

Isabella nickte und stand auf.

Raphael wartete am Fuß der Treppe auf sie. Sie beobachtete ihn, als sie langsam Stufe für Stufe hinab schritt, den Saum ihres Kleides etwas hochgehoben, damit sie nicht darüber stolperte.

Isabella schaute auf ihren neuen Gemahl, der wie erstarrt dastand. Seine Lippen waren leicht geöffnet und sein Blick hing an ihr. Seine Kleidung war nach der neuesten Mode geschneidert. Es war nicht die Kleidung, die sie ihm in der Nacht zuvor geliehen hatte. Scheinbar hatte er einen Diener losgesandt und seine eigene Kleidung holen lassen.

Sie ließ einen anerkennenden Blick von seinem Kopf bis zu seinen Füßen schweifen und spürte, wie sich ihr Geschlecht verkrampft. Sie hatte noch nie so einen virilen Mann gesehen, dessen Aura Sex verströmte, wie Opium aus einer Mohnblume sickerte. Ein Mann, der gefährlich und verboten aussah. Seine Augen waren jetzt dunkler, und sie hielten sie mit einem Blick gefangen, der so intensiv war, dass sie sich fragte, ob sie etwas falsch gemacht hatte. War er wütend auf sie?

Als sie den Fuß der Treppe erreichte, nahm er ihre Hand und drückte diese für einen Kuss an seine Lippen. Dann trat er noch einen Schritt näher. Seine Stimme war leise, als er sie ansprach: „Mein Engel, du raubst mir den Atem.

Ich wünschte, wir müssten nicht zu diesem Ball gehen, um deinen Ruf zu retten – ich würde ihn viel lieber hier weiter ruinieren."

Raphael neigte seinen Kopf, um ihre Wange zu küssen, dann flüsterte er ihr ins Ohr: „Du erregst mich so sehr, dass ich dir nicht garantieren kann, dass ich dich das nächste Mal in einem Bett nehmen werde."

Bei seinen Worten stockte ihr der Atem. Es kümmerte sie nicht, wo er sie das nächste Mal nahm, solange er sie nur nahm. Ihre Wangen wurden bei diesem skandalösen Gedanken heiß. Was war mit all ihren Manieren geschehen? Hatte sie sie im Wasser zurückgelassen?

Als er seinen Kopf wieder hob und sie ansah, breitete sich ein wissendes Schmunzeln auf seinem Gesicht aus. Er bot ihr seinen Arm an, und sie akzeptierte ihn, nicht nur, weil es von ihr erwartet wurde, sondern auch, weil ihr Magen sich zu einem Nest von Schmetterlingen entwickelt hatte und ihre Knie mit Pudding gefüllt waren.

„Versuche, nicht daran zu denken, was ich später mir dir vorhabe, oder dein gerötetes Gesicht wird jeden Schurken auf dem Ball anziehen wie ein Topf Honig einen Bären." Er senkte seine Stimme zu einem tiefen Grollen. „Und dieser Honig gehört mir."

Isabella warf ihm einen entsetzten Blick zu. Darauf lachte er nur. Ein vollständig hemmungsloses, glückliches Lachen.

10

Der Dogenpalast war hell erleuchtet, als würde ein Feuer darin lodern. Ganz Venedig war versammelt: Adlige, wohlhabende Kaufleute und ausländische Würdenträger. Es war das Ereignis des Jahres. Raphael hatte noch nie an einem dieser Bälle teilgenommen. Er konnte sich nicht leisten, sein Leben anderen gegenüber zu enthüllen. Er lebte am Rande der Gesellschaft – wenn auch in purem Luxus – was es leichter machte, zu verbergen, was er war. Heute Abend würde er sich aus einem einzigen Grund der Musterung der venezianischen Gesellschaft unterziehen: um den Ruf seiner schönen Gemahlin zu retten.

Gemahlin. Was für ein seltsames Konzept. Er hätte nie gedacht, dass er heiraten würde, geschweige denn so übereilt, dass nicht einmal sein Bruder Dante anwesend war. Als er einen Bediensteten zu ihrem gemeinsamen Haus geschickt hatte, um Kleidungsstücke zu holen und eine kurze Notiz, dass alles in Ordnung wäre, zu hinterlassen, war es noch hell und daher unmöglich für Dante, zu ihm zu eilen. Er hatte daher darauf verzichtet, seinem Bruder mitzuteilen, dass er heiraten würde, da dieser sicherlich versucht hätte, ihn von dieser törichten Tat abzuhalten.

Isabella zappelte nervös neben ihm, als sie sich dem Eingang des Ballsaals näherten und sich anstellten, sodass ihre Ankunft angekündigt werden konnte. Er neigte sich zu ihr und bemerkte zum ersten Mal, dass er einen guten Kopf größer war als sie. Es gefiel ihm – es gab ihm noch mehr das Gefühl, ihr Beschützer zu sein.

„Sei nicht nervös. Ich verspreche dir, alles wird sich zum Guten wenden." Er drückte seine Hand über die Finger, mit denen sie sich bei ihm eingehakt hatte. Sie waren eiskalt. „Und wenn das hier vorbei ist, werde ich dich so heiß machen, dass du nie wieder kalte Hände haben wirst." Er liebte es, sie anzufachen und der Ruck, der jetzt durch ihren Körper raste, bezeugte, dass es ihm wieder gelungen war. Am Ende des Abends würde sie sich keuchend nach Erlösung sehnen und er würde der Bitte seiner lieben Frau nur allzu willig nachkommen.

„Ihre Namen", fragte der große Sprecher, als sie den Anfang der Schlange erreichten.

Raphael beugte sich zu ihm und gab ihm die Information. Einen Augenblick später kündigte die dröhnende Stimme des Mannes sie an: „Signore Raphael di Santori und seine Gemahlin, Signora Isabella di Santori, ehemals Signora Tenderini, die Witwe des verstorbenen Giovanni Tenderini."

Dutzende von Köpfen wirbelten in ihre Richtung, und ein kollektives Keuchen raste wie ein Lauffeuer durch die Menge. Wie er schon erwartet hatte, hatte Massimo bereits die Nachricht über Isabellas Ruin verbreitet. Nun gut. Dann würde Raphael eben dessen Glaubwürdigkeit untergraben.

Mit Isabella an seiner Seite machte er seinen Weg die Treppe hinunter und schritt durch die Menschenmenge, deren neugierige und zweifelnde Blicke ihnen folgten. Sein Ziel war ein einziges: Sie mussten mit dem Dogen sprechen. Seine Autorität allein würde die bösen Zungen zum Schweigen bringen. Lediglich die Ankündigung ihrer Vermählung war jedoch in diesem Fall nicht ausreichend. Sie mussten Beweise vorlegen.

Als sie die Stelle erreichten, wo der Doge auf seinem Thron saß und Audienz hielt, wurde er von einem seiner Bediensteten gestoppt. Raphael sah an ihm vorbei und versuchte, die Aufmerksamkeit des Dogen auf sich zu lenken. Dieser winkte ihm zu. Neugier blitzte in seinen Augen auf.

„Lass sie nähertreten."

Raphael verbeugte sich vor dem älteren Mann und bemerkt, wie Isabella in einen tiefen Knicks fiel. Aus seiner Position musste der Doge eine hervorragende Aussicht auf Isabellas Dekolleté haben und in der Lage sein, mehr als nur einen flüchtigen Blick auf ihren üppigen Busen zu erhaschen. Raphael nahm Isabellas Hand und zog sie hoch.

„Eure Exzellenz", begrüßte er den mächtigen Mann, der ihnen helfen würde, Isabellas Ruf wiederherzustellen. „Darf ich vorstellen: meine Gemahlin – "

„Keine Vorstellung ist notwendig. Ich habe Ihren Namen gehört, als Sie angekündigt wurden." Dann fielen seine Augen auf Isabella. „Schlimme Dinge werden über Sie gesagt, Signora."

„Alle unwahr", behauptete Raphael.

Der Doge warf ihm einen ungeduldigen Blick zu. „Ich sprach mit Ihrer Gemahlin, wenn sie in der Tat Ihre Gemahlin ist."

Raphael hielt seine Zunge in Zaum und drückte Isabellas Arm zur Beruhigung.

„Eure Exzellenz, alle Gerüchte sind unwahr, und ich bin sicher, dass niemand etwas Böses beabsichtigte. Allerdings hat es den Anschein, dass die Person, die diese Gerüchte verbreitete, über meinen Status falsch informiert war", sagte Isabella.

„Und würden Sie dabei helfen, dieses Missverständnis nun zu korrigieren?"

„In der Tat. Meine Vermählung mit Signore di Santori fand gestern statt, und es scheint, dass die Bekanntmachungen, die ich an die Mitglieder der venezianischen Gesellschaft ausgesandt hatte, verspätet ausgeliefert wurden. Ich werde dafür sorgen, dass mein persönlicher Sekretär dies nachholt." Ihre Stimme war nun ruhig und nur Raphael konnte das leichte Zittern ihres

Körpers spüren. Er versuchte, sie dadurch zu beruhigen, ihren Arm sanft zu streicheln.

„Und Sie haben den Beweis dafür, dass eine solche Vermählung stattfand? Ich hoffe, es macht Ihnen nichts aus, wenn ich ein wenig zynisch bin, doch wie Sie sicher verstehen können, muss ich überprüfen, wenn solch eine Behauptung aufgestellt wird."

Isabella nickte. „Ich würde nichts anderes erwarten."

Raphael griff in seine Brusttasche und reichte ihr ein gefaltetes Blatt Papier. Sie lächelte ihn an, als sie es entgegennahm. Dann blickte sie wieder den Dogen an, der ihr zuwinkte, sich zu nähern.

Als der Mann das Blatt Papier aus Isabellas Händen nahm, konnte Raphael förmlich ihr wild schlagendes Herz hören. Sie würde sich keine Sorgen machen müssen. Die Zeremonie sowie der Priester waren echt gewesen. Das Einzige, was er mit seiner übernatürlichen Überzeugungskraft manipuliert hatte, war das Datum auf der Heiratsurkunde.

Als der Priester sie unterzeichnet und datiert hatte, hatte Raphael seine Gedanken in den Geist des Menschen gesandt und ihn dazu gebracht, ein anderes Datum einzutragen: einen Tag zuvor. Nun konnte Massimo nicht behaupten, dass sie erst geheiratet hatten, *nachdem* er sie in Isabellas Schlafgemach überrascht hatte. Stattdessen könnte Isabella behaupten, dass Massimo am Morgen nach der Hochzeitsnacht eingedrungen war. Der Skandal wäre seiner.

Nach langen Sekunden blickte der Doge auf und erhob sich von seinem Stuhl. Er nickte seinem Bediensteten zu, der mit einem langen Stab auf den Boden klopfte, um im Saal um Ruhe zu bitten. Das Geschwätz der Menge verstummte.

„Meine lieben Freunde, ich möchte, dass Sie sich meinen Glückwünschen zur gestrigen Vermählung von Signore und Signora di Santori anschließen."

Verwundertes Keuchen eilte nochmals durch die Menge, doch bevor jegliche Art von Beifall ausbrechen konnte, schob sich ein Mann durch die Menschenmenge. Raphael erkannte ihn sofort: Massimo.

„Das ist unmöglich", rief er aus, als er auf sie zueilte.

„Sie nennen mich einen Lügner?", fragte der Doge, seine Stimme bedrohlich.

Sofort verneigte sich Massimo. „Natürlich nicht, Exzellenz." Dann richtete er sich auf. „Ich will nur sagen, dass mir dies alles sehr plötzlich erscheint. Und als ein naher Verwandter wurde ich nicht darüber informiert." Er funkelte Isabella an und Raphael festigte seinen Griff um ihren Arm, um sie näher an sich zu ziehen.

„Dann sind Sie nun darüber informiert", war die Antwort des Dogen, bevor er sich abwandte. „Entlassen." Der mächtige Mann hatte eindeutig das Interesse verloren.

Als Massimo sich zurück zu ihm und Isabella wandte, waren seine Augen voller Hass. „Du intrigante – “

Raphael schnappte den Mann so schnell am Kragen, dass dieser keine Zeit hatte zu reagieren. Er ignorierte die Blicke der Menschen um sich herum. „Sagen Sie es, und ich werde Sie zu einem Duell herausfordern. Nur um Sie zu warnen, ich bin ein Experte in jeder beliebigen Waffe, die Sie auswählen könnten. Also seien Sie vorsichtig, wenn Sie über meine Gemahlin sprechen.“

Er spürte eine Verkrampfung seines Kiefers, Beweis dafür, dass seine Fänge sich senken wollten. Bereit zum Angriff juckten sie. Schnell löste er seinen Griff und wandte sich von Massimo ab. Er konnte es nicht riskieren, sich vor dieser Menschenmenge zu entblößen.

„Isabella, möchtest du tanzen?“ Ohne ihre Antwort abzuwarten, zog er sie in seine Arme und wirbelte sie auf die Tanzfläche. Ihr Körper gegen seinen gepresst zu spüren, linderte seinen Zorn. Er war nahe daran gewesen, ihren Vetter vor aller Augen zu töten. Es wäre eine Katastrophe gewesen.

Doch der Mann würde sterben. Sehr bald und ohne Zeugen.

11

Isabella wartete, bis Raphael ihre Umhänge geholt hatte und nahm die Gratulation eines weiteren Paares entgegen. Nach ein paar Tänzen mit ihrem neuen Gemahl, während denen er ihr so skandalöse Worte ins Ohr geflüstert hatte, dass sie diese nirgends wiedergeben könnte, hatte er schließlich beschlossen, dass sie lange genug auf dem Ball verbracht hatten und nach Hause zurückkehren konnten.

Sie war erleichtert. Trotz der Tatsache, dass der Doge ihre Ehe als legitim erklärt hatte, missfielen ihr die Blicke, die die Gäste ihr zuwarfen. Starrten sie ihr Kleid an oder ihren Gemahl? Vielleicht lag es auch an der Tatsache, dass sie sich erhitzt fühlte; nicht wegen der Wärme in dem großen Ballsaal, sondern wegen der anzüglichen Worte, die Raphael ihr ständig zugeflüstert hatte. Und wegen seiner harten Männlichkeit, die er beim Tanzen gegen sie gepresst hatte.

Sie erbebte unter Raphaels Händen auf ihren Schultern, die ihr den Umhang umlegten und an ihrem Hals verschnürten.

„Du warst die schönste Frau auf dem Ball." Sein Atem streichelte ihren Hals und sie neigte ihn leicht, um ihm diesen anzubieten. Er drückte einen sanften Kuss auf ihre Haut und sie spürte, wie sich ihr Blut erhitzte. Einen Augenblick später drehte er sie zu sich.

„Hier, leg das an."

Sie blickte auf seine Hände und nahm die Maske entgegen, die er ihr reichte. „Warum willst du, dass ich eine Maske trage?"

„Ich erkläre es dir später."

Er legte seine eigene Maske an und half ihr, dasselbe zu tun. Die Maske verbarg den größten Teil ihres Gesichts, doch ihr Mund blieb frei und ungehindert. Sie drehte sich herum, um sich in dem großen Spiegel im Foyer zu betrachten. Was sie sah, war eine Fremde, die in ein langes, rotes Kleid und einen schwarzen Umhang gehüllt war. Die schwarze Maske machte es unmöglich zu erkennen, wer sich dahinter verbarg.

„Komm!", drängte Raphael sie und führte sie in die Nacht hinaus.

In den Straßen tummelten sich die Feiernden. Viele trugen Masken, einige aufwendig verzierte, andere ganz schlichte wie ihre eigene. Jetzt und hier waren alle gleich. Klassenunterschiede waren vergessen. Das war der Sinn des Karnevals. Zu dieser Zeit konnte ein Bettler ein Prinz sein. Ein Adeliger konnte ein Pirat sein, eine Hure eine Lady.

Isabella ließ mit Erstaunen ihren Blick über die verschiedenen Menschen und Masken schweifen, während Raphael sie durch die belebten Gassen rund um die Piazza San Marco geleitete. Je weiter sie sich entfernten, desto ruhiger wurde es in den Straßen. Sie bemerkte kaum, welche Strecke sie zurückgelegt hatten, da sie von den Aktivitäten in den Straßen so fasziniert war.

Völlig überraschend zog Raphael sie plötzlich unter einen gewölbten Durchgang und drückte sie mit dem Rücken an die Wand, seinen Körper an ihren gepresst. „Und nun, meine liebe Gemahlin, ist es an der Zeit, unsere Ehe zu vollziehen. Ich habe lange genug gewartet.“ Das anrüchige Glitzern in seinen Augen war unverkennbar.

Isabella keuchte vor Entsetzen. „Hier?“

Seine Lippen streiften über ihre Haut und sein Atem streichelte sie, als er antwortete: „Ja, mein schöner Engel, genau hier. Deshalb tragen wir die Masken. Ich werde dich hier nehmen, wo uns jeder Passant sehen kann. Dennoch werden sie nicht wissen, wer wir sind. Sie werden denken, ich bin ein Mann, der eine Hure fickt, und sich nichts darum scheren. Vielleicht werden sie auch einfach nur zusehen.“

Sie versuchte, ihn wegzuschieben und damit ihre eigene skandalöse Begierde, die sie bei seinem Vorschlag überkam. Ihr Körper reagierte bereits auf seine anzüglichen Worte, indem sich ihr Geschlecht in Erwartung, dass er sie nehmen würde, verkrampfte. Und der Gedanke, dass jemand sie sehen könnte, schickte eine heiße Flamme durch ihr Inneres. Oh nein, das konnte sie keinesfalls zulassen!

Raphael umklammerte ihre Handgelenke und drückte sie an die Wand, dann neigte er seinen Kopf zu ihrem bebenden Busen. Er leckte mit der Zunge langsam und bedächtig über ihre Zwillingshügel und atmete tief ein. „Ich kann deine Erregung riechen, meine Liebste.“

Panik ergriff sie. Wenn sie ihm erlaubte, dies zu tun, würde er erkennen, dass sie keine Lady war, dass sie nicht besser war als eine Hure. Nur eine Hure würde sich an so einem öffentlichen Ort nehmen lassen. Und dann? Würde er sie von sich stoßen, wenn er sah, was sie wirklich war? Eine zutiefst gestörte Frau mit lustvollen Gefühlen, verdorbener als jede Hure in der Stadt?

„Bitte, Raphael, lass uns nach Hause gehen“, flehte sie ihn an, wohl wissend, dass sie ihre Erregung kaum verborgen halten konnte. Sie verstand nicht, warum er diese Gefühle in ihr heraufbeschwor. Bei ihrem ersten Gemahl hatte sie nie so etwas verspürt. Sie war eine pflichtbewusste Gemahlin gewesen, und obwohl sie es genossen hatte, wenn Giovanni sie gebettet hatte, hatte sie dabei nie den Kopf verloren oder den Wunsch verspürt, skandalöse Dinge wie die zu vollführen, die Raphael nur vorschlug.

Isabella spürte, wie ihr Mieder gelockert wurde. Raphael löste die Haken, die sie fest in ihr Kleid schnürten. Vergeblich versuchte sie zu protestieren; seine Lippen auf ihrer Haut machten sie machtlos. Seine Hände zogen ihre Korsage nur wenige Zentimeter nach unten, doch war es ausreichend für ihre Brüste, aus ihrem Käfig zu springen. Kalte Luft blies dagegen und ihre Brustwarzen versteiften sich sofort.

Gierig legte Raphael seinen Mund auf einen Nippel und saugte daran, während seine Hand ihre andere Brust umfasste und knetete.

Isabella konnte das Stöhnen, das sich über ihre Lippen stahl, nicht aufhalten, genauso wenig wie die Feuchtigkeit, die sich zwischen ihren Beinen sammelte.

„Oh, Gott“, flüsterte sie atemlos.

Ihr Nippel entschlüpfte seinem Mund und er zog nun mit seinen Fingern daran. Dann sah er sie mit der gleichen Leidenschaft in seinen Augen an, die sie schon in der vorherigen Nacht in ihnen gesehen hatte. „Öffne meine Hose und nimm meinen Schwanz heraus.“

Ohne nachzudenken, folgte sie seinem Befehl, während er seine Lippen auf ihren anderen Nippel senkte. Mit zitternden Fingern begann sie, seine Hose aufzuknöpfen. Ihre Hand streifte seine harte Länge. Sein Stöhnen war so tief und laut, dass es in dem Torbogen widerhallte. Aber jetzt kümmerte es sie nicht länger, wer sie sehen oder hören würde. Sie wollte ihn, wollte, dass er seine harte Männlichkeit in sie stieß und sie ganz in Besitz nahm.

Endlich lag sein Schwanz frei und sie umfasste ihn und drückte die samtige Haut, die seinen steinharten Schaft umgab. Sie liebte dieses Gefühl von weich auf hart. Zwei Gegensätze. Einer war ohne den anderen nicht vollkommen. So perfekt und schön.

Raphaels Hände auf ihren Schultern drückten sie tiefer. „Nimm mich in deinen Mund!“, befahl er.

Isabella fiel vor ihm auf die Knie und fand sich seiner harten Männlichkeit gegenüber, die direkt auf ihren Mund zeigte.

„Ja, lutsche mich wie eine Hure. Denn heute Abend, meine liebe Frau, bist du meine Hure, und du wirst tun, was ich will.“

Die Worte sollten sie schockieren, doch sie konnte nur daran denken, seinen Schwanz in ihrem Mund zu spüren und ihn um Erlösung flehen zu hören. Nicht einmal die Tatsache, dass er sie eine Hure nannte, konnte sie erniedrigen. Stattdessen fühlte sie sich stark, denn dadurch, dass sie auf ihre Knie ging, würde sie auch ihn in die Knie zwingen. Sie leckte sich die Lippen und kostete zum ersten Mal von seiner Männlichkeit.

Raphael verlor fast die Beherrschung, als Isabellas Lippen sich um seinen Schwanz schlossen und auf ihm hinabglitten. Glühende Hitze umgab ihn und lähmte ihn. Er stemmte sich gegen die Wand hinter ihr und versuchte, seine zitternden Beine zu beruhigen. Oh, dieses Weib würde ihm zum Verhängnis werden.

Nie hatte der Mund einer Frau ihm ein solch sofortiges, überwältigendes Vergnügen bereitet. „Verdammt!“, stieß er heraus, denn sein erweichtes Gehirn war unfähig, ein anderes Wort zu bilden. Erfolglos versuchte er, sich gegen den Ansturm der Empfindungen zu wappnen, den Isabella in ihm auslöste.

Wie ein Trommelfeuer von Kanonenkugeln schlugen sie auf ihn ein: verbrannten ihn, brandmarkten ihn. Ja, sie brandmarkte ihn mit ihrem Mund, mit jedem Strich ihrer Zunge gegen sein hartes Fleisch, mit jedem Atemzug, der gegen seinen steifen Schwanz blies und mit den Händen, die ihn im Gleichklang mit ihrem Mund streichelten. Sie würde ihn für jede andere Frau verderben, sodass er nie wieder von einer anderen berührt werden wollte und nie wieder den Mund einer anderen Frau auf sich spüren wollte – nur Isabellas.

Wie eine Hexe spann sie ihren Zauber um ihn. Ihre Wangen höhlten sich aus, als sie gieriger an ihm saugte und ihre Fingernägel kratzten leicht gegen den engen Sack, wo seine Eier wie Höllenfeuer brannten und der Druck sich wie in einem Vulkan bildete. Oh Gott, sie würde alles Leben aus ihm heraussaugen, wenn sie es könnte. Und im Augenblick war er nicht einmal so sicher, dass das jenseits ihrer Fähigkeiten läge.

Noch ein Lecken an seiner Schwanzspitze und er zog sich mit einem scharfen Zischen aus ihrem Mund. Er konnte sich nicht mehr zurückhalten.

„Ich war noch nicht fertig", beschwerte sich Isabella.

Wortlos packte Raphael sie und drückte sie auf die Steinbank in der Ecke, die so hoch war, dass er sie im Stehen nehmen konnte. Dann warf er ihre Röcke hoch und griff nach ihrer Wäsche. Mit einer einzigen Bewegung zerriss er den Stoff und ignorierte ihren überraschten Blick. Seine Geduld war nicht größer als die eines Matrosen, der die letzten Monate auf See verbracht hatte.

Ihre Erregung ummantelte ihn. „Jetzt werde ich dich ficken, meine schöne Hure! Ich werde dich ficken, bis du schreist." Und mit einem einzigen Stoß drang er in ihre feuchte Muschi ein. Sie verkrampfte sich um ihn, was ihn in seiner Bewegung innehalten ließ. „Oh, ja, du liebst es, hier draußen geschändet zu werden, nicht wahr?" Als sie nichts sagte, befahl er ihr: „Antworte mir!"

Isabellas atemloses „Ja" war mehr ein Stöhnen als ein Wort. Es gefiel ihm. Und seltsamerweise half es ihm, seine Kontrolle wieder zurückzugewinnen. Nein, diese köstliche, leidenschaftliche Frau würde nicht die Oberhand gewinnen.

Langsam zog Raphael seinen Schwanz aus ihrer seidenen Hitze und ließ ihn über ihre kleine Perle gleiten. Sie wand sich unter ihm, aber er hielt ihre Hüften mit einem eisernen Griff fest und ließ sie seiner Folter nicht entkommen. Er würde sie mit ihrer eigenen Begierde konfrontieren. Jetzt. Hier. Er würde ihre Gegenwehr niederschlagen und die leidenschaftliche Frau in ihrem Innern befreien.

Er gab ihr keinen Hinweis darauf, was er als Nächstes vorhatte, und stieß seine harte Länge wieder in sie, wobei sie einen überraschten Schrei von sich gab. „Oh, ja, glaube nicht, dass du je vor meinem Schwanz sicher bist. Denn ich nehme mir deine feuchte Muschi wann und wo auch immer ich will." Er benutzte absichtlich derbe Worte, um sie zu schockieren, während er weiter in ihre enge Scheide stieß. Sie war so geschmeidig, dass es sich anfühlte, als ertränke er in ihr. Nur dieses Mal war es ein angenehmes Ertrinken.

Als er ein Geräusch hinter sich hörte, drehte er den Kopf zur Seite. „Es scheint, als hätten wir Gesellschaft." Er warf dem gut gekleideten Herrn, der unter den überdachten Torbogen getreten war und sie beobachtete, einen kurzen Blick zu.

Raphael fühlte Isabellas spontane Reaktion. Sie wollte fliehen, aber er würde ihr nicht erlauben, diesem Instinkt nachzugehen. Stattdessen pumpte er weiter in ihre süße Tiefe und griff nach ihren üppigen Brüsten, die bei jedem seiner Stöße wippten.

„Wenn Sie mit ihr fertig sind, nehme ich sie Ihnen gerne ab", bot der Mann hinter ihm an.

Raphael knurrte. „Ich werde eine ganze Weile mit ihr beschäftigt sein." Eine sehr lange Weile. „Für heute Nacht gehört sie mir. Ich habe mir diese Hure gekauft und werde dafür sorgen, dass ich genug für mein Geld bekomme." Er grinste Isabella an, als er ihr schockiertes Gesicht bemerkte. „Deshalb, nein danke, Sie können sie nicht ficken, es sei denn, sie möchte es."

Isabella protestierte empört. „Nein!"

Raphael schmunzelte. „Wie Sie sehen, will sie nur meinen Schwanz. Aber wenn Sie möchten, treten Sie doch näher, um besser zu sehen." Es war ihm egal, ob der Mann zusah oder nicht, aber er würde nicht zulassen, dass dieser auch nur einen einzigen Finger auf Isabella legte. Er würde Isabella mit niemandem teilen. Aber während ihre Maske ihr Anonymität gewährte, genauso wie ihm, würde er ihre Lust dadurch schüren, dass sie beobachtet wurden.

Die Schritte des Mannes bestätigten, dass dieser sein Angebot akzeptiert hatte. Raphael konnte sehen, wie er seitlich in der Nähe stand, sodass er sowohl Isabellas nackte Brüste als auch ihr Geschlecht sehen konnte, in das Raphael immer wieder mit seinem Schwanz hineinpumpte.

„Sie hat eine schöne Muschi, diese Hure, finden Sie nicht auch?", fragte er den Fremden, während er wieder in Isabellas Wärme tauchte und gleichzeitig ihre Brüste knetete.

Er bekam keine Antwort. Aus dem Augenwinkel konnte Raphael sehen, warum: Hart und dick ragte dessen Schwanz aus seiner Hose und der Mann bearbeitete ihn hektisch mit seiner rechten Hand.

„Ich sehe, Sie stimmen mir zu", kommentierte er und widmete seine Aufmerksamkeit wieder Isabella, die seinem Blick gefolgt war. Ihr Mund stand offen.

„Ja, er berührt sich und wünscht sich, dass es deine heiße Muschi wäre, die seinen Schwanz umklammert. Erregt dich das?" Er lieferte ihr einen harten Stoß und ihr Kopf schnellte zu ihm zurück. Sie senkte ihre Lider, als schämte sie sich. Mit einem weiteren Schub rüttelte er sie auf. „Oh, nein, du wirst dich nicht abwenden. Ich möchte, dass du ihn dabei beobachtest, wie er uns beim Ficken zusieht.“ Ihre Augen weiteten sich hinter ihrer Maske. Er wusste, sie wollte zusehen, aber sie war zu beschämt, es zuzugeben.

Er kniff ihre Brustwarzen hart, bis sie aufschrie, ihre Lippen zitterten und ihr Atem aus ihr herausstieß. „Sieh ihn an! Aber denke daran, dass es *mein* Schwanz ist, der in dir ist. *Mein* Schwanz, der dich füllt.“

Er wollte sie vollkommen besitzen. Und er wollte die ganze Welt wissen lassen, dass sie ihm gehörte und dass er sie zur Ekstase treiben und ihr Vergnügen bereiten durfte. Sein Körper schrieb jetzt den Rhythmus vor und er drang tief und hart in sie ein.

Mit zwischen die Zähne gezogenen Lippen beobachtete sie den Mann, wie dieser seinen Schwanz streichelte. Raphael hörte das Grunzen des Mannes, doch er sah nur sie, seinen schönen Engel. Ihr ganzer Körper war Ekstase. Er ließ von einer ihrer Brüste ab und berührte mit dem Finger ihre Perle. Ihr Kopf wirbelte zu ihm zurück, als er seinen Daumen darüber rieb. Einen Augenblick später schrie sie auf und ihre Muskeln verkrampften sich um seinen Schwanz und entzündeten seinen eigenen Höhepunkt.

Sein Samen schoss aus seinen Hoden, durch die Länge seines Schwanzes und explodierte von dessen Spitze, während er weiter in sie hineinstieß und sie damit füllte. Doch er nahm kaum etwas davon wahr, weil sein ganzer Körper von seinem Orgasmus ergriffen wurde und ihn bis ins Mark erschütterte. Nichts hatte sich jemals so roh und intensiv angefühlt wie der Vollzug seiner Ehe.

12

Raphael stieß die Tür zu seinem Haus mit dem Fuß zu, während er die schlafende Isabella in seinen Armen hielt. Ihre Masken hatte er weggeworfen, bevor sie sein Haus erreichten. Nun trug er Isabella ins Wohnzimmer und legte sie auf das große Sofa.

„Du hast Abendessen mitgebracht", dröhnte die Stimme seines Bruders aus der Ecke, wo er in seinem Lieblingsohrensessel saß. „Das ist auch das Mindeste, was du tun konntest, nachdem ich mir Sorgen um dich machen musste!"

„Dante, ich hatte gehofft, du wärst zuhause. Wir müssen reden."

Sein Bruder erhob sich von seinem Sessel und seine langen Beine überquerten mühelos die Distanz zwischen ihnen. „Ja, nach dem Abendessen." Er warf einen Blick auf Isabella und leckte sich die Lippen. „Hast du sie schon gekostet? Sie sieht absolut köstlich aus."

Raphael stellte sich schützend vor seine Gemahlin. Er hätte Dante gerne die Neuigkeit auf weniger abrupte Art und Weise mitgeteilt, doch ließ ihm dieser keine Wahl. „Sie ist meine Frau. Also behältst du lieber deine Hände und deine Zähne für dich. Ebenso wie deinen Schwanz."

„Deine Frau?" Dantes Stimme füllte den ganzen Raum. Sein zweifelnder Blick wäre amüsant gewesen, hätte Raphael nicht andere Dinge im Kopf gehabt – zum Beispiel Isabellas Familienverbindung.

„Du hast dich vermählt?"

Der anklagende Ton in Dantes Stimme war nicht zu überhören.

„Das ist meine Sache."

„Nicht, wenn es uns beide betrifft. Sie ist eine Sterbliche." Sein Bruder straffte die Schultern, aber Raphael ließ sich nicht einschüchtern. Dante fuhr sich mit den Händen durch sein dichtes, schwarzes Haar, ein Zeichen für Raphael, dass dieser nicht darauf aus war, ihn anzugreifen. „Was zum Teufel hat dich bewogen, so etwas zu tun?"

„Sie hat mich gerettet."

„Was?"

„Sie hat mich vor dem Ertrinken gerettet. Mich aus dem Kanal gezogen, als ich schon unter Wasser war. Sie riskierte ihr Leben für mich." Ein gewisser Stolz über seine tapfere Gemahlin lag in seinen Worten.

Schockiert wich Dante einen Schritt zurück. „Du wärst fast ertrunken? Wie ist das passiert?"

Raphael zuckte mit den Schultern. „Ich bin mir nicht sicher. Ich spürte eine Hand auf meinem Rücken und fiel in den Kanal. Aber es waren viele betrunkene Nachtschwärmer um mich herum. Es könnte ein Unfall gewesen sein."

Sein Bruder hob eine Augenbraue. „Was, wenn es kein Unfall war?"

„Dann werden du und unsere Freunde mir dabei helfen, herauszufinden, wer dahinter steckt."

„Ich könnte eine Vermutung wagen." Dante warf ihm einen vielsagenden Blick zu und Raphael wusste sofort, dass er an die Hüter des heiligen Wassers dachte. Dann starrte Dante zu der noch immer regungslos auf dem Sofa liegenden Isabella. „Was ist übrigens mit ihr los? Was hast du ihr angetan, sie betäubt?"

Raphael grinste. „Mehrere Orgasmen."

Ein Lachen, das in der ganzen Villa widerhallte, folgte. „Du Schuft!"

„Nein – was ich tat, war vollkommen angebracht. Immerhin ist sie meine legitime, anständige Gemahlin." Anständig ja – doch mit einer lustvollen Ader, gegen die er nichts einzuwenden hatte. „Lass sie schlafen. Sie ist erschöpft." Er zog seinen Bruder zu den Sesseln vor dem Kamin.

„Ja, und vermutlich auch wund. Sie sieht zierlich aus."

„Sie ist stärker, als du denkst. Sorge dich nicht um meine Frau. Ich kümmere mich schon um sie." Ja, sie war vermutlich ein wenig wund aufgrund der Wildheit, mit der er sie genommen hatte, aber er würde es wieder gutmachen, indem er ihre süße Muschi leckte und ihr Fleisch mit seiner Zunge liebkoste.

Raphael ließ sich in einen Sessel fallen, während sich Dante in den anderen setzte. Er musste seine neue Gemahlin für einen Moment vergessen. „Ich habe einen der Hüter gesehen."

Sein Bruder setzte sich mit einem Ruck gerade auf. „Einen Hüter des Heiligen Wassers?"

„Ja." Er deutete mit dem Kopf dort hin, wo Isabella schlief. „Der Vetter ihres verstorbenen Gemahls ist einer von ihnen. Ich sah den Ring. Er trug ihr Symbol."

Dantes Augen blitzten vor Verwunderung auf. „In der Öffentlichkeit?"

„Nicht ganz. Er brach in Isabellas Schlafgemach ein, als wir dort waren . . . " Raphael räusperte sich. „Sein Name ist Massimo Tenderini. Ich will, dass du ihm folgst, um herauszufinden, soviel du kannst: was er tut, wen er trifft, wohin er geht. Alles. Er wird uns zu den Hütern führen. Wir müssen nur geduldig sein. Kannst du das für mich tun?"

Dante nickte. „Nichts einfacher als das. Ich werde einen Mann auf ihn ansetzen. Allerdings – " Er machte eine Pause und warf ihm einen langen Blick zu. „ – Ist es dir noch nicht durch den Kopf gegangen, dass dein Zusammentreffen mit Isabella und ihrem Vetter vielleicht kein Zufall war?"

„Inwiefern?"

„Was, wenn sie dir in den Weg gelegt wurde, damit du wiederum die Wächter zu uns führst? Glaubst du nicht, es war ein wenig zu einfach, dass du in den Kanal gestoßen wurdest und sie zufällig vorbeikam und dich rettete? Was, wenn all das geplant war? Wir dürfen ihre Verbindung zu den Hütern nicht einfach ignorieren. Vielleicht ist sie eine Spionin. Eine sehr köstliche Spionin, wenn ich das so sagen darf."

Ein Stich wie von einer riesigen Nadel traf Raphaels Herz. „Das kannst du doch nicht wirklich glauben. Sie hat nichts damit zu tun, sie ist unschuldig."

„Berühmte letzte Worte eines verliebten Narren", spottete Dante tadelnd. „Du darfst ihr nicht vertrauen."

Isabella spürte, wie die Wärme sie durchdrang, als ihr Bewusstsein zurückkehrte. Die Stimme, die sie wach gerüttelt hatte, war ihr unbekannt.

„Sie ist meine Frau", hörte sie nun Raphael verkünden.

„Was du mir besser noch genauer erklären solltest", fuhr die andere männliche Stimme fort. „Ich nehme an, sie weiß nicht über dich Bescheid? Was wirst du tun, wenn sie es herausfindet?"

„Sie wird es nicht herausfinden."

Isabellas Herz hörte auf zu schlagen. Was wollte Raphael nicht, dass sie herausfand? Was hatte er zu verbergen?

„Du kannst das Geheimnis nicht für immer hüten."

„Ich werde vorsichtig sein", versicherte Raphael ihm. „Sie wird es nie erfahren müssen. Und außerdem wird sie mir helfen, Massimo nahezukommen."

Massimo? Warum wollte ihr frischgebackener Gemahl ihrem Vetter nahekommen? Was wollte er von ihm? Sie hatte einen Mann geheiratet, über den sie nichts wusste. Hatte sie einen großen Fehler gemacht? Wäre es besser gewesen, ihr Ruf wäre ruiniert, als einen Mann zu heiraten, der sie für irgendwelche böse Zwecke missbrauchte?

„Es sei denn, sie hat all dies geplant. Hast du nicht gesagt, dass ihr Vetter in ihr Schlafgemach platzte, als du in ihrem Bett warst? Wer würde so etwas tun? Ein weiterer Beweis dafür, dass sie in die Sache verwickelt ist."

Raphael hatte diesem Mann so etwas Intimes erzählt? Wie konnte er nur?

„Willst du damit sagen, dass sie diese Situation inszeniert hat, damit ich sie heiraten musste?", fragte Raphael, seine Stimme voller Unglauben.

„Warum nicht? Wenn Massimo ein Hüter ist, könnte er Macht über sie haben und ihr vorschreiben, was sie tun muss. Sie musste davon wissen. Nichts für ungut, kleiner Bruder, aber trotz deines beträchtlichen Charmes würde sich keine anständige Frau von dir ins Bett ziehen lassen, ohne die Konsequenzen in Betracht zu ziehen."

Weswegen beschuldigten sie sie? Massimo war nicht ihr Vormund. Sie war eine unabhängige Frau, oder zumindest war sie das bis heute früh gewesen, als sie Raphael geheiratet hatte. Schweiß bildete sich auf ihrem Gesicht. Was hatte sie nur getan?

„Ich gebe zu, dass die Situation ungewöhnlich war, aber ich kann die Tatsache nicht ignorieren, dass durch diesen glücklichen Zufall unser Kampf bald vorbei sein könnte."

Isabella drückte die Tränen zurück, die drohten, an die Oberfläche zu platzen, Tränen der Enttäuschung. Sie hatte gedacht, dass Raphael sie begehrte, sie vielleicht sogar irgendwann lieben würde. Aber scheinbar wollte er sie nur für etwas benutzen, von dem sie noch nicht einmal verstand, was es war. Sie weigerte sich, ihre Augen zu öffnen und hoffte, das wäre alles nur ein böser Traum. Sie war mit einem Mann verheiratet, dem sie nichts bedeutete.

„Na gut, ich trete mit unseren Freunden in Verbindung und werde sehen, was wir herausfinden können. In der Zwischenzeit solltest du besser gut auf deine Frau aufpassen. Ich schlage vor, du lässt sie nicht aus den Augen. Sollte sich herausstellen, dass sie gegen uns intrigiert, weißt du, was du zu tun hast."

Isabella hielt den Atem an, doch Raphael gab keine Antwort. Stattdessen hörte sie ihn aufstehen und seine Fußtritte auf dem Holzboden näherkommen. Als sich das Sofa neben ihrer Hüfte senkte, wusste sie, dass er sich neben sie gesetzt hatte. Sie zuckte zusammen, als seine Hand ihren Arm streichelte.

„Wach auf, mein Engel!" Er zog sie hoch und hielt sie in seinen Armen gefangen, während seine Hände über ihren Rücken strichen.

Sie konnte nicht länger so tun, als schliefe sie, war jedoch unfähig, etwas zu sagen. „Hmm."

„Öffne deine Augen, Isabella. Ich möchte dir jemanden vorstellen."

Zaghaft öffneten sich ihre Lider und sie traf direkt auf Raphaels Blick. Er lächelte sie an und küsste sie sanft auf die Wange. Sie versuchte, sich ihm zu entziehen, aber er hielt sie fest. Plötzlich hatte sie Angst vor ihm. Er war ein kräftiger Mann. Würde er ihr wehtun wollen oder der Mann, der ihn Bruder genannt hatte, ihm befehlen, sie zu verletzen, hätte sie keine Chance, sich zu wehren.

Raphael lockerte seinen Griff, sodass sie sich zur Seite drehen konnte. „Isabella, dies ist mein Bruder Dante."

Der große Mann, der neben dem Sofa stand, war von breiter Statur. Sein Haar war rabenschwarz. Die Ähnlichkeit zwischen ihm und Raphael war unverkennbar, nur, dass dieser Mann ein wenig größer war und seine Gesichtszüge weniger elegant als Raphaels.

„Es ist eine Freude, dich in der Familie willkommen zu heißen", meinte Dante gedehnt.

Eine Lüge hinter freundlichen Worten! Nur wenige Augenblicke zuvor hatte er seinen Bruder beschworen, ihr nicht zu vertrauen. Doch keinesfalls durfte sie sich anmerken lassen, dass sie etwas von ihrem Gespräch mitgehört hatte. Das würde schlimme Folgen für sie haben. Obwohl sie kaum die Hälfte ihrer Diskussion verstanden hatte, erkannte sie, dass Dante gefährlich war und sie wahrscheinlich töten würde, wenn sie ihren Plänen in die Quere kam.

„Danke, Signore", antwortete sie und senkte ihre Augenlider.

„Aber, aber, Isabella, du musst mich Dante nennen. Wir sind hier nicht sehr formell. Und du bist jetzt meine Schwester."

„Natürlich", fügte sie hastig hinzu, um ihn nicht zu verärgern.

„Genug der Höflichkeiten für heute Abend", warf Raphael ein. „Wie wäre es, wenn ich dir das obere Geschoss zeige und dafür sorge, dass ein Bad für dich zubereitet wird? Ich werde mich in Kürze zu dir gesellen."

Ihr Puls raste. „Wir bleiben hier?" Sie hatte angenommen, dass dies Dantes Haus war. Und sie wollte nicht unter seinem Dach mit ihm bleiben. Sie würde lieber in ihrem eigenen Haus sein, wo sie wenigstens Hilfe rufen konnte, wenn sie sie brauchte.

„Ja, wir verbringen die Nacht in meinem Haus", antwortete Raphael.

„In deinem Haus?"

Er nickte. „Natürlich. Oder dachtest du, du hättest einen Bettler geheiratet? Dies ist Dantes und mein Haus. Wir wohnen hier schon unser ganzes Leben lang. Komm, ich zeige dir mein Schlafgemach." Er räusperte sich. „Unser Schlafgemach."

Isabella schluckte und legte ihre zitternde Hand in seine ausgestreckte Handfläche.

13

Nicht einmal das warme Bad, das ein Diener ihr bereitet hatte, konnte Isabellas Nerven beruhigen. Sie versuchte, einen Sinn hinter den Worten, die sie belauscht hatte, zu erkennen. Was wollte Raphael von ihr und was wollte er von Massimo? Glaubte er wirklich, dass sie unter Massimos Einfluss stand? Sie hatte den Mann immer gehasst, selbst als Giovanni noch gelebt hatte. Sie hasste die Art, wie er sich herumschlich und wie er ihr Haus als sein eigenes ansah, wie er ihre Diener herumkommandierte, wenn er zu Besuch war, und so tat, als wäre er der Hausherr.

Dass jemand denken konnte, dass sie tun würde, was er ihr auftrug, war lächerlich.

Sie wird es nicht herausfinden. Raphaels Worte hallten in ihrem Kopf wider. Was verbarg er vor ihr? War er ein Spieler? Oder hatte er bereits irgendwo anders eine Frau? Was war es, das sie nicht herausfinden durfte?

Offensichtlich hatte er sie nicht wegen ihres Geldes geheiratet. Als sie sich in seinem Schlafgemach umsah, konnte sie nicht umhin, die reiche Ausstattung, die teuren Teppiche und die schönen Gemälde zu bewundern. Alles in seinem Besitz deutete auf großen Reichtum hin. Ihr eigenes Haus sah im Vergleich dazu wie ein Armenhaus aus. Nein, sicherlich war es nicht ihr Geld, das er wollte.

Was sie wieder zurück zu Massimo brachte. Was hatte Massimo, das Raphael und sein Bruder wollten? Sie hatte nie herausgefunden, was Massimo eigentlich tat. Doch immer, wenn er auftauchte, war sicher, dass Giovanni die ganze Nacht mit ihm wegbleiben würde. Und sie hatte es gehasst! Giovanni kam jedes Mal zerzaust und erschöpft nach Hause zurück. Aber ihren Fragen war er immer ausgewichen.

Isabella schlüpfte unter die Decke des großen Bettes und zwang sich, die Augen zu schließen. Irgendwie würde sie dies durchstehen. Morgen würde sie zurück in ihr eigenes Haus gehen und versuchen, herauszufinden, wie sie sich aus dieser Situation befreien konnte. Vielleicht konnte sie an den Dogen appellieren und um seinen Schutz bitten. Schutz vor ihrem eigenen Mann? Was würde die venezianische Gesellschaft nur sagen? Nein, sie konnte nicht damit an die Öffentlichkeit gehen. Was, wenn Raphael bekannt machte, wie er sie unter dem Torbogen in aller Öffentlichkeit und vor einem Fremden wie eine Hure genommen hatte? Ihr Ruf wäre ruiniert, trotz der Tatsache, dass sie verheiratet war.

Voller Panik erkannte sie, dass sie nicht auf Hilfe zählen konnte. Sie war allein und hatte vor ihrem eigenen Gemahl Angst. Er war ein Fremder, ein Mann, den sie nicht kannte.

Isabella zuckte zusammen, als die Tür aufging und sie Schritte hörte. Da Raphael sie in sein eigenes Schlafgemach geführt hatte, anstatt ihr ein separates zuzuweisen, war ihr bewusst gewesen, dass er zu ihr kommen würde. Wenn sie sich schlafend stellte, würde er vielleicht darauf verzichten, sie nochmals zu nehmen. Sicherlich hatte er für heute Abend genug, nach all dem, was sie unter dem Torbogen getrieben hatten.

Das Rascheln von Kleidung bestätigte ihr, dass Raphael sich auszog. Augenblicke später schlüpfte er unter die Decke und zog sie sofort in seine Arme. Er war nackt.

„Mmmh, du riechst wunderbar." Er schmiegte sein Gesicht in ihre Halsbeuge und drückte kleine Küsse auf ihren Puls. Sie stieß einen Atemzug aus. „Also bist du noch wach. Ich hatte darauf gehofft."

„Ich bin sehr müde", antwortete Isabella, in der Hoffnung, er würde sie in Ruhe lassen. Sie wollte nicht, dass er sie berührte, jetzt nicht mehr, da sie doch wusste, dass etwas nicht stimmte.

„Ich weiß, mein Engel. Bist du wund?" Seine Hand glitt zu der Stelle zwischen ihren Beinen, die sofort zu pochen begann.

„Ja, sehr!", log sie und wünschte sich, dass er seine Hand entfernen würde, damit ihr Körper nicht vor Begierde und Lust feucht wurde.

Aber anstatt von ihr abzulassen, zog Raphael ihr Unterkleid hoch. Sie hatte natürlich kein Nachthemd dabei, deshalb hatte sie beschlossen, ihr Unterkleid zu tragen, um einen gewissen Schutz zu haben. Scheinbar gefiel dies ihrem neuen Gemahl nicht.

„Dann lass mich es wieder gutmachen. Zieh das aus." Er zerrte an dem Unterkleid, zog sie hoch und streifte ihr das Kleidungsstück über den Kopf.

„Aber", protestierte sie. Hatte er nicht gehört, dass sie ihm sagte, sie wäre wund? Würde er ihr denn keine Pause gewähren?

Er legte seinen Finger auf ihre Lippen. „Schhh . . . Isabella. Ich werde nicht in dich eindringen. Ich will nur dein Fleisch beruhigen. Ich würde ein schlechter Gemahl sein, wenn ich mich nicht um meine Frau kümmern würde, wenn sie mich braucht." Dann strich er ihr übers Haar. „Du hast mir heute Abend sehr viel Vergnügen bereitet. Dich in solcher Ekstase und Leidenschaft zu sehen, hat mir Freude gemacht. Deine Großzügigkeit beschämt mich."

Sie hörte seine Worte, aus denen Bewunderung sprach. War dies der gleiche Mann, den sie im Gespräch mit Dante belauscht hatte, der gleiche Mann, der seinem Bruder gegenüber zugegeben hatte, dass er sie nur benutzte? Ihre Brust hob und senkte sich und ein Gefühl der Verzweiflung überkam sie. Sie versuchte, die kleinen Schluchzer, die sich von ihren Lippen stahlen, zu unterdrücken, aber er vernahm sie trotzdem. Und er interpretierte sie falsch.

„Meine Liebste, du musst dich nicht schämen wegen unserer Taten. Niemand wird es jemals erfahren. Du bist meine Frau, und ich werde dich vor allen schützen.“ Er ließ seine Hand zu ihren vollen Brüsten gleiten und streichelte sie sanft. „Du warst heute Abend so schön. Mit deinem Busen, der deinem Bustier entsprungen war, den hochgeworfenen Röcken, deiner glitzernden rosa Muschi. Ich habe noch nie einen schöneren Anblick gesehen. Und zu wissen, dass all dies mir allein gehört, macht mich stolz.“

Er liebkoste sie mit seinen Worten. Sie verstand nicht warum, aber ihr Körper reagierte unwillkürlich auf ihn. Unter seiner Liebkosung wurde ihr heiß, während seine Hand weiter nach unten wanderte und ihren Bauch streichelte. Sie schnappte nach Luft, als seine Finger durch das Dreieck von Locken strichen.

„Ja, du warst so empfänglich“, fuhr er mit sanfter Stimme fort. „Dein Honig war so reichlich und hat meinen Schwanz ummantelt. Ich habe mich nie zuvor willkommener gefühlt. Selbst jetzt nur daran zu denken, macht mich so hart, dass ich fast explodieren könnte.“

Oh Gott, wie sie diesen Mann wollte, obwohl sie vor seinen Motiven und Plänen Angst hatte. Sie musste gegen ihn ankämpfen, gegen ihren eigenen Körper ankämpfen. Sie verkrampfte sich.

„Keine Angst, Isabella. Ich versprach dir, heute Nacht nicht in dich einzudringen. Ich will dein empfindliches Fleisch nicht noch mehr verletzen. Aber sobald du nicht mehr wund bist, werde ich dich nehmen und meinen Schwanz so tief in dich eintauchen, dass ich deine Gebärmutter berühre.“

Sie stieß ein Stöhnen aus, unfähig, es zu unterdrücken.

„Ja, das gefällt dir. Du magst meinen Schwanz. Ich konnte es spüren, so wie du mich heute gelutscht hast.“

Wie sollte sie ihm widerstehen, wenn er ihren Körper zum Kochen brachte und nur mit wenigen Worten diese köstlichen Empfindungen in ihr erweckte, während seine Hand fast unschuldig auf ihrem Geschlecht ruhte? Er berührte sie kaum, doch ihr Verlangen wurde immer größer.

„Bitte“, flüsterte sie.

„Bitte was?“

Sie konnte es nicht länger ertragen. „Erlöse mich aus meiner Qual.“

„Ja, mein Engel.“ Raphael rutschte an ihrem Körper hinunter und spreizte ihre Schenkel, um zwischen sie zu gleiten. Dann senkte er seinen Kopf und leckte mit seiner heißen Zunge über ihre feuchte Spalte. Und mit jedem Kuss und jedem Lecken verbreitete sich mehr Vergnügen in ihrem Körper. Vergessen war das Gespräch, das sie belauscht hatte, und die Drohung, die darin versteckt lag. Alles, was sie fühlte, war Raphaels Eifer, ihr Freude zu bereiten und sie zu lieben.

Innerhalb von Sekunden spürte sie die Wärme in ihrem Körper außer Kontrolle geraten. Seine Zunge leckte unerbittlich über ihre Perle und machte sie hart. Mit jedem Lecken und Zerren entzündeten sich kleine Explosionen in ihrem Bauch.

Isabella ergriff die Bettwäsche mit ihren Händen, verzweifelt gegen die Reaktion ihres Körpers ankämpfend. Doch sie war machtlos. Er erregte sie und katapultierte sie in eine Welt der Wonne, ohne dafür etwas im Gegenzug zu verlangen. Das machte diese intime Handlung nur noch süßer. Als seine Lippen sich um ihr Lustzentrum schlossen und er an ihrer Perle zerrte, ließ sie sich gehen und gab sich ihm vollkommen hin. Die Wellen, die folgten, lullten sie in den Schlaf.

Das Letzte, was sie fühlte, war, wie Raphael sie an sich zog, ihren Rücken an seine Brust gedrückt, und ihr ins Ohr flüsterte: „Ich werde dir nie wehtun.“

14

Raphael erwachte am frühen Nachmittag. Isabella hatte sich die ganze Nacht nicht von ihm entfernt und ihr Rücken war immer noch an seine Brust gepresst und das gefiel ihm. Er hatte ihre Angst in der Nacht zuvor verspürt und befürchtet, dass sie bereute, was sie getan hatten. Deswegen hatte er sie nur mit Worten allein geliebt. Er wollte nicht, dass sie Reue empfand. Er wollte, dass sie wusste, wie sehr er schätzte, was sie ihm gegeben hatte.

Trotz der Dinge, die Dante gesagt hatte, würde Raphael nicht zulassen, dass etwas zwischen ihm und seiner Gemahlin stand. Nicht einmal sein Hunger, ein Hunger, der sich sofort nach dem Aufwachen bemerkbar gemacht hatte. Er hatte sich seit der Nacht, als er fast ertrunken wäre, nicht ernährt und spürte jetzt, wie sein Körper nach dem lebenserhaltenden Blut verlangte.

Er würde heute Nacht Blut trinken müssen. Nicht von dem grazilen Hals seiner schönen Gemahlin, die noch immer in seinen Armen schlief, sondern von einem Fremden. Denn in einer Sache hatte Dante recht: Er konnte nicht zulassen, dass sie herausfand, dass er ein Vampir war. Sie würde vor ihm flüchten. Und er wollte sie nicht verlieren.

Bis Isabella aufwachte, war Raphael bereits gekleidet und hatte eine Mahlzeit für sie bereiten lassen. Er wusste, dass sie hungrig sein würde. Als er sich im Speisesaal, der in relativer Dunkelheit lag, da die Fensterläden geschlossen waren und nur Kerzen im Raum brannten, zu ihr gesellte, hatte sie ihren Teller fast schon geleert.

Er setzte sich ihr gegenüber. Sie wirkte nervös, als sie ihn mit leicht gesenkten Augenlidern ansah, als wollte sie seinen Blick meiden. War ihr das, was am Abend zuvor passiert war, immer noch peinlich?

„Soll ich einen Teller für dich bereiten?“, fragte sie und machte Anstalten, aufzustehen und zu dem kleinen Buffet zu gehen, das einer seiner Diener vorbereitet hatte.

„Nein danke, meine Liebste, aber ich aß, während du schliefst.“

Er hatte keine Ahnung, wie lange er vor ihr verheimlichen konnte, dass er niemals aß. Sein Vampirkörper konnte nur Blut und Flüssigkeiten zu sich nehmen, vertrug jedoch keine feste Nahrung. Er würde allerlei Ausreden erfinden müssen, damit Isabella ihm nicht auf die Schliche kam.

„Oh. Ich habe noch nie so lange geschlafen.“ Sie errötete wieder.

„Ich habe dich letzte Nacht erschöpft.“ Er hielt inne und bemerkte, wie sie den Blick noch weiter senkte, während ihre Wangen noch dunkler wurden.

„Und ich habe vor, es heute Nacht wieder zu tun.“ Er ignorierte ihr entsetztes Keuchen. „Jetzt iss. Damit du wieder zu Kräften kommst.“

Er liebte es, sie zu provozieren und zu sehen, wie sie ihre Fassung verlor. Vor allem liebte er es, die Schichten der anständigen Lady weg zu schälen, die sie so dicht um sich gewickelt hatte. Denn darunter lag eine Frau, die ungezähmte Leidenschaft und unbändige Lust hegte. Genau so, wie er es mochte.

„Wann gehen wir nach Hause?“

„Gefällt es dir hier nicht?“

„Dein Haus ist sehr luxuriös und wunderschön. Aber ich muss mein Geschäft führen, und alle Dinge, die ich benötige, sind bei mir zu Hause.“

Es war ein berechtigter Einwand. Dagegen konnte er nichts sagen. Außerdem, wenn er mehr über Massimo erfahren wollte, der sicherlich bald wieder bei ihr auftauchen würde, wäre es besser, wenn sie in Isabellas Haus blieben. „Na gut, mein Engel, wir kehren heute Abend in dein Haus zurück.“

„Warum nicht gleich?“

Er hob eine Augenbraue. „Warum die Eile? Ist es so schrecklich hier?“

Hastig schüttelte Isabella den Kopf. „Nein. Natürlich nicht.“ Aber ihr Gesichtsausdruck schimpfte sie Lügen.

„Es ist wegen Dante, nicht wahr? Du magst ihn nicht.“ Nicht, dass sein Bruder der charmanteste Mann war. Er konnte geradezu lästig sein, wenn er es sich in den Kopf gesetzt hatte. Und er hatte seine Vorbehalte gegen Isabella. Vielleicht spürte sie das.

„Nein, nein, er ist nett.“

Raphael stand auf und ging zu ihr herum, dann nahm er ihre Hand und küsste sie. „Ich will, dass du glücklich bist. Wir werden nach Sonnenuntergang gehen. Ich verspreche es dir.“

***

„Ich habe die Diener Giovannis altes Schlafgemach für dich herrichten lassen.“

Raphael drehte sich beim Klang von Isabellas Stimme, die von der Tür zu ihrem Arbeitszimmer kam, um. Nach der Rückkehr in ihr Haus hatte sie sich damit entschuldigt, dass sie geschäftliche Dinge erledigen musste und ihn sich selbst überlassen.

„Das wird nicht nötig sein.“

Sie bedachte ihn mit einem überraschten Blick.

„Ich bin vollkommen zufrieden damit, in deinem Schlafgemach zu schlafen.“

Ihre Brust hob sich und er konnte sich nicht von dem verführerischen Anblick der cremigen Haut ihrer Brüste losreißen. Das Kleid, das sie trug, war nicht ganz so tief ausgeschnitten wie das rote Kleid in der Nacht zuvor, aber es würde nicht viel Mühe bedürfen, ihr Bustier zu senken und ihre Brustwarzen herausspringen zu lassen. Seine Hose verengte sich bei der Vorstellung.

„Aber das ist nicht angebracht. Verheiratete Paare haben getrennte Schlafgemächer."

Er stand auf und ging auf sie zu, sein Blick auf ihre prallen Lippen fixiert. „*Wir* nicht. Ich habe dich nicht geheiratet, um meine Nächte alleine zu verbringen." Er streichelte mit dem Handrücken über die Hügel, die von ihrem Décolleté entblößt wurden. Eine Gänsehaut bildete sich auf ihrer Haut. Seine Lippen näherten sich ihren Brüsten und drückten einen Kuss auf die Stelle, wo diese ein hübsches Tal bildeten. Er schwelgte in ihrem Duft und fühlte seinen Hunger wieder in den Vordergrund drängen. Er hatte sich immer noch nicht ernährt und bevor sich jeder im Haus für die Nacht zurückgezogen hatte, konnte er sich nicht aus dem Haus schleichen, um auf Beutezug zu gehen. Vielleicht würde ein kurzes Liebesspiel seinen Hunger unterdrücken.

Raphael zog sie mit sich ins Arbeitszimmer und schloss die Tür. Ihre Augen weiteten sich, als wüsste sie, was er vorhatte. Und vielleicht tat sie das auch. Mittlerweile sollte sie in der Lage sein, in seinem Gesicht zu erkennen, wann er körperliche Gelüste im Sinn hatte.

„Raphael, ich muss weiterarbeiten. Also, wenn du mich bitte entschuldigen würdest." Isabella versuchte, sich wegzudrehen, aber er zog sie zurück zu sich. Seine Augen wanderten durch den Raum, bevor er sie zu dem Schreibtisch führte und sie darüber beugte. „Bist du immer noch wund?"

„J–ja", stammelte sie.

„Lüg mich nicht an."

Sie zögerte, und er ließ seine Hand über ihr Gesäß gleiten. Ihr Atem stockte.

„Ich frage dich noch einmal. Bist du immer noch wund?"

Ein paar Sekunden vergingen, bevor sie antwortete: „Nein!"

„Hat es dir gefallen, wie ich dich letzte Nacht geleckt habe? Wie ich deine Muschi vernaschte?"

Er spürte, wie sich ihr Herzschlag beschleunigte und wusste, dass seine Worte sie erregten. Seine Hand drückte eine Pobacke, bevor er ihre Röcke ergriff, um sie hochzuziehen. „Hast du meine Frage nicht gehört?"

Ein erstickter Atemzug löste sich aus ihrer Brust. „Ich mochte es."

Raphael warf ihre Röcke bis zur Taille hoch, dann begann er, ihre Unterwäsche aufzuknöpfen.

„Das kannst du hier nicht machen. Die Bediensteten!" Ihre Stimme klang voller Panik, aber er würde sich nicht abschrecken lassen. Er zog ihre Unterwäsche nach unten, um ihren perfekten runden Po freizulegen. Als er diesen streichelte, holte sie hörbar tief Luft.

Dann tauchte er seine Finger in ihren Spalt und glitt bis zum Scheitelpunkt ihrer Oberschenkel, wo ihn warme Feuchtigkeit begrüßte. „So wenig Ermutigung, und schon bist du feucht. Es überrascht mich, dass dein verstorbener Gemahl jemals zur Arbeit Zeit fand, wenn man bedenkt, dass er dich doch ständig befriedigen musste." Er fuhr mit seinem Finger in ihre einladende Scheide und hörte sie nach Luft schnappen.

„Du hast recht, die Diener könnten uns jederzeit hier überraschen", fuhr er fort. „Weißt du, was sie sehen würden?"

„Raphael, bitte", protestierte sie, aber in ihrem Protest lag nicht viel Stärke. Stattdessen klang es mehr wie ein Plädoyer, ihr mehr zu geben. Ein Plädoyer, dem er nur allzu gerne nachkam.

„Sie würden sehen, wie die Herrin des Hauses wie eine gewöhnliche Hure von hinten gefickt wird. Und sie würden sie wie eine läufige Hündin keuchen hören." Er zog seinen Finger aus ihr und knöpfte die Klappe seiner Hose auf. „Und sie würden hören, wie sie um mehr bittet, wie sie darum bettelt, härter gefickt und von dem harten Schwanz ihres neuen Gemahls gefüllt zu werden."

Raphael befreite seine Erektion und führte sie an den Eingang ihrer Scheide. „Sag mir, Isabella, ist das, was die Diener sehen würden, wenn sie hier hereinkämen?"

Ihre Antwort war nur ein Flüstern, aber er hörte es trotzdem. „Ja."

Mit einem einzigen Stoß glitt er bis zum Anschlag in sie hinein. Unter ihm keuchte sie schwer.

„Fick mich", flüsterte sie plötzlich, ihre Stimme kaum hörbar.

„Was war das, mein Engel?", fragte er, obwohl sein übernatürliches Hörvermögen die Worte vernommen hatte.

„Fick mich", forderte sie diesmal lauter.

Ihre Worte waren Musik in seinen Ohren. Sie war dabei, die Kontrolle zu verlieren und den Mantel des Anstands abzulegen und sich ihren lustvollen Gefühlen hinzugeben. Sie erlaubte ihm, ihre zügellosen Bedürfnisse zu befriedigen. Ja, er kontrollierte sie jetzt, niemand anderer. Selbst wenn sie unter Massimos Einfluss stand, würde sie sicher auf seine Seite überlaufen, denn er konnte ihr genau das geben, was sie brauchte.

Mit jedem Stoß in ihr süßes Inneres wurde ihr Puls noch unkontrollierter. Ihre Haut transpirierte, und ihr Geschlecht verkrampfte sich um ihn und versuchte, ihn zu umklammern und ihn gefangenzuhalten. Das Geräusch von aufeinanderschlagendem Fleisch hallte durch den Raum und ihr Stöhnen vermischte sich mit seinem und doch konnte er nur sein eigenes Herz wahrnehmen. Es schlug nicht einfach in dem hektischen Rhythmus ihres Fickens, sondern wollte ihm mitteilen, dass, egal was geschehen würde, sie ihm gehören würde, selbst wenn dies bedeutete, dass er sie zu seinem Ebenbild machen müsste. Eines Tages – denn er konnte nicht zulassen, dass sie alt wurde und starb.

Raphael ritt sie ohne Gnadenfrist durch ihren Orgasmus. Als er weiter in sie hineinpumpte, glitt sein feuchter Finger zurück zu dem Spalt ihres Pos, zu dem faltigen Loch, das den Eingang zu ihrem dunklen Kanal markierte. Er umkreiste es und es bebte.

Ihr Mund äußerte einen Protest, den er getrost ignorieren konnte, denn ihr Körper teilte ihm etwas anderes mit. Als er gegen den Ring drückte, drängte sich Isabella an ihn. Sie suchte und wollte diese Invasion. Sein Finger glitt einen Knöchel tief hinein und ihre Muskeln verkrampften sich um ihn. Sie hielt still und er stieß seinen Schwanz mit neuem Elan in sie und lenkte sie dadurch von dem ab, was er in ihrem Po tat.

Isabella drängte sich ihm entgegen und diesmal nahm sie seinen Finger tief in sich auf. Langsam pumpte dieser im gleichen Rhythmus wie sein Schwanz und ihr Körper ahmte seine Bewegungen nach, bewegte sich zurück, dann wieder nach vorne.

Noch nie hatte er etwas so Enges wie ihren Hintern verspürt. Das Wissen, dass er sie dort bald nehmen würde, dass er bald seinen ungeduldigen Schwanz in dieses verbotene Loch stoßen würde, trieb ihn zum Höhepunkt. Dieser stürzte mit einem Schwall von Empfindungen über ihn herein und mittendrin fühlte er, wie ihre beiden Kanäle zuckten, als sie ein weiterer Orgasmus ergriff.

15

Isabella legte ihre Ohrringe in die Schmuckschatulle auf ihrer Kommode. Bevor sie den Deckel schließen konnte, packte Raphael ihr Handgelenk.

„Wessen Ring ist das?"

Sie folgte seinem Blick zu dem schwarzen Onyxring, der in einer Ecke der Schmuckschatulle lag. „Meiner natürlich."

Raphael zog scharf die Luft ein. „Deiner?" Er klang anklagend und wie ein Fremder, der gleiche Fremde, der seinem Bruder gestanden hatte, dass er sie nur benutzte.

Der kalte Luftzug, der plötzlich gegen ihren Hals wehte, half nicht, ihre plötzliche Angst vor ihm zu lindern. In einem Versuch, das unangenehme Schweigen zwischen ihnen auszumerzen, fügte sie hastig hinzu: „Er gehörte meinem verstorbenen Gemahl. Ich habe ihn geerbt."

Er schien über ihre Worte erleichtert zu sein. „Darf ich ihn mir ansehen?"

Sie nickte und beobachtete, wie er den Ring aus dem Kästchen nahm und ihn sorgfältig musterte. „Er sieht ungewöhnlich aus. Ist das ein Familiensiegel?"

„Nein. Und es war auch nicht sein Lieblingsring. Er trug ihn nur selten. Und dann hörte er plötzlich ganz auf, ihn zu tragen." Sie hatte sich immer gewundert, was Giovanni in dem hässlichen Schmuckstück gesehen hatte. Ihr hatte das scheußliche Ding nie gefallen. Doch was sie jetzt faszinierte, war, warum Raphael so interessiert daran war. Hatte es etwas mit seinem Interesse an Massimo und der Familie ihres Mannes zu tun? „Warum fragst du?"

„Ich bin einfach nur neugierig, da es so ein geschmackloses Stück ist. Du sagtest, er hörte auf, es zu tragen. Wann war das?"

„Einen Monat vor seinem Tod. Er benahm sich damals so anders." Isabella erinnerte sich, wie sich ihr Mann plötzlich verändert hatte. Er war distanziert und unnahbar gewesen. Er hatte sie damals gemieden und sie hatte sich gefragt, ob er sich eine Geliebte genommen hatte. Er war die meisten Nächte ferngeblieben.

„ . . . Isabella?"

Raphaels Stimme zog sie aus ihren deprimierenden Gedanken.

„Es tut mir leid, was hast du gefragt?" Sie erwiderte seinen Blick im Spiegel und bemerkte, wie durchdringend dieser war. Es erinnerte sie wieder daran, dass sie für ihn nur Mittel zum Zweck war. Seine Fragen über ihren verstorbenen Mann zementierten ihren Verdacht, dass etwas mit ihrem neuen Gemahl nicht stimmte.

Wie sie ihm erlaubt haben konnte, sie nur eine Stunde zuvor in ihrem Arbeitszimmer so wild zu nehmen und sie noch dazu in solch zügelloser Weise zu erkunden, war ihr unergründlich. Aber ihr Körper hatte auf die einzige Möglichkeit reagiert, wie es ihr ihm gegenüber möglich war: mit unstillbarer Lust. Sie spürte, wie ihr Gesicht bei der Erinnerung daran vor Verlegenheit heiß wurde. Ihre Brustwarzen wurden zu harten Perlen und sie bekam Gänsehaut.

Als Raphaels Finger plötzlich ihren Nacken streiften, zuckte sie zusammen. Er wich zurück und sein erstaunter Blick kollidierte mit ihrem im Spiegel. Dann räusperte er sich. „Könntest du mir über ihn erzählen, über deinen verstorbenen Gemahl."

„Warum?" Ihre Wirbelsäule kribbelte unangenehm bei dem Gefühl, verhört zu werden.

Er lächelte sie an. „Weil ich in unserer Ehe nicht die gleichen Fehler machen will wie er."

Isabella drehte ihren Kopf zu ihm. Diese Antwort hatte sie nicht erwartet. „Fehler? Wieso glaubst du, dass er Fehler gemacht hat? Wir hatten eine durchaus angenehme Ehe."

„Angenehm", schnaubte er. „Ich will keine angenehme Ehe. Ich möchte eine glückliche."

„Ist das nicht dasselbe?"

„Nein, mein Engel. Also erzähl mir, wie war er?" Er nahm die Haarbürste aus ihrer Hand und begann, ihr Haar zu bürsten. Die intime Handlung überraschte sie.

„Na gut, wenn du darauf bestehst." Dann seufzte sie. „Er hat nie meine Haare gekämmt."

Raphaels Lächeln war warm, und es breitete sich bis zu seinen Augen aus. Die beinahe anklagende Art und Weise, wie er sie über Giovannis Ring befragt hatte, war verschwunden. Vielleicht hatte sie es sich nur eingebildet.

„Er war ein guter Mann. Er hat für mich gesorgt und mich gelehrt, wie ich ihm helfen konnte, das Geschäft zu führen. Ich lernte viel von ihm. Er war freundlich." Sie machte eine Pause, denn sie wusste nicht, was sie noch über ihn sagen sollte.

„Dennoch hat er nie deine Muschi geleckt", flüsterte Raphael ihr ins Ohr.

Sie senkte ihre Lider. „Er war nicht diese Art von Mann."

„Welche Art von Mann, Isabella?" Sein Atem geisterte über ihre Schulter.

„So . . . so . . . ", stotterte sie, unfähig, sich zu konzentrieren, wenn er absichtlich versuchte, sie aus der Fassung zu bringen.

„Leidenschaftlich?", half er ihr.

„Er war ein bedächtiger Mann. Alles hatte seinen Ort und seine Zeit. Deshalb war es auch so seltsam, als . . . " So seltsam, als er sich verändert hatte.

„Was war so seltsam?“ Raphael fuhr fort, ihr Haar mit langen und sanften Strichen zu bürsten.

„Vor seinem Tod. Er war nicht mehr der gleiche Mann.“

„Inwiefern?“

„Ich bin mir nicht sicher, aber er war anders. Er vermied es, mit mir alleine zu sein. Er hatte schreckliche Stimmungsschwankungen und Wutausbrüche. Und er blieb die ganze Nacht weg, nur um sich dann den ganzen Tag wegzuschließen. Es war nicht normal. Er mied sogar Massimo und sie waren sich immer so nahe wie Brüder gewesen. Eines Tages warf er den Onyxring in eine Ecke, als ob er nichts wert wäre. Er war temperamentvoll.“

Die glatten Striche, mit denen Raphael ihr Haar bürstete, beruhigten sie. Doch etwas anderes störte sie noch. „Ich glaube, er hatte eine Geliebte. Er wollte nicht mehr mit mir schlafen. Vielleicht geschieht das mit allen Männern, die ein paar Jahre verheiratet sind. Sie verlieren das Interesse an ihren Frauen.“

Raphael legte die Bürste auf den Tisch und drehte sie zu sich. „Ist es das, wovor du Angst hast? Dass ich das Interesse an dir verliere?“

Sie wollte ihm nicht antworten. Was würde es bezwecken? Sie würde nur ihr Herz offenbaren. Eines Tages würde er es brechen – eines Tages, wenn sie seine wahren Motive für ihre Vermählung entdecken würde. Sie wollte seinem Blick nicht begegnen, aber er hob ihr Kinn und zog ihr Gesicht zu sich.

„Ich werde nie das Interesse an dir verlieren. Wie könnte ich das? Du bist die leidenschaftlichste Frau, die mir je begegnet ist.“

Sein Kuss war zärtlich, doch er verwandelte sich innerhalb von Sekunden in einen hemmungslosen und allverzehrenden Kuss. Trotz ihrer Vorbehalte gegen ihn, trotz ihrer Ungewissheit über seine Pläne schmolz sie dahin.

Raphael hob sie in seine Arme und trug sie zu ihrem Bett, wo er sie mit seinem Körper bedeckte. „Und nun, meine süße Frau, lass mich dir zeigen, wie viel Interesse ich an dir habe.“

16

Dies war bereits die dritte Nacht, in der Isabella erwachte und sich alleine in ihrem Bett wiederfand. Raphael war verschwunden. Genauso, wie in den beiden Nächten zuvor: Er war in ihr Bett gekommen und hatte sie geliebt, nur um mitten in der Nacht zu verschwinden, während sie schlief. Anfangs dachte sie, sie würde ihn im Arbeitszimmer oder im Salon finden, wo er ein Glas Grappa trank oder ein Buch las, aber das Haus war, abgesehen von den Dienern, leer.

Doch jeden Morgen lag er wieder schlafend neben ihr, sein Körper eng an sie gedrückt, als wäre er nie weg gewesen. Trotz seiner Beteuerungen, dass er nicht wie Giovanni das Interesse an ihr verlieren würde, konnte sie nicht umhin zu spekulieren, wohin er mitten in der Nacht ging.

Aber sie wollte nicht den gleichen Fehler machen, den sie bei Giovanni gemacht hatte. Sie würde ihm nicht erlauben, sie so zu behandeln. Beim nächsten Mal würde sie ihm folgen und herausfinden, was er vor ihr verbarg.

***

Raphael betrat den Salon seines eigenen Hauses und bemerkte, dass er einen Besucher hatte. Lorenzo, einer seiner engsten Freunde, hatte sich in einer Ecke des Sofas ausgestreckt.

„Lorenzo, ist das schön, dich zu sehen."

Lorenzo warf ihm ein schiefes Grinsen zu. Schalk funkelte in seinen blauen Augen. Sein offenes, schulterlanges Haar und sein offenes Hemd bezeugten die Tatsache, dass er schon eine Weile gewartet hatte, und die Blutstropfen auf seiner Brust deuteten darauf hin, dass er sich erst vor kurzem ernährt hatte.

„Gleichfalls. Ich höre, Glückwünsche sind angebracht."

Raphaels Nasenflügel bebten, als er frisches Blut roch. In der Tat war der Geruch sehr intensiv. Er suchte nach der Quelle und sah Dante in seinem Lieblingssessel vor dem Kamin sitzen, eine junge Frau auf seinem Schoß. Ihr Kleid war vorne offen und entblößte ihre kleinen, aber festen Brüste, die Dante streichelte, während er von ihrem Hals trank.

Blutstropfen liefen Dantes Kinn hinunter, Beweis dafür, wie gierig er von der Frau trank. Ihr leises Stöhnen drang zu Raphaels Ohren. Sie stand unter Dantes Bann. Raphael wusste, dass sie sich nicht daran erinnern würde, was sein Bruder mit ihr tat. Die Überzeugungskraft, die sein Bruder bei ihr anwandte, hatte ihm und ihren befreundeten Vampiren über die Jahrhunderte geholfen, nicht entdeckt zu werden. Jeder Vampir verwendete diese Fähigkeit bei seiner Fütterung.

Raphael spürte, wie sich seine Hose bei dem Gedanken, sich von einer Frau zu ernähren, verengte. Doch nicht von irgendeiner Frau. Von Isabella. Mit einem Grunzen sah er weg und umarmte Lorenzo, der von dem Sofa aufgestanden war.

„Danke, mein Freund."

Lorenzo warf einen Seitenblick auf Dante. „Möchtest du etwas? Ich habe sie für Dante mitgebracht, aber wie wir beide wissen, hat er nie etwas dagegen zu teilen. Nicht wahr, Dante?"

So gerne er das Angebot angenommen hätte, hatte er sich jedoch vorgenommen, sich nur noch von Männern zu ernähren, jetzt, da er mit Isabella verheiratet war. Es kam ihm nicht angebracht vor, eine andere Frau zu berühren.

„Nein, danke."

„Mein Bruder ist in seine Frau vernarrt, Lorenzo", meinte Dante gedehnt, nachdem er seine Fänge aus dem Hals der Frau gezogen hatte. „Es scheint, als wolle er sich nicht in Versuchung führen, indem er eine andere Frau berührt."

„Und Dante scheint seine Nase in Dinge zu stecken, die ihn nichts angehen. Von wem ich mich ernähre, ist meine Angelegenheit", schoss Raphael zurück. „Nun, wenn du mit deiner Fütterung fertig bist, können wir uns dann an die Arbeit machen? Was habt ihr über Giovanni Tenderini herausgefunden?"

Dante leckte die Stichwunden am Hals der Frau, stand auf und trug sie zum Sofa, wo er sie hinlegte. Dann wischte er sich den Mund ab und blickte mit ernster Mine zurück zu Raphael. „Er war ein Hüter, wie du vermutet hattest. Aber ich lasse lieber Lorenzo die Geschichte erzählen. Sie ist übrigens sehr interessant."

„Stimmt", bestätigte Lorenzo. „Ein Hüter, der in einen Vampir verwandelt wurde."

Überraschung schoss durch Raphael. „Was?"

„Du hast richtig gehört. Zusammen mit ein paar anderen Hütern war er einer Gruppe von uns auf den Fersen. Wir schafften es, ihn von seinen Brüdern zu trennen und trieben ihn in einer Sackgasse in die Enge. Es gab keinen Ausweg für ihn. Nico hatte die geniale Idee zu der perfekten Strafe."

Raphael hielt den Atem an, denn er erriet, was kommen würde.

„Und was für eine gerechte Strafe es doch war, einen Hüter in die Kreatur zu verwandeln, die er jagte, meinst du nicht auch? Nico verwandelte ihn. Giovanni Tenderini war ein sehr tapferer Mann, wenn ich das so sagen darf. Er kämpfte mit all seinen Kräften dagegen an, aber ohne Erfolg. Am Ende war die Tat vollbracht. Nico hatte ihn zu einem von uns gemacht. Einen Monat später hörten wir von seinem Tod. Ich frage mich, ob er sich das Leben nahm. Er muss gewusst haben, dass er ertrinken würde."

„Das macht alles Sinn." Raphael fuhr sich mit der Hand durchs Haar.

„Was macht Sinn?", fragte Dante.

„Isabella bemerkte einen Monat vor seinem Tod eine Veränderung in ihm. Und er trug den Ring der Hüter nicht mehr. Aber ich glaube nicht, dass er Selbstmord beging. Es sieht eher so aus, als hätte jemand in seiner Nähe sein Ende herbeigerufen."

„Seine Frau?", fragte Lorenzo.

Raphael warf seinem Freund einen missbilligenden Blick zu. Isabella würde keiner Fliege etwas zuleidetun. „Nein, Isabella würde keiner Seele etwas antun."

„Darüber scheinst du dir sehr sicher zu sein, mein Bruder. Habe ich dir nicht geraten, deiner Frau nicht zu vertrauen? Pass auf, oder du könntest dasselbe Ende wie ihr erster Gemahl finden."

Raphael funkelte seinen Bruder an. „Isabella hat nichts damit zu tun. Ich vermute eher, dass sein Vetter Massimo an seinem Tod beteiligt war. Folgt ihm bereits jemand?"

Dante nickte. „Er ist sehr vorsichtig. Keine verdächtigen Treffen mit irgendjemandem. Und wir haben an niemand anderem den Ring gesehen. Ich vermute, die Wächter tragen ihn nur privat oder wenn sie sich miteinander treffen."

Was bedeuten könnte, dass Massimo Isabellas Haus als seinen privaten Bereich ansah. „Wir müssen nur geduldig sein." Raphael blickte auf die Uhr über dem Kamin. „Ich muss zurück, bevor sie erwacht."

Dante stieß einen resignierten Atemzug von sich. „Ich glaube, du solltest sie verlassen. Wir brauchen sie nicht, um an Massimo heranzukommen. Jetzt, da wir seinen Namen und seinen Aufenthaltsort kennen, ist es nicht notwendig, dass du dich weiter an sie fesselst. Sie wird dich nur in Gefahr bringen."

Raphael knurrte. „Sie gehört mir. Und daran wird sich nichts ändern."

17

Raphael wusste, dass er sich ernähren musste. Er schälte sich aus den Armen seiner schlafenden Frau und glitt aus dem Bett. Vielleicht hätte er ihr Angebot, Giovannis Schlafgemach zu beziehen, annehmen sollen, doch er wollte nicht ohne sie schlafen und sie nur besuchen, um Liebe mit ihr zu machen. Es gefiel ihm, sie nachts in seinen Armen zu halten, wenn sie schlief. Das beruhigte ihn.

So leise wie möglich schnappte er seine Kleider vom Stuhl, verließ die Kammer und schloss die Tür lautlos hinter sich. Er fühlte sich wie ein Dieb, als er sich im Flur anzog, doch wenn er sich jetzt nicht auf Beutezug machte, würde er seine Frau ihres Blutes wegen anfallen.

Lorenzos Angebot in der letzten Nacht, sich an dessen weiblichem Opfer zu laben, hatte einen gewissen Reiz gehabt, aber der Gedanke, eine andere Frau zu berühren, widerte ihn regelrecht an. Es war besser, seine Fänge in einen Mann zu schlagen. Das fühlte sich weniger wie Untreue an. Die Tatsache, dass er solche Gedanken überhaupt hegte, machte ihm Angst. Er war noch nie ein Mann gewesen, der einer Frau treu gewesen war, doch Isabella treu zu sein, war ihm sehr wichtig. Sie verdiente es. Er wollte, dass diese Ehe funktionierte.

Raphael schlich sich aus dem Haus und zog leise die Tür hinter sich zu. Der Vollmond überflutete die engen Gassen mit Licht. Zu viel Licht für seinen Geschmack. Er bevorzugte mehr Dunkelheit, das machte es einfacher, sich zu verbergen. Aber heute hatte er keine andere Wahl. Sein Hunger diktierte seine Handlungen.

In der Nacht, nachdem er und Isabella in seinem eigenen Haus geblieben waren, hatte er sich das letzte Mal ernährt. In den letzten drei Tagen hatte sich sein Hunger aufgestaut. Mehr als üblich. Die Tatsache, dass er mehrmals täglich und nachts mit seiner leidenschaftlichen Frau Liebe machte, war einer der Gründe dafür. Sie raubte ihm all seine Kraft, aber er konnte nichts dagegen tun. Er konnte nicht von ihren Kurven ablassen, wenn ihn der Drang überkam. Ihre Röcke in dem Arbeitszimmer hochzuwerfen, war nur der Anfang gewesen.

Während des Tages nahm er sie schnell und hart, aber nachts, wenn sie sich in ihr Schlafgemach zurückgezogen hatten, nahm er sich Zeit und liebte sie zärtlich, mit Worten, mit streichelnden Händen und weichen Küssen. Er wusste nicht, was Isabella besser gefiel, wenn er sie an jedem erdenklichen Ort in ihrem Haus vernaschte, oder wenn er ihren Körper nachts verehrte.

Manchmal blickte sie ihn an wie ein verängstigtes Reh, aber in dem Moment, wenn er seine Hände auf ihren Körper legte, verschwand dieser Gesichtsausdruck und wurde von einem Funkeln in ihren Augen ersetzt, das er angefangen hatte zu lieben. Sofort nach seiner Fütterung würde er nach Hause zurückkehren und Isabella dadurch aufwecken, dass er Liebe mit ihr machte.

Raphael seufzte und richtete seinen Blick auf etwas, das sich vor ihm bewegt hatte. Ein Mann, der eine Gasse entlang torkelte. Der Duft, der von ihm ausging, bestätigte, dass er betrunken war. Das machte es noch einfacher. Er würde sein Opfer nicht einmal in seinen Bann ziehen müssen, um sich ihm zu nähern und sich von ihm zu ernähren. Der Betrunkene würde sich an nichts erinnern. Und der Alkohol, der im Blut des Mannes schwamm, würde Raphael nichts anhaben können.

Raphael näherte sich dem Menschen. „Guten Abend, mein Freund."

Der Mann drehte seinen Kopf, doch seine Augen waren kaum in der Lage, sein Gegenüber zu fokussieren und sein Mund war zu einem dämlichen Grinsen hochgezogen. „Hä?"

Nicht an einer Konversation interessiert, legte Raphael seinen Arm um die Schulter des Betrunkenen und drehte ihn an seine Brust, bevor er seine Reißzähne senkte und in dessen Hals schlug. Der Mann schauderte nur ein bisschen. Raphaels Fänge waren mit einer Substanz beschichtet, die alle Schmerzen abstumpfte und es deshalb ermöglichte, sich von einem Menschen zu ernähren, ohne Schmerzensschreie auszulösen.

Als das reichhaltige, alkoholgetränkte Blut seine Zunge beschichtete und seine Kehle hinunterlief, entspannte sich Raphael. Er schloss die Augen und hörte nur auf die Forderung seines Körpers. Er zog lang und hart an der Vene, die ihm die lebenserhaltende Flüssigkeit spendete. Sein einziger Gedanke war, wie sehr er sich wünschte, dass dies Isabellas Hals wäre. Von ihr zu trinken, sich von ihrem duftenden Blut zu ernähren, sich an ihrer Essenz zu laben, während er seinen unersättlichen Schwanz in sie fuhr, würde –

Ein Schrei durchdrang die Stille der Gasse.

Isabella wurde erst klar, dass sie geschrien hatte, als Raphaels Kopf in ihre Richtung schnellte und er dabei den Hals des Mannes losließ, in den er seine Zähne geschlagen hatte. Schockiert sah sie das Blut, das von seinen Lippen tropfte und sein Kinn hinunterlief. Sein Mund stand offen und sie konnte deutlich das Weiß seiner Zähne sehen. Wie gelähmt starrte sie ihn an.

Sie hatte Geschichten über Geschöpfe wie ihn gehört, aber diesen nie Glauben geschenkt. Für sie waren das immer Fantasiegeschichten gewesen, mit denen man Kinder erschreckte. Aber was sie nun vor sich sah, war kein Märchen.

Sie war mit einem Vampir verheiratet. Mit einem Geschöpf, das Blut trank und den Menschen das Leben aussog.

In dem Moment, als Raphael den Mann gegen die Wand sacken ließ und auf sie zukam, kehrte endlich ihre Stärke wieder zurück und sie rannte, so schnell sie konnte.

„Isabella“, rief er hinter ihr her. „Stopp!“

Die Stimme kam näher und sie wusste, dass er sie verfolgte. Sie war froh, dass sie eine alte Hose Giovannis trug; damit konnte sie leichter laufen. Sie hatte sie unter dem Bett versteckt, da es weniger Zeit in Anspruch nehmen würde, diese in der Dunkelheit anzuziehen als ein Kleid. In dem Moment, als Raphael ihr Schlafgemach verlassen hatte, war sie aus dem Bett gesprungen und hatte sich fertig gemacht, ihm zu folgen.

Aber jetzt wünschte sie sich, sie hätte ihn lieber mit einer Geliebten erwischt. Es wäre einfacher gewesen, damit umzugehen – sicherer.

Ihre Oberschenkel brannten beim Versuch zu fliehen; dabei wusste sie, dass sie keine Chance hatte, Raphael zu entkommen. Der Klang seiner Stiefel auf der gepflasterten Straße kam immer näher. Ihre Lunge tat weh und sie strengte sich an und lief schneller als jemals zuvor.

„Isabella, bitte!“ Dann packte sie seine Hand am Kragen ihrer Jacke und zog sie zurück.

„Nein!“ Sie rutschte auf dem nassen Kopfsteinpflaster aus und wäre gefallen, hätte Raphael sie nicht an seine Brust gezogen und seine Arme um sie gelegt. Wie Ketten umklammerten sie sie und schnitten damit jede Bewegung ihres Oberkörpers ab. Aber sie konnte noch ihre Beine bewegen. Sie trat auf ihn ein und versuchte erfolglos, ihn dazu zu bringen, seinen Griff zu lockern.

„Hör auf zu kämpfen, Isabella. Ich würde dir nie wehtun. Bitte glaube mir.“

„Nein, lass mich gehen, du Monster!“

Sein Mund war an ihrem Ohr und sein Atem streichelte ihren Hals, als er ihr antwortete. Seine Stimme war leise und beruhigend. „Es tut mir leid, dass du es so hast herausfinden müssen. Aber ich bin kein Monster. Ich bin immer noch der Mann, der dich liebt.“

Tränen drohten, an die Oberfläche zu brechen, aber sie zwang sie zurück. „Nein. Lass mich gehen. Bitte lass mich gehen.“

Sie spürte, wie er hinter ihr den Kopf schüttelte. „Niemals, mein Engel.“

Dann setzte sich Raphael mit ihr in seinen Armen in Bewegung. Erneute Panik packte sie. Er würde sie an einen dunklen Ort verschleppen und sie dann aussaugen. Sie trat gegen seine Schienbeine. „Nein! Wohin bringst du mich?“

„Hör auf zu kämpfen; es nützt nichts. Wir gehen nach Hause.“

Aber die Richtung, die er einschlug, war nicht die, in der ihr Haus lag. „Du lügst. Mein Haus liegt nicht in der Richtung.“

„Ich bringe dich zu meinem Haus“, korrigierte er sie und legte seine Lippen auf ihre Wange. Ein Schauer lief durch ihren Körper, und sie wusste nicht, ob dieser durch die Angst in ihr verursacht wurde oder durch die gewohnte Reaktion ihres Körpers auf seine Berührung.

Isabella gab ihren Kampf gegen ihn auf, wohl wissend, dass es sinnlos war. Er war größer und stärker als sie. Es war besser, ihre Kraft aufzusparen, damit sie später einen Fluchtversuch wagen konnte.

Nun machten einige Dinge Sinn. Dante war besorgt gewesen, dass sie herausfinden würde, dass Raphael ein Vampir war. Und sein nächtliches Verschwinden? Offenbar hatte er Menschen angegriffen und sich von deren Blut ernährt. Und sie würde die Nächste sein, jetzt, wo sie sein Geheimnis aufgedeckt hatte und er sich nicht mehr vor ihr verbergen musste. Würde es wehtun? Wie lange würde es dauern, bis er sie leergesaugt hatte? Würde er danach ihren leblosen Körper in einen der Kanäle werfen?

Isabella schauderte bei den hässlichen Gedanken. Sie hatte einen Fremden geheiratet, um ihren Ruf zu retten, und jetzt würde sie mit ihrem Leben dafür bezahlen. War das die Strafe für die Tage und Nächte der ungezügelten Lust, die sie mit Raphael verbracht hatte? Würde sie für ihre Sünden schon in diesem Leben bezahlen müssen, und nicht erst im nächsten?

Allein die Erinnerung an die Dinge, die sie ihm erlaubt hatte, brachte sie zum Zittern. All die verbotenen Freuden, die er in ihr entfesselt hatte, wie er sie so zügellos genommen hatte – sie hatte jede sündhafte Sekunde davon geliebt und ihn sogar um mehr gebeten. Sie hatte ihm erlaubt, ihren Körper wie den einer Hure zu benutzen, aber er hatte ihr mehr Vergnügen bereitet, als sie jemals erfahren hatte.

„Wir sind hier." Raphael schob eine Tür auf und trug sie hinein. Es war dunkel. Nur ein paar Wandleuchten warfen spärliches Licht in den Flur, aber sie erkannte ihn trotzdem. Sie waren wieder in seinem Haus, seiner Höhle, seinem Versteck. Wie auch immer ein Vampir es nannte. Hier war sie ihm ausgeliefert.

18

Raphael gab Isabella frei und schloss die Tür zu seinem Schlafgemach hinter ihnen. Sie entfernte sich von ihm und er konnte es ihr nicht wirklich verübeln. Nach dem, was sie gesehen hatte, war sie angsterfüllt. Er streifte seinen Umhang ab und warf ihn auf einen Sessel.

„Setz dich, meine Liebste und mach es dir gemütlich."

Sie spannte ihr Rückgrat an und funkelte ihn an. „Ich bevorzuge es zu stehen."

„Ich glaube, es ist nur fair, dir mitzuteilen, dass jeglicher Fluchtversuch eine Zeitverschwendung sein wird. Ich bin schneller, stärker und sehr motiviert."

Er öffnete eine Schublade, holte ein sauberes Taschentuch heraus und wischte sich das restliche Blut aus dem Gesicht. „Es tut mir leid, dass du das sehen musstest. Aber du hättest mir nicht folgen dürfen."

Als er einen Schritt auf sie zu kam, wich sie mehrere zurück. „Komm nicht näher!", warnte sie ihn mit bebender Stimme. Er konnte hören, wie heftig ihr Herz schlug.

„Es ist sehr schwer, mit jemandem aus der Ferne Liebe zu machen."

Ihre Augen weiteten sich. „Ich werde nicht zulassen, dass du mich je wieder berührst."

„Das wirst du aber und du wirst es mit Vergnügen tun."

„Niemals! Ich werde nicht zulassen, von einem Monster wie dir berührt zu werden."

„Isabella, bitte denk doch einen Moment nach. Ich weiß, du stehst unter Schock, aber erinnere dich doch an die letzten Tage. Habe ich dich jemals verletzt?"

Er spürte ihr Zögern und wusste, dass sie seine Frage nicht bejahen konnte. Aber ihre Lippen blieben verschlossen. Stattdessen hob sie trotzig ihr Kinn.

„Hast du Angst vor mir?"

Sie nickte fast unwahrnehmbar.

Raphael schluckte schwer. Das Letzte, was er wollte, war eine Frau, die ihn fürchtete. Er musste sie davon überzeugen, dass sie nichts von ihm zu befürchten hatte. Die einzige Art und Weise, wie er dies erreichen konnte, war, sich selbst verletzbar zu machen. Es war ein Risiko, das er eingehen musste. Wenn er das nicht täte, würde er sie für immer verlieren.

„Na gut, Isabella, du gewinnst." Er öffnete die Knöpfe seines Hemdes.

„Was hast du vor?" Panik schwang in ihrer Stimme.

„Ich entkleide mich." Er warf sein Hemd auf den Boden, dann stieg er aus seinen Stiefeln.

„Ich habe dir bereits gesagt, dass ich keine Berührung von dir zulassen werde."

Seine Hose fiel zu Boden und er stand nun nackt vor ihr. „Ich werde dich nicht berühren, aber *du* wirst *mich* berühren."

Sie schüttelte den Kopf und wich weiter zurück.

Raphael ging zum Bett und öffnete die Schublade seines Nachttisches. Er entnahm seine Pistole und legte sie auf den Nachttisch. Als er Lederfesseln aus der Schublade nahm und sich wieder zu ihr drehte, kreischte sie.

„Oh Gott!"

„Isabella. Die sind nicht für dich. Sie sind für mich. Im Inneren des Leders ist eine dünne Schicht Silber, ein Metall, das kein Vampir brechen kann. Ich will, dass du mich an das Bett fesselst. Ich werde dir ausgeliefert sein, und du kannst dich davon überzeugen, dass ich keine Gefahr für dich darstelle." Er warf einen Blick zurück auf den Nachttisch und bemerkte, wie sie seinem Blick folgte. „Die Waffe ist mit silbernen Kugeln geladen. Sie können einen Vampir töten. Wenn du glaubst, dass ich eine Gefahr für dich bin, dann benutze sie."

Isabella schüttelte den Kopf. „Das ist ein Trick. Sobald ich dir nahekomme, wirst du mich anfallen."

„Nein!" Er ging zum Bett und legte sich darauf. „Ich werde meine Knöchel zuerst an das Bett binden, dann wirst du dasselbe mit meinen Handgelenken tun. Ich vertraue dir. Nun möchte ich, dass du mir auch vertraust."

Raphael wusste, dass sein Vorschlag verrückt war, aber er musste ihr Vertrauen gewinnen. Wenn sie ihn tötete, war es wirklich egal, denn ein Leben ohne Isabella machte keinen Sinn mehr. Wenn sie ihn nicht so akzeptieren konnte, dann war es besser, wenn sie sein Leben beendete und ihn nicht den Verlust ihrer Liebe erleiden ließ.

Sie beobachtete, wie er seinen ersten Knöchel und dann den zweiten an das Fußteil des Bettes fesselte und die Fesseln lange genug ließ, um seine Beine noch anwinkeln zu können. Dann streckte er ihr die verbleibenden zwei Fesseln entgegen. „Nimm sie. Binde mich ganz fest."

Zögernd näherte sie sich. Er sah, wie ihr Blick auf den Nachttisch mit der Pistole fiel und dann wieder zu ihm schweifte.

„Fessle mich, Isabella!" Er legte die Lederriemen neben sich auf das Bett und streckte seine Arme nach oben zu dem Bettrahmen, an dem Haken befestigt worden waren, die für die Fesseln gedacht waren.

Noch ein paar Schritte und sie stand neben dem Bett. Er nickte, als sie nach einem der Lederriemen griff. Er konnte sehen, wie sie schwitzte und sich ein dünner Film von Feuchtigkeit auf ihrer Stirn bildete. Er atmete ihren Duft ein und spürte, wie er hart wurde. Instinktiv senkte er seinen Blick auf seinen Schwanz. Hart und dick regte sich dieser.

Seinen Blick hebend sah er, dass Isabella ebenfalls auf seine Erektion starrte. Dann griff sie nach seinem Handgelenk und band das erste Lederband um ihn. Sie wickelte es fest um den Haken und verknotete es, obwohl ihre eigenen Hände zitterten. Ohne ihn aus den Augen zu lassen, ging sie um das Bett herum und tat das gleiche mit seinem anderen Handgelenk.

„Danke", flüsterte er. Er testete die Fesseln. Sie hielten. Er hatte sich noch nie in seinem Leben so verwundbar gefühlt. Aber Isabella hatte ihm schon einmal das Leben gerettet und er hoffte, dass ihr Herz nicht zulassen würde, ihm das Leben, das sie ihm geschenkt hatte, wieder zu rauben.

Raphael hatte sich fesseln lassen, aber würde er wirklich nicht in der Lage sein, sich loszureißen? Was, wenn er sie anlog? Isabella ging um das Bett herum, während sie ihn im Auge behielt. Als sie den Nachttisch erreichte, sah sie zu der Pistole. Aus dem Augenwinkel konnte sie sehen, wie er sie beobachtete. Er bewegte sich nicht und machte keinen Versuch, sich von den Lederriemen zu befreien. Aber es war nicht Beweis genug, dass er sich wirklich nicht befreien konnte.

Isabella packte die Waffe, wirbelte zu ihm herum und richtete sie auf seine Brust.

Ein Anflug von Überraschung flackerte in seinen Augen auf, nur um von Enttäuschung ersetzt zu werden. Er senkte seine Lider. Seine Stimme war flach, als er sprach. „Ich habe gespielt und verloren. Ich hatte gehofft, dass deine Liebe stark genug wäre, aber ich lag falsch." Er sah sie direkt an. „Ich liebe dich, Isabella. Die letzten fünf Tage waren die glücklichsten meines Lebens. Es tut mir leid, dass du nicht dasselbe für mich empfindest. Ziele auf mein Herz und mach es schnell."

Dann schloss er die Augen und atmete tief ein.

„Warum hast du dich fesseln lassen?"

„Es spielt keine Rolle mehr."

„Doch, das tut es."

Seine Augen blieben geschlossen. „Du hast deine Entscheidung getroffen, mein Engel."

Doch sie brauchte eine Antwort. „Mach deine Augen auf und sieh mich an. Sag mir, warum!" Isabella schluckte ein Schluchzen hinunter.

Er riss seine Augen auf und sah sie überrascht an. „Du willst wissen, warum? Ich habe mich von dir festbinden lassen, um dir zu verstehen zu geben, dass ich bereit bin, alles für deine Liebe zu tun. Ich will, dass du mir vertraust, dass ich dir nie wehtun würde. Und die einzige Art und Weise, wie ich das tun kann, ist, dir zu zeigen, dass du die Zügel in der Hand hältst. Und jetzt, da ich deine Neugier befriedigt habe, befreie mich aus meinem Elend, denn ein Leben ohne deine Liebe ist schlimmer als ein barmherziger Tod."

Es war der Moment, in dem sie alles verstand: Raphael liebte sie mehr, als irgendjemand sie jemals geliebt hatte. Sie spürte es tief in ihrem Herzen. Wie könnte sie so einen Mann töten? Wie könnte sie erlauben, dass ihr diese Liebe entglitt? Spielte es eine Rolle, dass es die Liebe eines Vampirs war? Und doch –

„Tötest du die Menschen, von denen du trinkst?", äußerte sie die Befürchtung, die sie in ihrem Herzen trug. War er ein blutrünstiger Mörder?

„Nein, meine Liebste. Ich töte nur, wenn mein eigenes Leben bedroht ist. Ich ernähre mich nur von ihnen."

Isabella stieß den Atemzug aus, den sie angehalten hatte. Er war kein Mörder. Sie ließ ihre Augen über seinen Körper schweifen. Er lag nackt vor ihr: verletzlich, doch trotzdem erregt. Seine gefesselten Hände sahen nicht wie die eines Monsters aus. Es waren diese Hände, die sie gestreichelt hatten, die ihr unglaubliches Vergnügen bereitet hatten.

Sie senkte ihren Blick und ließ ihre Augen über seine Männlichkeit wandern. Hart und schwer krümmte sich diese gegen seinen flachen Bauch. Mit ihr hatte er sie jeden einzelnen Tag seit sie ihm begegnet war zur Ekstase getrieben. Konnte sie wirklich jemanden töten, der so perfekt war, nur wegen dem, was er war?

Isabella senkte ihren Arm und warf die Pistole zum Fuß des Bettes, wo sie in den weichen Laken landete. Als sie auf das Bett kroch, weiteten sich seine Augen. „Isabella?" Hoffnung lag in seiner Stimme.

Sie erreichte ihn und ohne nachzudenken, spreizte sie ihre Beine über ihm, um sich rittlings auf ihn zu setzen, bevor sie ihre Lippen auf seine legte. Sein erstauntes Stöhnen wurde von ihrem eigenen übertönt.

„Mein Engel."

„Küss mich, mein Gemahl!", flüsterte sie an seinen geöffneten Lippen. Sie spürte keine Zähne, als er ihren Mund in einem heftigen Kuss gefangen nahm, nur weiche Lippen und eine hungrige Zunge, die sie verschlangen. Mit festen Strichen leckte sie an ihm, so wie sie wusste, dass er es mochte.

Raphael unterbrach den Kuss und starrte sie mit dunkler Leidenschaft in seinen Augen an. „Leg deine Jacke und dein Hemd ab und zeig mir deine schönen Titten."

Sie entledigte sich der lästigen Kleidungsstücke innerhalb von Sekunden und behielt nur ihre Hose an. Sofort schwelgte sie unter seinem hungrigen Blick. Beim Anblick ihrer nackten Brüste leckte er sich die Lippen. „Jetzt füttere sie mir." Sein Blick verschmolz mit ihrem. „Ich werde dich nicht beißen. Es sei denn, du willst es." Ein Zögern lag in seiner Stimme, als wäre er sich nicht sicher, dass er das Richtige gesagt hatte.

„Würde ich das wollen?", fragte sie, von Neugier überwältigt.

„Vielleicht eines Tages. Aber glaube mir, wenn ich dir sage, dass selbst wenn du mich nie dein süßes Blut kosten lässt, ich trotzdem immer dein treuer Gemahl sein werde. Zweifle nie daran."

Sie tat es nicht. Aufrichtigkeit klang nicht nur aus seinen Worten, sondern strahlte auch aus seinen Augen. In dem Moment wusste sie, dass er nie in der Lage sein würde, sie je wieder zu belügen, denn sie würde immer in seinen Augen sehen, ob er aufrichtig war. Der Gedanke erwärmte ihr Herz.

„Dann lass mich deine Titten lecken, bevor ich vor Verlangen nach dir umkomme." Er schenkte ihr ein schiefes Lächeln, und Isabella beugte sich vor, sodass ihre Brüste über seinem Gesicht baumelten. Er versuchte, seinen Oberkörper anzuheben, aber die Lederriemen an seinen Handgelenken gaben ihm nicht viel Bewegungsfreiheit.

„Du willst meine Titten?", neckte sie ihn. „Wie sehr willst du sie?"

Er drückte seine Hüften nach oben und presste damit seinen harten Schwanz an ihr Geschlecht. Feuchte Wärme erfüllte ihr Inneres, als es sich in Erwartung verkrampfte.

„So sehr."

„Oh", antwortete sie und ließ ihre Stimme kokett klingen. „Das ist in der Tat sehr beeindruckend, Signore." Sie senkte ihren Körper um ein paar Zentimeter. Sofort kam seine Zunge zum Vorschein und leckte eine Brustwarze. „Signore, glauben Sie, dass so etwas anständig ist?"

„Sehr anständig, Signora", spielte er mit. „Und wenn Signora sich jetzt noch ein bisschen mehr nähern würde, dann könnte ich ihr zeigen, wie anständig diese Sache ist."

„Signora kann noch mehr tun." Sie legte eine Hand um ihre Brust und führte die Brustwarze an seinen Mund.

Raphael seufzte zufrieden und saugte sie in seinen Mund, während seine Augen sie weiterhin ansahen und ihr zeigten, wie sehr er ihre Geste zu schätzen wusste. Gierig saugte er an der kleinen Knospe, bis diese sich zu einer harten Spitze verwandelte und ihr Inneres zum Schmelzen brachte. Sie wich zurück, da sie nicht mehr ertragen konnte.

„Die andere", bat er. Unfähig, ihm seinen Wunsch abzuschlagen, führte sie ihre andere Brust zu seinem Mund. Dieses Mal saugte er noch härter, als wollte er sie nie wieder aus seinem Mund entlassen.

Sie keuchte schwer. „Signore, dies kann unmöglich anständig sein."

Raphael ließ ihre Brustwarze aus seinem Mund gleiten und leckte seine Zunge entlang des Tals zwischen ihren Brüsten, als verzehrte er eine üppige Nachspeise. „Anständiger wäre es, wenn Signora mich ihre Titten ficken ließe."

Obwohl sie nicht wusste, was er damit meinte, kam trotzdem Interesse an ihr hoch. „Und wie würde eine solche Leistung vollbracht werden?"

Er schenkte ihr ein verwegenes Lächeln. „Gleite an mir hinab, bis sich deine Titten auf gleicher Höhe mit meinem Schwanz befinden. Dann nimm ihn zwischen sie und drücke sie mit deinen Händen zusammen."

Ein köstlicher Schauer tanzte bei seiner Beschreibung ihre Haut entlang. „Aber, Signore, das klingt geradezu ausschweifend."

„Ja", krächzte er. „Also tun Sie es, meine schöne Signora. Nehmen Sie meinen Schwanz zwischen Ihr wunderbares Fleisch und bringen Sie mich zum Höhepunkt."

Isabellas ganzer Körper vibrierte, als sie seinen muskulösen Oberkörper hinabrutschte und dabei mit ihren empfindlichen Brustwarzen an seiner Haut entlang strich. Jedes Wort, das Raphael äußerte, erregte sie nur noch mehr. All ihre Angst war verflogen. Geblieben waren die Leidenschaft und die Liebe, die sie für ihn empfand. Und das Wissen, dass er all ihre Wünsche erfüllen würde.

Das Tal zwischen ihren Brüsten war feucht von seiner Zunge. Jetzt wusste sie, dass er dies absichtlich getan hatte, damit sein Schwanz leicht hineingleiten würde. Als sie ihre Hände gegen die Außenseiten ihrer Brüste drückte, stieß er ein unkontrolliertes Stöhnen aus.

„Oh, verdammt!"

Isabella bewegte sich, sodass sein Schwanz in Richtung ihres Halses und dann wieder zurück glitt. Es fühlte sich gut an, seine harte, heiße Länge zwischen ihren üppigen Hügeln zu spüren. „Ja, Signore, ist das anständig genug für Sie?"

„Mehr als anständig." Seine Hüften bogen sich ihr entgegen und er begann, nach oben und unten zu pumpen. „Ja, mein Engel, das ist alles sehr anständig." Mit jedem Stoß seiner Erektion wurde seine Stimme undeutlicher und unkenntlicher.

Als sie spürte, wie sich sein Schwanz versteifte und einen Ruck machte, wusste sie, dass er am Rande seines Höhepunktes stand. Isabella entließ ihn aus dem Gefängnis ihres Busens und nahm ihn in ihren Mund. Es war klar, dass er dies nicht erwartet hatte.

„Oh, Gott, Isabella!", rief Raphael aus. Er stieß in sie hinein, dann verkrampfte sich sein Oberkörper und laut stöhnend spritzte er seinen heißen Samen in ihren Mund. Sie schluckte etwas von der salzigen Flüssigkeit, aber sein Samen kam so reichlich und so schnell, dass sie nicht mithalten konnte. Sie hob ihren Kopf und ließ ihn aus ihrem Mund gleiten.

Ihre Hand umfasste seinen Schwanz und pumpte ihn weiter, bis sein Höhepunkt abklang, während die austretende Samenflüssigkeit ihre Handlung geschmeidig machte. Sie blickte in sein Gesicht. Seine Augen waren zurückgerollt und seine Lippen geöffnet. Der Schweiß lief über seine Stirn und seinen Hals. Sie hatte noch nie einen erotischeren Anblick gesehen als den ihres sehr zufriedenen Gemahls.

Ihre Hand ließ seinen Schwanz los und wanderte zu seinen Hoden, was ihn ruckartig aus seiner Entspannung riss. „Isabella, willst du mich umbringen?“, flüsterte er atemlos. Dann öffnete er die Augen und lächelte sie an.

„Ich liebe es, dich zu berühren.“

„Und du kannst mich überall berühren“, versicherte er ihr.

„Macht es dir nichts aus, dass ich keine anständige Frau bin? Dass ich mich mit dir wie eine Hure benehme?“

„Du bist meine Frau. Du kannst dich mit mir benehmen, wie du willst. Nichts ist zwischen uns tabu.“

„Nichts? Heißt das, dass du alles tun wirst, was ich will, egal wie sündhaft es ist?“

Er stöhnte. „Ja, mein Engel. Und alles, was du mit mir machen willst, darfst du auch tun.“

Isabella leckte sich die Lippen und streichelte seine Hoden mit ihrer feuchten Hand. „Erinnerst du dich noch, was du mir in meinem Arbeitszimmer angetan hast?“

Etwas blitzte in seinen Augen auf. „Du meinst, als ich dich von hinten nahm?“

„Ja.“ Sie ließ ihre Finger unter seinen Hodensack gleiten.

„Hat es dir gefallen, als ich deinen süßen Hintern mit meinem Finger nahm?“ Er atmete schneller.

„Ja.“ Sie schob einen Finger weiter nach hinten in Richtung seiner Pospalte. Einen Moment später winkelte Raphael seine Knie so weit an, wie es seine ledernen Fesseln erlaubten, und stellte seine Fußsohlen flach auf das Bett.

„Du willst das Gleiche mit mir machen?“, vermutete er.

Isabella nickte, nicht in der Lage, ihren Wunsch zu äußern.

„Schiebe deinen Finger weiter zurück.“

„Du hast nichts dagegen?“, fragte sie, überrascht darüber, dass er ihrer Bitte nachkam, ohne zu protestieren.

Seine Augen waren dunkel vor Lust, als er sie ansah. „Fick mich mit deinem Finger, mein Engel, damit ich mich dir unterwerfe.“

Sie schob ihren Finger, der noch immer von seinem Samen feucht war, weiter zurück und fand das Loch zum Eingang seines Körpers. Sie umkreiste es, zunächst zaghaft, dann mit mehr Entschlossenheit. Als sie ihre Fingerspitze am Eingang platzierte, fühlte sie, wie er dagegen drückte.

„Ja“, ermutigte er sie. „Lass mich dich in mir spüren.“

Sie drückte ihren Finger nach innen und er glitt durch den engen Ring. Die Samenflüssigkeit erleichterte ihr das Eindringen und ließ sie ohne Schwierigkeiten hineingleiten. „Ist es . . . gut?“, fragte sie zaghaft.

„Es ist so viel besser.“

„Besser?“, fragte Isabella und zog ihren Finger leicht zurück. Er drückte seine Muskeln zusammen und versuchte, sie in sich zu halten.

„Hör nicht auf.“

Sie rutschte tiefer, doch sie hatte nicht vergessen, was er gesagt hatte. „Hat jemand dies schon für dich getan?“ Sie hatte gehofft, sie würde die Einzige sein, die ihn so berührte.

Sein Blick versank in ihrem. „Nein. Ich habe noch nie jemandem diese Intimität erlaubt. Du bist die Erste. Die Einzige. Aber ich habe vor dir andere Dinge verwendet.“

„Dinge?“

„Metallene Instrumente, die gerundet und gebogen sind, um mich damit zu stimulieren. Aber ich finde, dass ich deine Finger viel lieber mag als jegliche Instrumente.“

„Meine Finger?“

„Ja, meine Liebste, führe einen zweiten Finger in mich hinein.“ Er hielt inne und lächelte. „Erlöse mich aus meiner Qual“, wiederholte er die Worte, mit denen sie ihn vor ein paar Tagen angebettelt hatte.

Raphael stöhnte, als sie seiner Bitte nachkam. Sie konnte nicht umhin, die Situation aufregend zu finden. Er war ihrer Gnade ausgesetzt. Ein Vampir, der wild vor Begierde war, doch angekettet mit Fesseln, die er nicht zerbrechen könnte. Sie hatte noch nie zuvor das Gefühl von Macht gespürt, das sie jetzt empfand: die Macht, die eine Frau über einen Mann hatte. Die Macht, die er ihr gab.

„Ich liebe dich“, flüsterte Isabella und schob ihre Finger in ihn hinein und wieder heraus, stieß in seinen dunklen Kanal, während dessen Muskeln sich um sie verkrampften. Sein Stöhnen erfüllte den Raum und übertönte alles andere in ihrem Kopf. Sie trieb ihn zur Ekstase und gab ihm, was er brauchte.

Als er ihren Namen ausrief, sein Körper in Schweiß gebadet, fügte sie einen dritten Finger hinzu und stieß härter zu. Seine Muskeln verkrampften sich und sein ganzer Körper erbebte.

Sie spürte seinen Orgasmus bis in die letzte Zelle ihres Körpers und es war das reinste Gefühl, das sie je von einer anderen Person miterlebt hatte.

Als er erschöpft zusammensackte, zog sie sich zu ihm hoch und küsste seine Lippen. Er atmete schwer. Seine Augen waren geschlossen. „Isabella“, war alles, was er sagte, aber sie wusste, was er sagen wollte. Er liebte sie.

Sie drückte einen Kuss auf seinen Mund.

„Du Hure! So ziehst du also den Namen meines Vetters durch den Dreck! Wenn ich es nicht mit meinen eigenen Augen gesehen hätte, hätte ich es nie geglaubt!“

Isabellas Herz blieb stehen, als sie die bedrohliche Stimme erkannte.

19

Raphaels Körper war von mehrfachen Orgasmen erschöpft, als ihn Entsetzen durchfuhr. Sein Kopf schnellte zur Tür: Massimo. Dies war die allerschlimmste Situation, die er sich jemals hätte erdenken können. Seine Sinne waren durch die Lust zu betäubt gewesen, als dass er seinen Feind hätte bemerken können, bevor es zu spät war.

Jetzt stand Massimo in der Nähe der Tür und bedrohte ihn mit einer Schusswaffe. Und da Massimo ein Hüter war und wusste, wie man einen Vampir töten konnte, war Raphael sich sicher, dass die Waffe mit silbernen Kugeln geladen war.

Aus dem Augenwinkel sah er, wie Isabella das Bettlaken an ihre nackten Brüste drückte. Seine eigene Nacktheit war im Moment das geringste seiner Probleme. Er versuchte, sich zu beruhigen und die Situation zu durchdenken. Wenn er Massimo lange genug hinhalten könnte, würde entweder sein Bruder oder einer seiner Freunde auftauchen. Sie waren Massimo bestimmt wie in den Nächten zuvor gefolgt und würden bald hier sein. Sehr bald.

„Massimo! Was machst du – ?“ Isabellas Frage kam nur als ein Keuchen aus ihrem Mund.

„Meine Liebste, ich glaube, du solltest etwas über den Vetter deines verstorbenen Gemahls wissen“, meinte Raphael langsam und sah den Mann an. „Möchten Sie es ihr erklären oder soll ich?“

„Bitte machen Sie nur“, antwortete Massimo mit einem bösen Grinsen. „Es wird das letzte Mal sein, dass Sie mit Ihrer Hure sprechen werden, also genießen Sie es.“

„Ich würde es begrüßen, wenn Sie sie nicht Hure nennen würden. Sie ist meine Gemahlin.“

Massimo schnaubte nur.

„Isabella“, wandte sich Raphael an sie. „Massimo ist hier, um mich zu töten. Ich vermute, dass er dies bereits vor ein paar Tagen versucht hat, indem er mich in den Kanal gestoßen hat.“

„Diesen Verdienst kann ich leider nicht für mich beanspruchen. Einer der anderen Hüter verdient diese Anerkennung.“

„Welche Hüter?“, unterbrach Isabella mit schriller Stimme.

Raphael hielt seine Stimme ruhig, als er ihr antwortete, wohl wissend, dass ihre Nerven nahe am Zerreißen waren. „Massimo ist Mitglied einer Gruppe von Männern, die Vampire jagen und sie töten. So wie dein verstorbener Gemahl.“

Isabella warf ihm einen entsetzten Blick zu. „Giovanni? Nein! Das kann nicht sein. Giovanni war ein guter Mann. Er hätte nie jemanden getötet."

„Ja, er war ein guter Mann, deshalb gehörte er zu uns. Ein Beschützer der Menschheit, ein Hüter. Bis sie ihn zu einem von ihnen gemacht hatten. Bis sie ihn gegen seinen Willen verwandelten." Massimos Stimme war voller Hass. Sein Kiefer ballte sich fest zusammen, als er fortfuhr: „Er kam zu mir und erzählte mir, was ihr Monster ihm angetan habt, wie einer von euch ihn biss und ihm Vampirblut einflößte. Er erzählte mir, dass er weiter gegen eure Spezies kämpfen würde, aber das war natürlich nicht möglich."

„Oh Gott!" Isabella keuchte. „Nicht Giovanni. Bitte, sag, dass das nicht wahr ist."

Raphael sah die Tränen in ihren Augen, als sie ihn ungläubig anblickte. Würde sie ihn jetzt für das hassen, was seine Freunde dem Mann, den sie einst geliebt hatte, angetan hatten? Er suchte in ihren Augen nach einem Zeichen, dass sie immer noch auf seiner Seite war. Aber ihre Tränen machten es unmöglich, etwas anderes als ihre unmittelbare Trauer zu sehen.

„Ja", dröhnte Massimo. „*Er* hat dir das angetan. *Er* machte dich zur Witwe." Er deutete auf Raphael. „Er stahl den Mann, den wir liebten."

„Das tat ich nicht", protestierte Raphael. „Ja, ein Vampir hat ihn verwandelt, aber es war nicht ich, und es war sicherlich keiner von uns, der ihn getötet hat." Er musste spekulieren. Wenn er Massimo richtig einschätzte, dann wäre dieser nicht in der Lage, dem Köder zu widerstehen.

„Getötet?", wiederholte Isabella. „Aber er ertrank doch."

Raphael nickte. „Ja, er ertrank, weil er ein Vampir war, und Vampire haben keinen natürlichen Auftrieb. Sie können sich nicht über Wasser halten. So wie ich es auch nicht konnte."

„Ja, und Giovanni wusste das", unterbrach Massimo. „Er wusste, dass er nicht überleben würde, als ich ihn in den Kanal stieß. Er sah mich an. Er konnte nicht glauben, was ich getan hatte. Dabei hätte er es wissen müssen. Gerade er hätte doch wissen müssen, dass ich ihn nicht leben lassen konnte. Er war ein abscheuliches Geschöpf geworden. Ich hatte keine Wahl. Er hätte es verstehen sollen. Ich liebte ihn wie einen Bruder. Ich tat es für ihn."

Ein Schluchzen riss sich aus Isabellas Brust. Raphael sah sie an, aber sie wandte sich von ihm ab und ließ sich mit dem Gesicht in die Bettlaken fallen. Hatte er sie verloren? Hasste sie ihn jetzt für das, was einer seiner Freunde getan hatte?

„Isabella. Es tut mir leid."

Sie antwortete nicht.

„Nun, es scheint, als sei alles gesagt worden." Als Massimo seine Waffe hob, erhaschte Raphaels empfindliches Gehör das Geräusch der sich öffnenden Haustür.

„Warten Sie!“ Er musste ihn nur noch ein paar Sekunden hinhalten, bis Hilfe kam. „Sagen Sie mir wenigstens, wie Sie die Wahrheit über mich herausgefunden haben. Verdiene ich das nicht?“

Massimo lachte, aber es war kein freundlicher Klang. „Nichts leichter als das. Ein Diener sagte mir, dass Sie fast in einem Kanal ertrunken wären. Also erkundigte ich mich und fand heraus, dass einer der Hüter in derselben Nacht einen Vampir ins Wasser gestoßen hatte. Es war einfach, herauszufinden, dass Sie der besagte Vampir waren. Vielleicht sind Sie damals dem Tode entronnen, aber jetzt, Vampir, werden Sie sterben.“

Ein Schuss ertönte zur gleichen Zeit, als die Tür aufgerissen wurde. Raphael schloss die Augen und wappnete sich gegen den Schmerz, den ihm die Silberkugel zufügen würde, bevor sein Leben seinen Körper verlassen würde.

„Ich liebe dich, Isabella“, flüsterte er seinen Abschied, als die Schreie seines Bruders und Lorenzos den Raum erfüllten.

„Was zum Teufel?“, schrie Dante.

„Raphael!“, rief Lorenzo ihm zu. „Bist du in Ordnung?“

Raphael öffnete die Augen. Er spürte keinen Schmerz. „Ich weiß es nicht.“ Dann suchten seine Augen nach Isabella. Sie saß auf dem Bett, und das Bettlaken, das zuvor ihre Brüste bedeckt hatte, lag in ihrem Schoß. Die Waffe in ihrer Hand zielte immer noch in die Richtung, wo Massimo gestanden hatte.

„Er ist tot“, sagte Dante. „Massimo ist tot.“

„Isabella?“ Raphael versuchte, ihre Aufmerksamkeit auf sich zu ziehen. Schließlich wandte sie sich ihm zu und ließ einen langen Blick über seinen Körper schweifen.

„Ich dachte, es wäre zu spät.“ Dann warf sie sich in seine Arme oder vielmehr an seine Brust, da er sie, immer noch gefesselt, nicht umarmen konnte.

„Du hast mein Leben gerettet.“

Ein Räuspern brachte ihn dazu, seinen Kopf zu seinem Bruder und Lorenzo zu wenden. Raphael warf den beiden einen missbilligenden Blick zu. „Und wieso habt ihr so lange gebraucht? Ich dachte, ihr seid ihm gefolgt.“

„Das sind wir auch, aber der schlaue Kerl hat uns mit einem Lockvogel, der genauso gekleidet war wie er, getäuscht. Er hat uns abgehängt. Als wir es bemerkten, hatten wir so eine Ahnung, dass er entweder hinter dir oder hinter Isabella her sein würde. Und da wir euch nicht in Isabellas Haus fanden, kamen wir sofort hierher“, antwortete Lorenzo.

„Und würdest du mir bitte jetzt erklären, warum du in deinem eigenen Bett angebunden bist?“ Dante grinste.

„Das ist eine Sache zwischen mir und meiner Gemahlin.“

Isabella hob den Kopf, dann nahm sie das Bettlaken, um ihren nackten Oberkörper zu bedecken.

„Möchtest du, dass ich dich befreie?“, bot Dante an.

Raphael sah Isabella an und lächelte. „Das liegt bei Isabella.“

Ihre Augen funkelten wieder und die Tränen schienen vergessen. Ohne sich Dante zuzuwenden, antwortete sie: „Ich bin noch nicht mit ihm fertig.“

Sein Herz setzte einen Schlag aus, als er das unterschwellige Versprechen in ihrer Stimme vernahm. „Du hast meine Gemahlin gehört, Dante. Also, wenn du so nett wärst, unser Schlafgemach zu verlassen und die Leiche mitzunehmen, wäre ich dir dankbar. Meine schöne Frau und ich haben Dinge zu . . . besprechen.“

Dante schüttelte den Kopf. „Wie ich schon sagte: ein verliebter Narr. Ein sehr glücklicher Narr.“

Nachdem sich die Tür hinter Dante und Lorenzo geschlossen hatte, war es wieder still im Raum. Alles, was er hören konnte, war Isabellas Atmung. „Mein Engel, das ist das zweite Mal, dass du mein Leben gerettet hast. Ich hoffe, du verstehst, dass dir damit jetzt mein Leben gehört.“

„Und dein Körper?“, handelte sie sofort aus.

„Mein Körper gehört schon seit langem dir.“ Er küsste sie sanft. „Jetzt binde mich los, damit ich dich in meinen Armen halten und dir richtig danken kann.“

„Noch nicht. Ich möchte dich zuerst etwas fragen.“

„Dann frage mich.“

„Tut es weh?“

„Tut was weh?“

„Dein Biss.“

Eine heiße Flamme schoss durch seinen Körper. Zog sie in Erwägung, was er vermutete? “Wenn ich mich von einem Menschen ernähre? Nein, es tut nicht weh. Meine Zähne sind mit einer Substanz beschichtet, die den Schmerz bis zu einem Punkt dämpft, an dem man keinen verspürt.“

„Die Nächte, in denen du unser Bett verlassen hast, hast du dich da von Menschen ernährt?“

„Nicht jede Nacht. Ich brauche Blut nur alle drei Tage. Warum willst du das wissen?“

„Willst du mein Blut?“

Sein Herzschlag verdoppelte sich in einem einzigen Augenblick. „Oh, Gott, Isabella! Ich kann mir nichts vorstellen, das ich mehr will, außer mit dir Liebe zu machen. Aber du weißt, dass du mir das nicht anbieten musst.“

„Aber ich will es.“

Konnte er so viel Glück haben? Und wenn sie ihm dies erlaubte, bedeutete das, dass sie ihm eines Tages auch erlauben würde, sie in einen Vampir zu verwandeln, damit sie nicht alterte oder starb? Damit sie die Ewigkeit miteinander verbringen konnten? Sein Herz füllte sich mit der Hoffnung auf eine glückliche Zukunft. Er zerrte an seinen Fesseln und flüsterte ihr zu: „Dann nimm mir diese Fesseln ab.“

Isabella setzte sich auf und plötzlich baumelten ihre Brüste direkt vor ihm. Seine Lippen schlossen sich über eine Brustwarze und saugten daran. Isabellas Stöhnen hallte in seinem Schlafgemach wider. Er ließ den Nippel aus seinem Mund gleiten.

„Schnell, meine Liebste!“

Sofort als sie ihn entfesselt hatte, riss Raphael ihr die Hose vom Leib und zog Isabella unter sich. Der Duft ihrer Erregung stieg ihm in die Nase. „Danke.“ Er glitt mit einer einzigen Bewegung in sie hinein, bis sein Hodensack gegen ihr Geschlecht stieß.

Isabella neigte ihren Kopf einladend zur Seite. „Trink von mir, mein Geliebter.“

Sein Blick wanderte nach unten, weg von der Vene an ihrem Hals und zu ihrem wunderschönen Busen. Er zögerte. Dann spürte er, dass sie ihn ansah.

„Du willst von meiner Brust trinken?“, fragte sie überrascht.

„Nur, wenn du es erlaubst.“ Er blickte auf und ihre Blicke verschmolzen ineinander. „Deine Titten sind so perfekt, so voll und reif, dass ich mir nichts Schöneres vorstellen kann, als mein Gesicht darin zu vergraben, wenn ich dein Blut in mich aufnehme.“ Er leckte über ihre Brustwarze. Diese versteifte sich sofort.

„Dann tu es. Nichts zwischen uns ist tabu“, wiederholte sie seine Worte von vorher.

Langsam fuhren sich seine Fänge zu voller Länge aus und streiften ihre Haut. Er fühlte einen Schauer durch ihren Körper rasen. Gleichzeitig zog er seine Hüften zurück und pumpte in ihre Muschi, während er seine Fänge in ihr Fleisch senkte und zu saugen begann. Die reichhaltige Flüssigkeit beschichtete seine Zunge und der Geschmack und der Duft trieben ihn fast zum Wahnsinn.

Als sein Schwanz weiter in ihr warmes Inneres drang, nahm er ihre Essenz in seinen Körper auf. Für den Rest seines Lebens würde er nie etwas anderes wollen als den Geschmack von Isabellas süßem Blut.

Der Clan der Vampire

Venedig 2

Viola & Dante

1

Zuerst dachte sie, ihr Arzt hätte sich geirrt.

Drei Monate – soviel Zeit hatte er ihr noch zu leben gegeben. Während der letzten beiden würde sie wahrscheinlich mit unerträglichen Schmerzen an ihr Bett gefesselt sein.

Das war unmöglich.

Nur wenige Tage zuvor hatte ihre Gouvernante sie gewarnt, dass sie trotz ihres hübschen Gesichts und ihrer anmutigen Gestalt potenzielle Freier wegen ihrer freimütigen Art und ihrer ausgefallenen Ideen vergraulen würde. Viola war das gleichgültig. Wenn ein Mann sich ihr gegenüber nicht behaupten konnte, würde sie lieber gar nicht heiraten wollen. Außerdem war sie kaum einundzwanzig, und auch wenn ihre Aussichten auf eine Vermählung im Moment wegen ihrer ungestümen Art schlecht aussahen, hatte sie noch ihr ganzes Leben vor sich. Das hatte sie zumindest gedacht.

Drei Monate waren kein Leben.

Nach dem ersten Schock war sie allerdings fest entschlossen, trotz ihres Gehirntumors das Beste daraus zu machen.

Zuerst hatte sie versucht, zu beweisen, dass der Arzt unrecht hatte. Sie war in die Schweiz gereist – mitten in der Nacht und ohne eine Anstandsdame – und hatte einen anderen medizinischen Experten konsultiert. Aber die Antwort blieb dieselbe: Sie würde sterben.

Deshalb war sie jetzt hier, in Venedig. Nicht mehr, um die Meinung der Ärzte zu widerlegen, sondern um zu leben.

Sie hatte ihrer Familie das Ziel ihrer Reise verschwiegen. Sie wären entsetzt über so ein törichtes und skandalöses Verhalten gewesen und hätten sie niemals gehen lassen. Aber sie würde sich nicht aufhalten lassen. Viola hatte akzeptiert, dass sie sterben würde, aber eine Sache wollte sie noch erleben, bevor sie diese Welt verließ.

Sie wollte nicht als Jungfrau sterben.

Praktisch veranlagt wie sie war, wusste sie jedoch auch, dass ein Skandal ihrer Familie nicht dienlich wäre. Schon ihr plötzliches Verschwinden würde vertuscht werden müssen, wozu ihre übereifrige Mutter allerdings sicher fähig war. Sie würde einfach jeden wissen lassen, dass Viola zu einer älteren Verwandten aufs Land gereist war, um diese zu pflegen. Es gab genügend Tanten, Großtanten und Cousinen, aus deren Schar sie wählen konnte.

Viola hatte beschlossen, dorthin zu gehen, wo niemand sie oder ihre Familie kannte und ihr skandalöses Vorhaben keinerlei Schatten auf das Leben ihrer Eltern werfen würde. In einem Brief, den sie aus der Schweiz geschickt hatte, hatte sie erklärt, dass sich ihr Zustand so verschlechtert hatte, dass sie ans Bett gefesselt war. Sie hatte auch klar gemacht, dass sie in Ruhe gelassen werden wollte und alle sie so in Erinnerung behalten sollten, wie sie vor ihrer Krankheit gewesen war.

Für den Fall, dass sie ihre Wünsche nicht respektieren würden, hatte sie ihnen einen Skandal in Florenz angedroht. Ihre Drohung würde sicherstellen, dass sich ihre Mutter an ihre Wünsche hielt und dass Violas Vater keine Versuche unternahm, sie zurückzuholen. Außerdem war ihre Mutter vermutlich froh, sie los zu sein. Schließlich war Viola nie in der Lage gewesen, den hohen Erwartungen ihrer Mutter gerecht zu werden. Jegliches eventuell vorhandene Wohlwollen ihrer Mutter hatte sie dadurch zerstört, dass sie den ersten und einzigen Verehrer, der es jemals gewagt hatte, ihr den Hof zu machen, abgelehnt hatte.

In drei Monaten, so hatte sie es arrangiert, würden ihre Eltern einen Brief erhalten, der sie über den friedlichen Tod ihrer Tochter informieren würde. Natürlich wäre es eine Lüge, denn sie würde sich ihr Leben schon viel früher nehmen. Sobald sie vollbracht hatte, wofür sie nach Venedig gekommen war.

Sie würde ihre Jungfräulichkeit verlieren und dann mit der Pistole, die sie in ihrer Tasche trug, ihrem Leben ein Ende setzen, bevor der Schmerz sie zu sehr schwächte. Sie hatte nicht die Absicht, einen langen und schmerzhaften Tod zu erleiden.

Viola glättete ihre Röcke und richtete ihren Umhang. Dann holte sie tief Luft und schob die schwere Eichentür auf.

Das Haus, das sie betrat, war eine Art Club. Entsprechend der Informationen, die sie eingeholt hatte, suchten in diesem überraschend sauberen Etablissement Herren nach weiblicher Gesellschaft. Es war zwar kein Bordell, doch viele der Frauen, die sich zu den Männern im Club gesellten, um fleischliche Freuden zu suchen, taten dies des Geldes wegen. Der Mann, der ihr den Weg zu diesem Etablissement gewiesen hatte, hatte ihr allerdings versichert, dass gelegentlich Frauen aus der besseren Gesellschaft hier anzutreffen waren, die die Art Ablenkung suchten, die ihre ehrenwerten Gemahle nicht bereit waren, ihnen zu gönnen.

Sie hoffte, dass der Mann recht hatte, und dass ihre einstudierte Geschichte glaubwürdig wäre. Nichts wollte sie weniger, als Aufmerksamkeit erregen. Es war schwer genug, ihre Scham zu überwinden und sich einem Fremden mit der Bitte zu nähern, sie zu Bett zu nehmen. Wieder weggeschickt zu werden, ohne ihr Ziel erreicht zu haben, wäre noch schlimmer. Denn die Männer im Club hatten eine Regel, auf der sie trotz ihrer Ausschweifungen bestanden: Niemand würde eine Jungfrau deflorieren.

Es roch schwer nach Zigarren, Alkohol und Parfüm. Viola nahm einen flachen Atemzug und ließ die Tür hinter sich einrasten. Ein weinroter Vorhang aus schwerem Samt trennte das Foyer von den Räumen dahinter. Musik und Lachen trieben zu ihr. Sie machte einen Schritt nach vorne, da hielt sie eine Hand auf ihrem Arm zurück.

Die Luft blieb ihr im Hals stecken und sie wandte sich erschrocken um.

„Die Eintrittsgebühr, Signora", verlangte die untersetzte Frau in dem reich bestickten Kleid. Ihre Brüste quollen über ihr tief ausgeschnittenes Oberteil und die großen Edelsteine, die an einer Kette um ihren Hals hingen, funkelten im Kerzenlicht.

„Natürlich", antwortete Viola und griff in ihr Täschchen, um eine Münze herauszuholen. Der Mann, der ihr von diesem Club erzählt hatte, hatte sie darauf hingewiesen. Sich jetzt wie eine Ahnungslose zu benehmen, die so etwas zum ersten Mal tat, wäre nicht gut und würde nur Misstrauen heraufbeschwören.

Die Gastgeberin nahm die Münze entgegen und ließ sie in den Falten ihres Rockes verschwinden. „Gut."

Einen Moment später teilte sie den Vorhang und erlaubte Viola, hindurchzuschreiten.

Der Raum war größer, als sie erwartet hatte. Tatsächlich war er bestimmt so groß wie der Ballsaal ihrer Eltern. An den Seiten befanden sich Nischen, um einen Anschein von Privatsphäre zu bieten, falls jemand dies wünschte, aber in der Mitte gab es unzählige Diwans und Sofas und deren Benutzer waren den Augen aller ausgesetzt. Große Kronleuchter mit brennenden Kerzen spendeten Licht. Ein kleines Streichquartett sorgte für das Ambiente.

Diener schwirrten umher, um die Gäste mit Getränken zu versorgen und nach dem Aussehen einiger Anwesenden zu urteilen, schien der Alkohol in Strömen zu fließen. Männer lungerten auf den Sofas, einige komplett bekleidet und durchaus respektabel, andere hatten die Krawatten gelockert und ihre Hemden aufgeknöpft. Frauen lagen in mehr als unanständigen Posen über den Männern.

Hatte ihr Informant nicht gesagt, dies wäre kein Bordell? Viola spürte ihren Herzschlag ansteigen. Sie war nicht wie die Frauen, die sie hier sah. Bescheidenheit und Privatsphäre schienen für diese unwichtig zu sein. Das war nicht, was sie erwartet hatte. Vielleicht hatte der Mann sie missverstanden. Sie hatte ein Etablissement gesucht, wo sie einen Mann finden konnte, der sie in die Privatsphäre eines Schlafgemachs bringen würde und sie erleben ließe, wie es war, den Körper eines Mannes zu spüren.

Es war ein Fehler gewesen, hierher zu kommen. Viola wich einen Schritt zurück und prallte gegen ein Hindernis. Sie drehte sich um.

„Ciao, Bella", begrüßte sie der attraktive Fremde und ließ einen anerkennenden Blick über ihren Körper schweifen.

Viola schluckte schwer, unfähig zu antworten. Der Puls an ihrem Hals schlug so wild, dass sie sich sorgte, ihre Schlagader könnte platzen und die Menschen um sie herum mit ihrem Blut bespritzen.

Ihr Schweigen schien ihn nicht zu stören. „Ich sehe, Sie sind neu hier.“ Er hob seine Hand und zeichnete den Saum ihres Dekolletés nach. Von seiner Kühnheit überrascht keuchte Viola und wich zurück.

„Ich heiße Salvatore. Und ich würde mich freuen, wenn Sie mir die Ehre erweisen, den Abend mit mir zu verbringen.“

Sie nahm einen beruhigenden Atemzug und warf ihm einen abschätzenden Blick zu. Er war etwas größer als andere Männer. In seinem dunklen Anzug und der modischen Krawatte würde nicht einmal ihre Mutter Einwände gegen ihn aufbringen können, wenn er ihr den Hof machen wollte. Aber er war nicht hier, um ihr den Hof zu machen. Das wollte sie nicht.

Alles, was sie wollte, war gebettet zu werden. War er der richtige Mann dafür? Würden diese eleganten Hände sie streicheln und ihr das Gefühl geben, eine echte Frau zu sein, oder würde seine Berührung sie gleichgültig lassen? War ihr flatternder Herzschlag Zeichen für ihr Interesse an ihm oder Zeichen ihrer Angst, ihren Plan durchzuziehen?

Sie konnte sich nicht sicher sein. Aber wenn sie nur einfach hier stehenblieb, ohne eine Entscheidung zu treffen, würde sie nie ihr Ziel erreichen.

Viola sammelte all ihren Mut, zwang ein Lächeln auf ihre Lippen und unterdrückte ihre aufsteigenden Zweifel. „Das wäre reizend.“

2

Dante war überaus wütend.

Er musterte eingehend die blauen Flecken auf Benedettas Gesicht. „Wie oft habe ich dich beschworen, nicht in diesen Club zu gehen?“ Sicher, sie war nur ein Mädchen, das die Schnitzereien ihres Vaters auf der Straße verkaufte, und er kannte sie auch nur flüchtig, aber irgendwie weckte sie seinen Beschützerinstinkt. Sie war arm und noch so jung. Jedes Mal, wenn er an ihrem Stand vorbeiging, fühlte er sich gezwungen, eine der grässlichen Schnitzereien ihres Vaters zu kaufen.

„Es tut mir leid“, wimmerte das Mädchen, doch ihre aufgeplatzte Lippe machte ihre Worte undeutlich. „Das Geschäft lief diesen Monat so schlecht. Wir brauchten das Geld.“

„Wer hat das getan?“

Benedetta wich seinem Blick aus, aber Dante fasste an ihr Kinn und zwang sie dazu, ihn anzusehen. Sie zuckte zusammen. „Ich fragte, wer hat das getan?“

„Salvatore.“

„Verdammt!“ Dante fuhr sich mit der Hand durch sein dunkles Haar. „Hast du keinerlei Selbsterhaltungstrieb? Von allen Männern musstest du dich ausgerechnet von Salvatore berühren lassen?“ Er kannte den Mann nicht persönlich, aber er hatte genug über ihn erfahren, um zu wissen, dass jede Frau sich besser von ihm fernhielt.

Sie schloss ihre geschwollenen Augen. „Er war als Einziger bereit zu zahlen.“

„Verdammt, Mädchen! Wenn du meine Tochter wärst, würde ich dich für deine Dummheit zu Hause einsperren. Keine Frau, die noch alle Tassen im Schrank hat, würde sich von Salvatore anfassen lassen. Warum glaubst du denn, dass er bereit ist, dafür zu zahlen? Jeder kennt seinen Ruf. Er liebt es, Frauen zu schlagen.“

Tränen liefen Benedettas Gesicht hinunter. Dante zog ein Taschentuch heraus und betupfte ihre Wangen damit.

„Vielen Dank.“

„Geh jetzt nach Hause! Ich werde alle Schnitzereien, die du heute noch übrig hast, kaufen.“ Dante blickte auf den Karren mit den Waren. Heute Abend waren die Holzfiguren, die sie anbot, besonders hässlich. Sie würden in seinem Haus zu Brennholz werden, ebenso wie alle anderen vor ihnen.

Ihr Gesicht leuchtete auf. „Oh, vielen Dank, Signore di Santori. Sie sind so nett.“

Nett? Das war kein Adjektiv, mit dem man ihn oft beschrieb. Kein Vampir war nett, am allerwenigsten er, aber wenn Dante eins hasste, dann waren es Männer, die Frauen schlugen. Dante liebte Frauen in jeder Form und Gestalt, in der sie kamen. Vor allem, wenn sie kamen – in seinem Bett.

Er mochte sie noch mehr, wenn er von ihnen trank.

Das Blut einer Frau war reichhaltiger als das eines Mannes. Und es war sogar noch berauschender, wenn er von einer Frau trank, während er sie bis zur Ohnmacht fickte. Tatsächlich bevorzugte er diese Art von Abendessen. Darin lag nichts Nettes oder Zivilisiertes. Wenn es hart auf hart kam, war er nicht viel besser als Salvatore – ein bloßer Sterblicher – aber er ging nicht so weit, Frauen zu verletzen.

In der Tat lebte er dafür, ihnen Freude zu bereiten.

Sein Biss war schmerzlos, und seine Suggestionskraft machte es ihm möglich, zu verbergen, was er tat. Nach einer Nacht in seinen Armen erinnerte sich die Frau nicht, dass der leidenschaftliche Mann, der sie gebettet und sie in die Ekstase getrieben hatte, ein blutrünstiger und unersättlicher Vampir war, der sich an ihrem Hals vollgefressen hatte.

Dante kochte vor Zorn, als er den Club erreichte, in dem Salvatore in der Regel seine Abende verbrachte. Er war auf einen Faustkampf aus. Einen echten Kampf, nicht einen, bei dem er seine überlegenen Vampirkräfte verwenden würde, um den Mann zu vernichten. Er sehnte sich nach einer Schlägerei, in der er seine Fäuste verwenden konnte, um den Mann grün und blau zu prügeln.

Er brauste in den Club, ohne den Forderungen der Gastgeberin, die Eintrittsgebühr zu bezahlen, nachzukommen. Er würde nur lange genug bleiben, um Salvatore zu finden, ihn zu verprügeln und dafür zu sorgen, dass er am Ende viel schlimmer als Benedetta aussah.

Dantes Erscheinen und die lautstarken Beschwerden der Gastgeberin hinter ihm veranlassten mehrere Köpfe, sich in seine Richtung zu drehen. Er ignorierte sie und überflog stattdessen den Raum. Es dauerte nicht lange, bis er Salvatore in einer der Nischen entdeckte. Und Salvatore war nicht allein. Er bearbeitete bereits sein nächstes ahnungsloses Opfer.

Dante nahm keine Notiz von den neugierigen Blicken der anderen Gäste, marschierte geradewegs auf Salvatore zu und blieb vor ihm stehen. Die Hand des Mannes lag auf den Röcken der Frau und sein Kopf war zu ihrem Ohr geneigt. Zweifellos flüsterte er ihr wohlklingende Lügen zu. Dante räusperte sich laut.

Ohne aufzublicken, versuchte Salvatore, ihn zu verscheuchen. „Ich bin beschäftigt.“

Dante biss die Zähne zusammen. „Nicht mehr lange.“

Die Frau wandte ihren Kopf zu ihm und ihre Augen weiteten sich vor Schreck. Sie hatte eindeutig die Drohung in seiner Stimme gehört. Dante ignorierte sie, schnappte Salvatores Handgelenk und zog ihn hoch. Verdutzt starrte Salvatore ihn an.

„Was zum Teufel?“ Salvatores Augen verengten sich. „Suchen Sie sich Ihre eigene Begleitung. Diese hier gehört mir.“

„Ich bin nicht an Ihrer Dirne interessiert. Ich bin an Ihnen interessiert.“

Salvatore versuchte, sich aus Dantes Griff zu befreien, doch dieser ließ Salvatores Handgelenk nicht los. „Lassen Sie mich in Ruhe, Sie Homo, oder ich werde Sie verprügeln.“

„Sie meinen, so wie Sie Benedetta verprügelt haben?“

Bei Benedettas Namen blitzte Angst in seinem Gesicht auf. Salvatore wusste, dass er ertappt worden war, aber seine Kühnheit verließ ihn immer noch nicht. „Das geht Sie verdammt noch mal nichts an!“

„Sie ist eine Bekannte. Also geht es mich etwas an.“ Dante ließ sein Handgelenk los und holte aus. Seine Faust landete in Salvatores Gesicht und schnellte dessen Kopf zurück.

Ein entsetztes Keuchen ging durch die versammelten Gäste. Im Hintergrund konnte Dante die schrille Stimme der Hausherrin hören. „Meine Herren, verlagern Sie Ihre Meinungsverschiedenheit nach draußen.“

Aber es war zu spät. Salvatore hatte sich von dem ersten Schlag erholt und holte seine Faust zum Gegenschlag aus, streifte jedoch nur Dantes Kinn. Dante lachte. “Ist das alles, was Sie zu bieten haben?“ Der Sterbliche war schwach. Dies würde so gut wie keinen Spaß machen. Kein Wunder, dass der Schweinehund gerne Frauen schlug, da er einem anderen Mann nicht ebenbürtig wäre.

Dante schlug seine Faust in Salvatores Bauch, was diesen zusammenknicken ließ. „Nächstes Mal, wenn Sie eine Frau schlagen wollen, dann überlegen Sie es sich besser zweimal.“ Mit einem letzten Aufwärtshaken zu Salvatores Kinn wandte sich Dante ab. Bevor er sich jedoch entfernen konnte, sprang der Mann ihn von hinten an und zerrte ihn zu Boden.

Innerlich jubelte Dante. Endlich schlug der Schurke zurück, was die Sache ein wenig interessanter machte. Dante stieß seinen Ellbogen in Salvatores Rippen, dann rollte er sich herum und warf seinen Angreifer ab. Innerhalb von Sekunden teilten sie einander Schlag nach Schlag aus. Dante verspürte kaum Schmerzen, aber der Sterbliche zuckte bei jedem Schlag, den er erhielt, zusammen.

„Hören Sie auf! Hören Sie auf, ihn zu schlagen!“, erklang die Stimme einer Frau hinter ihm.

Dante hielt sein Opfer mit einem Arm über dessen Kehlkopf am Boden gefangen und drehte sich zu der Frau, mit der Salvatore zusammen gewesen war. Mit ihren Fäusten in die Hüften gestemmt und einem finsteren

Gesichtsausdruck stand sie über ihm. „Signorina, Sie würden gut daran tun, sich aus dieser Sache herauszuhalten.“

„Ich lasse es nicht zu, dass Sie meinen Begleiter schlagen.“

„Wäre es Ihnen lieber, er schlüge Sie, wie er die letzte Frau, die er fickte, schlug?“

Bei seinen derben Worten färbte eine Röte ihre Haut. Er blickte sie genauer an. Erst jetzt bemerkte er etwas Seltsames. Sie gehörte nicht hierher. Sie war nicht die Art von Frau, die Clubs wie diese besuchte. Ihre Manieren deuteten darauf hin, dass sie aus gutem Hause war und ihr Kleid war teuer und unaufdringlich. Ihr Gesicht war frisch und unschuldig, ihr Haar in ihrem Nacken zu einem festen Knoten zusammengebunden, von dem sich nicht eine einzige Strähne gelöst hatte, die ihr elegantes Gesicht umrahmen würde.

Er atmete ihr Aroma ein. Ja, sie roch nach Unschuld und Güte. Doch etwas – etwas Fremdes – schien ihren reichhaltigen Duft zu trüben. Und es rief in ihm den Drang hervor, sie zu beschützen. Sie näher spüren zu wollen.

Dante versuchte, das seltsame Gefühl abzuschütteln, während sein Blick noch ein paar Sekunden länger auf ihrem Gesicht verweilte. Das Auffälligste waren ihre Augen. Deren grüne Farbe kombiniert mit ihrer Porzellanhaut und diesen roten Lippen ließen sie wie ein verlockendes Gemälde aussehen. Weswegen war eine Frau wie sie in einer Absteige wie dieser?

„Sie sollten verschwinden“, riet er ihr und wandte sich wieder Salvatore zu.

Mit einem letzten Hieb schlug er ihn bewusstlos. Als Dante sich erhob, blockierte die Dame des Hauses seinen Weg. „Signore, ich toleriere diese Art von Verhalten nicht in meinem – “

Dante hob abwehrend eine Hand. „Ich gehe.“

Mit langen Schritten verließ er das Etablissement und trat in die kühle Nachtluft hinaus.

3

Ungläubig starrte Viola die Gastgeberin an. „Aber Sie können mich doch nicht hinauswerfen. Ich hatte nichts damit zu tun."

Die Gastgeberin drückte ihr die Münze in die Hand und zeigte zur Tür. „Hinaus!"

Viola unterdrückte die Tränen der Verzweiflung, ging nach draußen und zog ihren Umhang enger um sich. Wenn der schreckliche Mann nicht ihren Begleiter bewusstlos geschlagen hätte, hätte sie heute Abend ihre Jungfräulichkeit verloren. Aber nun? Sie war wieder genau an dem Punkt, wo sie begonnen hatte. Noch schlimmer: Sie war aus dem Club hinausgeworfen worden und durfte nicht zurückkehren. Es war der einzige ihr bekannte Ort, an dem sie finden konnte, was sie wollte. Wohin sollte sie nun gehen?

Viola stieß einen frustrierten Seufzer aus, dann hob sie den Kopf. Ihr Blick fiel auf den Mann, der den Streit vom Zaun gebrochen hatte. Er stand ein paar Meter von ihr entfernt und rückte gerade seine Krawatte zurecht. Bevor sie der Mut verließ, näherte sie sich ihm.

„Was Sie taten, war schrecklich!"

Er warf ihr einen amüsierten Blick zu. „Sie sollten mir dankbar sein, anstatt mich zu tadeln."

„Dankbar? Wegen Ihnen wurde ich aus dem Etablissement geworfen."

„Wie ich schon sagte, Sie sollten mir dafür dankbar sein. Sie gehören nicht dorthin. Sie sind eine Unschuldige."

Wut brach aus Viola hervor. „Ich bin keine Unschuldige", log sie. „Ich bin eine Witwe und ich bin gekommen, um . . . Vergnügen zu finden." Es war die gleiche Lüge, die sie Salvatore aufgetischt hatte, und dieser hatte ihr Motiv nicht in Frage gestellt.

Der Mann zog eine Augenbraue hoch und hob spottend einen Mundwinkel an.

„Jetzt haben Sie meine Chancen zerstört, heute Abend mit einem Mann zusammen zu sein."

Der Fremde kam einen Schritt näher und war ihr so nahe, dass er sie fast berührte. Seine Stimme war leise, als er antwortete: „Und Sie hören jetzt mir zu, Weib! Der Mann, mit dem Sie heute zusammen sein wollten, schlägt die Frauen, die er bettet. Er ergötzt sich daran und es bereitet ihm Vergnügen. Er ist gewalttätig und liebt es, Frauen leiden zu sehen. Hatten Sie das gesucht?"

Instinktiv wich Viola einen Schritt zurück.

Sprach der Fremde die Wahrheit? Hatte er sie wirklich davor bewahrt, misshandelt zu werden? Sie schüttelte den Gedanken ab. Nein, die beiden Männer lagen sich vermutlich schon seit langem in den Haaren. „Wie dem auch sei. Jetzt muss ich woanders hingehen, um das zu finden, was ich brauche."

„Sind Sie verrückt? Haben Sie nicht verstanden, was ich gerade gesagt habe?"

„Ich habe Sie sehr deutlich verstanden. Also, würden Sie mir bitte jetzt den Weg zu einem anderen Etablissement wie diesem weisen? Das ist das Mindeste, was Sie tun können." Sie hob ihr Kinn und wartete.

Der Fremde schüttelte den Kopf. „Ich werde nichts dergleichen tun. Gehen Sie nach Hause und seien Sie froh, dass Ihnen heute Abend nichts zugestoßen ist."

Sie kniff die Augen zusammen. „Na gut . . . Vielleicht kann mir ja jemand anderes weiterhelfen." Viola machte auf den Fersen kehrt, doch bevor sie noch einen einzigen Schritt machen konnte, umklammerte eine Hand ihren Unterarm und riss sie zurück. Von seiner Dreistigkeit überrascht drehte sie ihren Kopf zu ihm und biss die Zähne zusammen.

„Signore, ich empfehle Ihnen, sofort Ihre Hand zu entfernen."

Er ging nicht auf ihre Drohung ein. „Sie haben keine Ahnung von den Gefahren, die dort draußen auf Sie warten. Eine Frau wie Sie sollte nicht nachts alleine durch die Straßen streifen."

„Das ist nicht Ihre Angelegenheit. Also, lassen Sie mich los, außer Sie haben vor, mich selbst zu betten." In dem Moment, als sie ihre Drohung aussprach, erkannte sie, dass es genau das war, was sie wollte. Als sie gesehen hatte, wie er ihren Begleiter verprügelt hatte, hatte sie die rohe Kraft in seinem Körper wahrgenommen. Aber sie hatte auch bemerkt, dass er sich zurückgehalten hatte. Er war viel stärker, als er vorgab.

Und die Augen, die sie nun ungläubig anstarrten, waren die sinnlichsten, die sie jemals an einem Mann gesehen hatte. Sie waren strahlend blau und die Farbe stand in starkem Kontrast zu seinem schwarzen Haar. Sein Gesicht hatte scharfe Kanten, mehr robust als elegant, und seine Schultern schienen sich unter seinem Umhang zu wölben. Er war groß, und der Gedanke, von ihm an intimen Stellen berührt zu werden, erregte sie. Sie hatte Salvatore attraktiv gefunden, doch diesen Mann fand sie wunderschön.

Seinem Stirnrunzeln nach zu urteilen, hatte er jedoch nicht die Absicht, ihr überraschendes Angebot anzunehmen. Nun, vielleicht gefiel ihm ihr Aussehen nicht. Sie versuchte, sich seine Reaktion nicht zu Herzen zu nehmen. Aber zu erfahren, dass sie diesen Mann nicht dazu verleiten konnte, sie in sein Bett zu nehmen, verursachte einen Riss in ihrem sorgfältig konstruierten Schutzmantel.

„Dann lassen Sie mich gehen“, wiederholte sie, nicht darauf erpicht, seine Ablehnung zu hören. Sein Gesicht hatte genug gesagt. Viola versuchte, seinem Griff zu entkommen, aber er ließ nicht locker.

„Sie wollen, dass ich Sie ins Bett nehme?“, fragte er.

Sie schluckte ihre Überraschung über seine Worte hinunter. Zog er es in Betracht? Ihr Herzschlag beschleunigte sich. „Ich bin schon seit einiger Zeit Witwe und vermisse die Berührung eines Mannes.“

„Ist das so?“ Seine Stimme klang, als glaubte er ihr nicht. War ihre erfundene Geschichte nicht gut genug? Sie hatte sie viele Male geprobt und Salvatore hatte sie ihr abgenommen.

„Nun, offensichtlich haben Sie kein Interesse daran. Also bemühen Sie sich nicht weiter. Ich bin sicher, ich werde jemanden finden.“ Wo und wie sie so ein Kunststück vollbringen würde, wusste sie nicht.

„Wer sagt, dass ich kein Interesse habe?“

Viola sah zu ihm auf und bemerkte, wie er einen langen Blick über ihren Körper schweifen ließ. Sie zitterte und benetzte ihre Lippen. Ja, dieser Mann rüttelte etwas in ihr auf. Aus irgendeinem Grund durchbrach er die Unsicherheit, die sie bei dem Gedanken verspürt hatte, sich von Salvatore berühren zu lassen. Trotz der süßen Dinge, die Salvatore in ihr Ohr geflüstert hatte, hatte sie sich ihm gegenüber nicht erwärmen können. Während sie bei diesem Mann –

„Es gibt eine kleine Herberge in der Nähe“, schlug er vor. „Wie heißen Sie?“

„Signora Costa.“ Ihre Kehle war trocken wie Sandpapier.

„Ihr Vorname.“

Ihr Gehirn hörte unter dem durchdringenden Blick, den er ihr zuwarf, auf zu funktionieren. „Warum möchten Sie meinen Vornamen wissen?“

„Weil ich ihn ausrufen will, wenn ich in Sie eindringe.“

4

Dante ließ die Tür zu dem einfachen Schlafgemach der Herberge hinter sich zufallen und beobachtete, wie die schöne Viola ihren Umhang ablegte. Er hatte nicht vorgehabt, heute Abend jemanden zu vernaschen, aber bei so einem offensichtlichen Angebot hatte er noch nie abgelehnt. Und Viola war mehr als nur ein unerwartetes Vergnügen: Sie faszinierte ihn.

Was hatte sie nur zu diesem anrüchigen Club getrieben? Sie schien aus feiner Gesellschaft zu sein, zu gut erzogen für eine Einrichtung wie diese. Wenn er ehrlich war, war er sehr froh, dort aufgetaucht zu sein, denn je mehr er sie ansah, desto mehr wollte er derjenige sein, der ihre geheimen Wünsche erfüllte. Der Gedanke, dass sie bei ihrem Besuch in dem Club Ärger heraufbeschworen hatte, sandte einen eiskalten Schauder über seinen Rücken.

Selbst eine junge Witwe, die über die Freuden des Fleisches Bescheid wusste, hatte keine Ahnung, welche Gefahren auf sie lauerten. In seinen Augen war sie immer noch eine Unschuldige. Und er hatte eine Schwäche für unschuldige Frauen. So wie er immer versuchte, Benedetta, ein Mädchen von gerade mal fünfzehn Jahren, zu beschützen, wollte er jetzt diese Frau beschützen.

Natürlich nur bis zu einem gewissen Grade. Er würde ihr nicht wehtun, aber während er sie fickte, würde er sie auch kosten. Trotz der Tatsache, dass er sich schon früher am Abend ernährt hatte, lehnte er nie einen Nachtisch ab. Und wenn ihr Blut nur annähernd so berauschend war, wie der Duft ihrer Haut versprach, wäre sie in der Tat ein sehr üppiges Dessert.

„Nun“, sagte sie und ihre Stimme zitterte ebenso stark wie ihre Hände.

Er spürte ihre Nervosität und nahm an, dass ihr verstorbener Mann der einzige gewesen war, der sie jemals berührt hatte. Mit Sicherheit war dies nicht einfach für sie.

Dante ging auf sie zu, während er seinen Umhang auf dem Weg auf einen Sessel warf. „Lass mich dir mit dem Kleid helfen.“

Viola zuckte zusammen, als er seine Hände auf ihre Schultern legte. „Ich . . . kann das selbst“, stammelte sie.

„Aber ich würde es gerne tun, wenn du es mir erlaubst.“ Er hob ihr Kinn mit der Hand und neigte seinen Kopf. Ihr Atem vermischte sich mit seinem und er sog den Duft ein. „Ich möchte dich auch küssen.“

Er wartete nicht auf ihre Antwort. Stattdessen drückte er seine Lippen auf ihre und teilte diese. Ohne Umwege drang seine Zunge in ihren Mund und sie gab seiner Forderung nach. Ihre Erwiderung war zaghaft. Dante suchte ihre

Zunge und knurrte missbilligend. Wenn sie gebettet werden wollte, dann zeigte sie es mit Sicherheit nicht durch ihre Handlung. Gefiel er ihr nicht? Der Gedanke, dass sie die etwas eleganteren Gesichtszüge von Salvatore seinen raueren vorziehen könnte, entflammte ihn.

Er riss seinen Mund von ihr. „Küss mich, verdammt noch mal!“

Ihre Augen funkelten voller Unsicherheit.

„Oder hast du deine Meinung geändert?“ Er würde sie gehen lassen, wenn sie es sich anders überlegt hatte. Er war nicht der Typ Mann, der eine Frau zwang.

Das Kopfschütteln kam hastig, aber bestimmt. „Nein!“ Genauso schnell legte sie ihre Hände um seinen Hals und zog ihn zu sich.

„Das ist schon besser“, lobte er und schlang seine Arme um ihren Rücken. „Jetzt versuchen wir das nochmals.“

Viola schloss die Augen, als wappnete sie sich für einen Angriff. Das überraschte ihn. Hielt sie ihn für ein grobes Biest? Dante hielt einen Moment inne. Sie wusste nichts über ihn, außer dem, was sie mitangesehen hatte: Er hatte einen anderen Mann mit seinen Fäusten zu Brei geschlagen. Hatte sie deshalb Angst vor ihm?

„Ich werde dir nicht wehtun.“

Ihre Augen öffneten sich. „Ich weiß.“

Dieses Mal, als er sie küsste, drückte er seine Lippen sanft auf ihren weichen Mund und zog an ihrer Oberlippe, dann leckte er mit seiner Zunge darüber. Langsam öffneten sich ihre Lippen. Dante knabbert an ihnen, bis er ein leises Stöhnen von ihr vernahm. Jetzt verstand er sie: Sie liebte es sanft und langsam. Auf das reagierte sie. Das konnte er ihr geben.

Er löste seinen Mund von ihren Lippen. „Du hättest mir sagen sollen, dass du es sanft willst. Denn eine Frau, die in einem dieser verruchten Clubs versucht, einen Mann für die Nacht zu finden, ist normalerweise an einem wilden Ficken interessiert.“

Viola schnappte nach Luft und schien protestieren zu wollen, aber er drückte einen sanften Kuss auf ihre Lippen, bevor er fortfuhr: „Es spielt keine Rolle für mich. Du willst es weich und sanft, also gebe ich es dir so. Aber wenn du willst, dass ich dich schnell und hart nehme, dann wirst du mich das wissen lassen, nicht wahr?“

Ihr Nicken war kaum wahrnehmbar.

Dante erkundete die warme und feuchte Höhle ihres Mundes, spielte mit ihrer Zunge und genoss ihren Geschmack. Sie war köstlich und ihre sanfte und gemessene Reaktion auf seine suchende Zunge heizte seine Aufregung nur noch mehr an. Sie dazu zu bringen, auf ihn zu reagieren, war eine Herausforderung, eine, die ihm mehr als alles andere gefiel.

Je mehr er sie küsste, ohne zu fordernd zu werden, desto mehr erwachte Viola in seinen Armen. Ihre Hände an seinem Nacken waren jetzt heiß und ihr ganzer Körper schien Wärme auszustrahlen. Er begrüßte diese und streifte mit seiner Hand über ihre nackten Schultern. Sie zitterte, als er mit den Fingerknöcheln ihren Puls entlang strich und spürte, wie sich ihr Herzschlag beschleunigte. Unter seinen Fingerspitzen lief das Blut durch ihre Vene und dieses Gefühl machte seinen Schwanz in einem einzigen Augenblick steinhart.

Ja, diese schüchterne junge Frau in seinem Bett zu haben, würde sich als unerwartete Freude herausstellen. Und ihr süßes Blut zu trinken, würde ihm umso mehr Vergnügen bereiten.

Dante ließ seine Hand tiefer wandern und umfasste eine Brust, wobei ihr ein Keuchen entkam. Er löste seine Lippen von ihren. Ihre grünen Augen schienen noch dunkler zu sein als zuvor. Und ihre Lippen waren von seinen Küssen geschwollen. Der Anblick gefiel ihm. „Darf ich dir helfen, dich zu entkleiden?"

Seine Worte zogen sie aus der Betäubung, die seine Leidenschaft verursacht hatte. Kein Mann hatte sie jemals so geküsst. In der Tat hatte kein Mann sie jemals auf eine andere Stelle als auf ihre Hand oder ihre Wange geküsst. Dieses Gefühl war besser, als sie erwartet hatte. Und sie wollte nicht aufhören. „Ich möchte noch mehr küssen", murmelte sie und wandte ihren Blick ab.

„Wir küssen noch viel mehr, das verspreche ich dir. Aber zuerst, leg dein Kleid ab, damit ich dich berühren kann, während ich dich küsse." Seine Augen schienen sie zu verschlingen. Und in der Heiserkeit seiner Stimme hallte das Versprechen wider, das er ihr gemacht hatte.

„Wirst du dich auch entkleiden?"

Er schmunzelte. „Willst du mir dabei helfen?"

Der Gedanke, ihn zu entkleiden, erregte sie. Sie leckte sich erwartungsvoll die Lippen. Von dem, was sie unter ihren Händen gespürt hatte, als sie sich an ihn gedrückt hatte, war ihr bewusst, dass Dante ein großer Mann mit starken Muskeln war. Sie hatten sich hart angefühlt, doch gleichzeitig beruhigend.

„Ich würde sagen, das ist ein ‚Ja'." Sein Lächeln war warm, und sie erwiderte es.

Er begann, ihr Mieder aufzuschnüren. Da sie ohne eine Zofe oder eine Anstandsdame nach Venedig gekommen war, hatte sie ein Kleid gewählt, das sie ohne fremde Hilfe ausziehen konnte. Als sie nun seine Finger über ihren Oberkörper streifen spürte, während er ihr Kleid öffnete, hatte sie allerdings gegen seine Hilfe nichts einzuwenden. Sie genoss das Prickeln, das bei jeder Berührung über ihre Haut wanderte. Und sie fühlte ihn im Moment nur durch die vielen Schichten ihrer Kleidung. Wie würde es sich anfühlen, wenn er erst ihre nackte Haut berührte?

Nachdem Dante ihr Mieder abgenommen und ihre Röcke mit einem Rascheln auf den Boden fallen gelassen hatte, stand sie nur in ihrem Unterkleid und ihrer Leibwäsche vor ihm. Sie trug kein Korsett, da sie nicht in der Lage wäre, sich ohne Hilfe in dieses hineinzuschnüren. Jetzt fühlte sie sich ihm ausgesetzt, da der dünne Stoff ihres weißen Unterkleides fast durchsichtig war. Unwillkürlich verschränkte sie die Arme vor der Brust.

„Nein“, flüsterte er. „Lass mich dich ansehen.“ Er nahm ihre Arme herunter. „Du bist wunderschön. Du hast keinen Grund, dich zu verstecken.“

Seine Handfläche umfasste eine ihrer Brüste, dann die andere. Die Berührung löste ein Gefühl in ihr aus, als würde sie von einem Blitzschlag getroffen. „Ich liebe es, dich in meinen Händen zu spüren.“ Er drückte sie sanft und ihr Herzschlag setzte aus.

„Oh, Gott.“

„Mein Name ist Dante“, korrigierte er sie. Natürlich wusste sie das. Er hatte ihr auf dem Weg zu der Herberge seinen Namen mitgeteilt. Aber aus irgendeinem Grund funktionierte ihr Verstand nicht, wenn seine Hände auf ihr lagen.

„Dante“, flüsterte sie. „Ich möchte dich entkleiden.“

Viola legte ihre Hände auf seine Brust, was ihn dazu brachte, von ihrem Busen abzulassen. Langsam öffnete sie Knopf um Knopf und offenbarte einen muskulösen Oberkörper mit leichter, dunkler Behaarung. In der Mitte seiner Brust verstärkte sich der Haarwuchs und verschwand weiter unten in seiner Hose. Ihre Augen folgten dem dunklen Pfad.

„Ja“, ermutigte er sie. „Öffne meine Hose und nimm meinen Schwanz heraus.“

Niemand hatte je dieses Wort in ihrer Gegenwart ausgesprochen, aber sie wusste, was es bedeutete. Ihre Augen wanderten zu der Ausbuchtung unter dem Stoff. Zu der sehr großen Ausbuchtung. Trug er Polsterung? Sie hoffte es, denn was der harte Umriss unter seiner Hose vorschlug, war sicherlich physisch unmöglich.

Viola zögerte, aber Dante ergriff einfach ihre Hand und legte sie über die Beule. Erschrocken versuchte sie, ihre Hand wegzuziehen, aber er hielt ihr Handgelenk fest und zwang sie, seine Erektion zu berühren. Das Fleisch unter ihrer Hand war warm und pulsierte. Sie hatte noch nie so etwas Lebendiges gespürt. Und nun hatte sie auch ihre Antwort: Er trug keine Polsterung.

„Mach die Knöpfe auf!“

Ohne nachzudenken, folgte sie seinem Befehl. Augenblicke später war seine Hose offen. Er zog sie nach unten und nahm sie vollständig ab. Viola wandte den Blick ab, obwohl sie ihn ansehen wollte. Aber die Verlegenheit überkam sie. Sie hatte noch nie einen Mann nackt gesehen.

„Sieh mich an!“ Dantes Stimme war ruhig und stetig.

Sie hob die Augen, um sich seinem Blick zu stellen.

Aber er schüttelte den Kopf. „Meinen Schwanz!“

Sie schluckte bei seinen gewagten Worten. Wie konnte sie ihn einfach auf so offensichtliche Weise ansehen?

„Bitte, schau meinen Schwanz an und nimm ihn in deine Hand!“

Sie sammelte all ihren Mut und senkte den Blick zu seinem Bauch, dann tiefer. Inmitten eines dunklen Nests von Locken stand seine Männlichkeit aufrecht und leicht nach oben gebogen. Lilafarbene Adern pulsierten und seine pilzartige Spitze glänzte. Sie hatte immer vermutet, dass Männer dort hässlich waren, aber nichts konnte weiter von der Wahrheit entfernt sein. Sein geäderter Schaft war wie ein wohlgeformtes Kunstwerk. Schön, stolz und perfekt.

Wie von selbst griff ihre Hand nach ihm und ihre Finger strichen über die Unterseite seines Fleisches. Die Haut war so weich wie die eines Babys, aber als sie ihre Hand um ihn schlang, konnte sie spüren, wie hart er war. Wie ein Phallus, aus Marmor gemeißelt.

Dante zischte. „Verdammt!"

Bei seinem Fluch ließ sie mit einem überraschten Keuchen von ihm ab.

„Nein! Hör nicht auf! Ich mag, wie du mich berührst."

Zögernd nahm sie ihn wieder in die Hand. Dann spürte sie seine Hände auf ihr, wie diese die oberen Knöpfe ihres Unterkleides öffneten, damit er es ihr von den Schultern streifen und somit eine Brust entblößen konnte. Er beugte seinen Kopf nach unten und leckte mit der Zunge über ihre Brustwarze.

Ihre Hand ließ ihn los, während sie versuchte, mit den neuen Empfindungen, die über sie hineinstürzten, umzugehen. Seine Zunge fühlte sich warm und feucht an und deren Maserung erzeugte eine köstliche Reibung auf ihrer Brust. Ihr Nippel wurde hart und sehnte sich nach mehr. Viola warf den Kopf zurück. Kalte Luft blies über ihre Haut und sie bemerkte, dass Dante ihr Unterkleid ganz über ihre Schultern hinuntergeschoben und es zu Boden hatte fallen lassen. Dann begannen seine Hände, sie von ihrer Leibwäsche zu befreien. Sie hätte Verlegenheit empfinden sollen, aber sie war zu überwältigt von all den neuen Empfindungen, die in ihrem Körper wüteten.

Sein Mund saugte an ihrer Brustwarze und zog diese tief zwischen seine warmen Lippen. Damit verursachte er eine ebenso intensive Qual zwischen ihren Beinen, wo sie eine Wärme und Nässe spürte, die sie noch nie zuvor erlebt hatte.

Viola krallte ihre Hände in seine Schultern, um nicht zu schwanken. Ihr Gleichgewichtssinn wurde durch seine Berührungen und die Reaktion ihres eigenen Körpers außer Kraft gesetzt. Dante knurrte und hob seinen Kopf von ihrer Brust.

„Nein!", protestierte sie, denn sie wollte mehr von dem, was er anbot.

„Schhhh, meine Süße." Er hob sie in seine Arme und trug sie zum Bett. Als er sie auf die Laken legte, wurde ihr die Endgültigkeit ihrer Handlungen bewusst. Ein Hauch von Panik überkam sie und sie versteifte sich.

„Was ist los?", fragte er.

Viola öffnete ihre Augen und sah ihn direkt an. Dies war der Mann, der ihr ihre Jungfräulichkeit nehmen und sie zu einer richtigen Frau machen würde, bevor sie starb. Sie hatte Angst, aber sie wusste, es gab kein Zurück. Sie musste herausfinden, was es bedeutete, eine Frau zu sein. Trotz ihrer Angst zwang sie sich zu einem Lächeln. „Nichts."

Dante beugte sich über sie und spreizte ihre Schenkel mit seinem Körper. Er positionierte seine harte Länge dort, wo sich ihre Oberschenkel trafen und wo die pochende Qual, die sie nicht beschreiben konnte, immer stärker wurde.

„Du machst mich so heiß und so hart", drückte er zwischen zusammengebissenen Zähnen heraus, als kämpfte er gegen etwas in seinem Inneren an. „Ich kann nicht länger warten."

Dann spürte sie seinen dicken Schaft an ihrem Eingang, kurz bevor er in sie stieß.

5

Dante fühlte, wie er ihr Jungfernhäutchen durchbrach und erstarrte, als er Viola aufschreien hörte.

„Du bist noch Jungfrau?“ Er stützte sich auf seinen Ellbogen ab, um sein Gewicht von ihr zu nehmen. „Du hast mich angelogen.“ Zorn durchfuhr ihn. Die Frau unter ihm war keine schüchterne Witwe, sondern eine errötende Jungfrau. Kein Wunder, dass sie so zaghaft gewesen war, als er sie zum ersten Mal geküsst hatte.

Viola wich seinem wütenden Blick aus. „Hättest du es getan, wenn ich dir gestanden hätte, dass ich Jungfrau bin?“

„Natürlich nicht!“ Mit einem Schnauben rollte er sich von ihr ab. „Ich entjungfere keine Unschuldige.“

„Genauso wenig wie die Männer in dem Club, also dachte ich – “

„Also dachtest du, du lügst mich an. Ich verstehe. Wenn das ein billiger Trick sein soll, damit ich dich heirate, dann – “

Ihre Augen weiteten sich vor Entsetzen, und sie setzte sich auf, während sie nervös an der Bettdecke zog, um damit ihre Nacktheit zu verdecken. „Wie kannst du es wagen, mir so etwas zu unterstellen? Ich habe kein Interesse an dir. Alles, was ich wollte, war eine Nacht der Leidenschaft.“ Sie sprang aus dem Bett und schnappte ihr Unterkleid vom Boden.

Er bemerkte, wie ihre Hände zitterten, als sie hineinschlüpfte. „Viola, stopp! Was machst du?“

Sie zog ihre Leibwäsche an und griff nach ihrem Kleid. „Ich gehe.“

„Wohin denn?“

„Wieso ist das wichtig? Ich habe bekommen, was ich wollte. Du hast getan, was ich von dir erwartet habe.“ Sie schniefte und er vermutete, dass sie den Tränen nahe war. Verdammt, wie er es hasste, wenn Frauen weinten.

„Ich habe noch überhaupt nichts getan. Du glaubst doch wohl nicht das war alles, oder? Dann bist du aber wirklich eine Unschuldige.“ Und aus irgendeinem seltsamen Grund gefiel ihm ihre Unschuld. Und nicht nur ihm – auch seinem immer noch harten Schwanz.

Viola zog ihr Kleid über, und es überraschte ihn, wie schnell sie die Schnüre an der Vorderseite ihres Mieders band. „Ich bin keine Unschuldige mehr.“

Dante sprang aus dem Bett, von seiner Nacktheit nicht beschämt. „Alles, was ich tat, war, in dich einzudringen. Das war noch kein Sex.“

„Ich habe keine Lust, den Rest zu erfahren." Sie griff nach ihrem Umhang und der kleinen Tasche, die sie mitgebracht hatte, und eilte zur Tür hinaus.

Dante stand wie angewurzelt da. Was war nur passiert? Er hatte eine Jungfrau entehrt, die prompt aus seinem Bett geflüchtet war, bevor er sie wirklich richtig hatte ficken können. Alles, was sie kannte, war der Schmerz, der mit seiner Invasion ihrer viel zu engen Scheide verbunden war. Verdammt, wie sie ihn doch für nur so kurze Zeit umklammert hatte. Hätte er gewusst, dass sie noch Jungfrau war, dann hätte er sie besser vorbereitet. Was dachte er da? Hätte er es gewusst, dann hätte er sie nie berührt.

Verdammt noch mal! So wollte er nicht in ihrer Erinnerung verbleiben: als der Mann, der sie verletzt hatte.

Dante fluchte und griff nach seiner Kleidung.

***

In dem Moment, als die kalte Nachtluft gegen ihren erhitzten Körper blies, spürte Viola einen dumpfen Schmerz in ihrem Kopf. Wie eine geballte Faust baute sich der Druck in ihrem Kopf auf: als ob die Geschwulst ihrem Schädel entkommen wollte wie ein Küken seiner Eierschale.

Es war alles zu viel für sie gewesen: die Vorfreude und Nervosität, als sie den Club betreten hatte, die Angst und Verzweiflung, als der Kampf zwischen Dante und Salvatore ausgebrochen war, und jetzt der Verlust ihrer Jungfräulichkeit. Es war schmerzhaft gewesen, auch wenn die starken Schmerzen nur einen Moment angedauert hatten. In dem Moment, als er mit seiner Männlichkeit, die eindeutig für eine Frau wie sie zu groß war, in sie eingedrungen war, waren all die köstlichen Empfindungen, die seine Küsse und Liebkosungen verursacht hatten, ihrem Körper entwichen. Wenn dies Sex war, dann war sie nicht mehr daran interessiert.

Zumindest würde sie nicht als Jungfrau sterben. Jetzt, da sie wusste, dass sie alles erlebt hatte, was sie sich vorgenommen hatte, fühlte sie sich leer. Doch statt einer angenehmen Leere in ihrem Kopf spürte sie einen pochenden Schmerz. Für viele Stunden würden sie die schrecklichen Schmerzen quälen, wenn sie nichts dagegen unternahm.

Doch dieses Mal würde sie es nicht tatenlos hinnehmen. Sie hatte alles auf ihrer Liste abgehakt. Es gab keinen Grund mehr zu bleiben. Es war besser, wenn sie jetzt Schluss machte.

Viola ging bis zur nächsten Ecke, wo eine Gaslampe Licht spendete, und blieb stehen. Sie löste die Schnüre zu ihrer kleinen Tasche und öffnete sie. Neben einem Taschentuch, ein paar Münzen und ihren Pillen lag die Pistole, die sie aus dem Arbeitszimmer ihres Vaters genommen hatte. Sie hatte ihn oft genug dabei beobachtet, wie er sie gereinigt und geladen hatte. Sie hatte die Pistole sogar einmal in der Schweiz abgefeuert, um sicherzugehen, dass sie funktionierte. Dann hatte sie sie nachgeladen.

Ihre Finger fühlten sich plötzlich eiskalt an, als sie die Waffe aus der Tasche zog. Sie erkannte ihre langsamen Bewegungen als ein Anzeichen ihrer

Feigheit. Sie war ein Feigling, weil sie sich ihr eigenes Leben nahm, doch sie war genauso ein Feigling zu zögern, die Pistole an ihre Schläfe zu setzen.

Sie zwang sich, ihre zitternde Hand zu beruhigen. Sie musste es tun. Sie würde nicht tatenlos herumsitzen und auf ihren Tod warten, wo sie doch nichts mehr vom Leben erwartete, wenn von nun an alles, was geschehen würde, schmerzhaft sein würde. Sie würde keinerlei Freude mehr verspüren.

Bei der Erinnerung an die wenigen Momente schierster Glückseligkeit, als Dante sie geküsst hatte, gab Viola ein klägliches Lachen von sich. Das waren die Minuten, an die sie in ihrer Todesstunde denken wollte, nicht an den Schmerz, der gefolgt war, oder die hässlichen Worte, die er ihr an den Kopf geworfen hatte.

Ein kleines Schluchzen riss sich aus ihrer Brust, als sie die Waffe an ihre Schläfe setzte und die Augen schloss. Sie spannte den Hahn der Pistole an und der Klang hallte durch die Gasse und prallte von den Steinmauern ab, um der ganzen Welt anzukündigen, dass sie diese verließ. Ihr Finger am Abzug zitterte, aber sie holte einen beruhigenden Atemzug, dann noch einen.

Tränen drängten unter ihren geschlossenen Lidern hervor und kullerten über ihre Wangen. Sie drückte ab und in dem Moment, als der Schuss ertönte, fühlte sie etwas gegen ihren Körper prallen.

6

Der Schuss hallte in der Gasse wider, als Dante mit Viola zusammenstieß und ihr gleichzeitig die Pistole aus der Hand riss. Sie stürzten gemeinsam auf das Kopfsteinpflaster und Dante landete auf ihr. Er rollte sich unmittelbar von ihr ab, aber sie bewegte sich nicht.

Seine empfindliche Nase vernahm den Geruch ihres Blutes sofort. „Nein!", schrie er. Er war zu spät gekommen. Als er sie unter der Gaslampe hatte stehen sehen, hatte er gezögert, sich ihr zu nähern. Er hatte nicht gewusst, was er zu ihr sagen sollte. Zu spät hatte er die Pistole in ihrer Hand gesehen. Erst als sie diese an ihre Schläfe gehoben hatte, hatte er reagiert und war auf sie zugelaufen.

Dante blickte auf die Wunde an Violas Stirn und verdrängte gleichzeitig den Hunger auf ihr Blut. Er sollte sich schämen. Selbst jetzt, wo Blut aus ihrem Kopf sickerte, wünschte er sich nichts mehr, als dieses zu kosten. Er schüttelte den Gedanken ab, so wie ein Hund sein Fell von Wasser befreite.

Zögernd strich seine Hand über die Wunde und wischte das Blut weg, voller Furcht vor dem, was er finden würde. Doch seine Finger trafen auf keine klaffende Wunde. Im Gegenteil: Er fühlte nur eine Abschürfung. Sie blutete nur leicht. Er beugte seinen Kopf näher und begutachtete die Verletzung genauer. Die Gaslampe spendete etwas Licht und seine überlegene Nachtsicht kompensierte den Rest.

Es gab kein Einschussloch. Die Kugel hatte sie nur gestreift und vermutlich hatte die rohe Art und Weise, mit der er sie zu Boden geworfen hatte, sie in Ohnmacht fallen lassen. Dante drückte seine Hand auf ihre Brust und tastete nach ihrem Herzschlag, obwohl er ihn hören konnte. Er tat es, um sich selbst zu beruhigen. Instinktiv umklammerte seine Hand eine Brust. Dann entfernte er sie ruckartig.

Um Gottes willen, wie verdorben er doch war, dass er sogar eine bewusstlose, verletzte Frau betatschte. Sein Magen knurrte und der Geruch ihres süßen Blutes überwältigte ihn. Er konnte nicht anders, aber so lange sie aus ihrer Kopfwunde blutete, würde er nicht in der Lage sein, sich auf etwas anderes zu konzentrieren. Er näherte sich mit seinen Lippen ihrer Wunde und leckte mit einem einzigen Zungenschlag darüber, bevor er sich zwang, von ihr abzulassen.

Sein Speichel schloss die Wunde und heilte die Haut sofort, doch er nahm keine Notiz davon. Ihr Geschmack auf seiner Zunge lenkte ihn ab. Ihr Blut war süß und reichhaltig, wie er erwartet hatte, doch ein anderer Geschmackston lag darin verborgen, und er wusste nicht, was es war. Es schmeckte fremdartig, genauso wie ihr Duft ihm fremdartig vorgekommen war, als er ihr zum ersten Mal in dem Club begegnet war. Er schmeckte etwas Bedrohliches heraus. Dante schüttelte den Kopf. Sein Geist war wohl verwirrt von dem Schock, den er erlitten hatte.

Viola hatte versucht, sich wegen ihm umzubringen.

War er wirklich so schrecklich gewesen? Vielleicht war er nicht besser als Salvatore. Zumindest waren die Wunden, die Salvatore den Frauen zufügte, sichtbar und würden mit der Zeit heilen, doch die Wunden, die Dante bei dieser unschuldigen Frau hinterlassen hatte, hatten sich tief in ihrem Inneren eingegraben. Er hatte nicht erkannt, wie sehr er sie verletzt hatte. Aber er hatte ihr wehgetan – so sehr, dass sie Trost im Tod suchte.

Das Wissen traf ihn wie ein Schlag in den Magen. Augenblicke, nachdem sie sein Bett verlassen hatte, hatte sie versucht, ihr Leben zu beenden. Augenblicke, nachdem er sie beschuldigt hatte, ihn mit ihrer Lüge in eine Falle zu locken. Augenblicke, nachdem er in ihr gewesen war und sie körperlich verletzt hatte. Sie wollte diese Welt mit dem Missverständnis verlassen, dass Sex eine schreckliche Sache war und Frauen nur Schmerz bereitete. Und dass er ein schrecklicher Liebhaber war.

Besonders diese Kenntnis traf sein Selbstbewusstsein.

Keine Frau, mit der er je zusammen gewesen war, hatte so etwas getan – zumindest hoffte er das. Er hatte immer dafür gesorgt, dass die Frauen, mit denen er sich vergnügte, auch ihr Vergnügen fanden. Ehrlich gesagt hatte er auch Spaß daran, wenn es ihnen gefiel. Doch Viola hatte er so sehr enttäuscht, dass sie es nicht einmal ertragen konnte, weiterzuleben. Was machte das aus ihm? Mehr als nur einen schlechten Liebhaber! Es machte ihn zum Komplizen an ihrem Tod. Und das war etwas, das er nicht akzeptieren konnte.

Ja, er hatte schon getötet, doch jene Männer hatten sein Leben und das anderer Vampire bedroht. Er hatte noch nie einen Unschuldigen getötet, und er hatte nicht vor, jetzt damit anzufangen. Er musste die Frau, die immer noch auf dem Kopfsteinpflaster lag, davon überzeugen, dass das Leben lebenswert war. Und dass es wert war, Sex zu haben. Immer und immer wieder.

Als ihm klar wurde, was er tun musste, steckte er die Pistole in eine Innentasche seines Umhangs und hob Viola in seine Arme. Er spürte ihr Gewicht kaum, während er sie die fünfzehn Minuten zu seinem Haus trug.

Die Lichter brannten, als er eintrat. Stimmen und Gelächter trieben durch die offene Tür des Salons an seine Ohren.

„Dante?", rief sein Bruder Raphael nach ihm.

„Nicht jetzt." Dante ging zur Treppe, aber sein Bruder war schon an der Tür und trat ins Foyer.

„Man munkelt, dass du in einen Kampf geraten – “ Er stockte. „Du hast dein Abendessen mit nach Hause gebracht? Ich dachte, wir hätten darüber gesprochen, dass – “

Dante drehte sich zu seinem Bruder. „Sie ist nicht mein Abendessen.“ Er überraschte sich selbst mit dem defensiven Ton in seiner Stimme.

„Ich rieche Blut.“

„Sie ist verwundet.“

Hinter Raphael tauchte Isabella auf. „Was gibt es?“ Seine Schwägerin sah hinreißend aus wie immer. Dante bemerkte, wie Raphael sofort ihre Hand in seine nahm. Frischvermählte, grummelte Dante in seinem Inneren.

„Nichts. Ich komme nur einer verletzten Frau zu Hilfe.“

Darauf hob sogar Isabella eine Augenbraue. Es schien, als hätte seine Schwägerin schnell herausgefunden, dass er kein Samariter war.

„Seit wann bist du so barmherzig, Dante?“, spottete sein Bruder.

Dante holte tief Luft. „Darf ich dich daran erinnern, dass dies auch mein Haus ist, und dass es nur mich etwas angeht, was ich tue?“

„Zugegeben. Allerdings möchte ich mich vom Wohlbefinden des Mädchens versichern, während sie in unserem Haus ist.“

Dantes Geduldsfaden riss. „Na, schau dir plötzlich meinen anständigen Bruder an. Nichts für ungut, Isabella, aber es scheint, dass dein Gemahl vergessen hat, wie er war, bevor er dich geheiratet hat. Ich erinnere mich deutlich, dass er – “

„Wie dem auch sei. Die Dinge haben sich geändert.“ Raphael führte Isabellas Hand an seine Lippen und küsste ihre Fingerknöchel. „Wir waren uns einig, dass wir Isabella nicht den grauenhafteren Aspekten unserer Spezies aussetzen würden. Und das beinhaltet, keine ahnungslosen Sterblichen in unser Haus zu bringen und – “

Dante trat einen Schritt näher. „Und was?“ Dann blickte er auf Violas Gesicht, das an seiner Brust lehnte. „Ich will ihr nichts Böses. Wenn du es wirklich wissen musst, sie versuchte, sich heute Abend das Leben zu nehmen.“

Isabella keuchte vor Entsetzen. „Oh, nein. Das arme Mädchen!“

„Wie ist es passiert?“, fragte Raphael, seine Stimme nun voller Mitgefühl.

Dante schloss die Augen und rang mit sich selbst, wie viel er seinem Bruder offenbaren wollte. „Sie war noch Jungfrau. Aber sie log mich an und behauptete, dass sie eine Witwe wäre, die eine gewisse . . . fleischliche Ablenkung suchte.“ Er sah Isabella an und fragte sich, wie viel mehr er sagen sollte. Doch die Frau seines Bruders hörte mit angehaltenem Atem zu. „Es war nicht . . . gut; es war nicht angenehm für sie. Sie versuchte, sich zehn Minuten später das Leben zu nehmen. Ich hatte Glück, dass ich sie rechtzeitig stoppen konnte. Die Kugel streifte nur ihre Schläfe.“

Für einen Moment sprach niemand. Doch die Stille im Foyer war ohrenbetäubend.

Er wartete auf eine abfällige Bemerkung seines Bruders, doch diese blieb aus. „Was, keine Züchtigung?“, fragte Dante.

„Am besten bringst du sie nach oben. Ich werde die Bediensteten informieren, damit sie aufpassen, was sie in ihrer Gegenwart sagen. Ich gehe davon aus, sie weiß nicht, was du bist?“ Raphaels Stimme war ruhig und gesammelt.

Dante schüttelte den Kopf. „Nein. Es ist schlimm genug, dass sie denkt, Sex wäre eine schreckliche Sache. Wie, glaubst du, würde sie reagieren, wenn sie herausfände, dass einer unserer Art ihr die Jungfräulichkeit geraubt hat?“

Er blickte in Violas Gesicht und drückte sie näher an sich. Sie schien so zerbrechlich zu sein, und er fühlte sich wie ein Tier, das sie angegriffen hatte.

Doch er wollte es wieder tun.

7

Viola fühlte sich wie von einem warmen Kokon umgeben und kuschelte sich tiefer in die Weichheit. Sie hatte nicht erwartet, dass das Leben nach dem Tod so weich und warm sein würde. In der Tat hatte sie eher gedacht, dass sie sich als Folge ihrer verzweifelten Tat des Selbstmordes in der Hölle wiederfinden würde. Aber dies fühlte sich nicht wie die Hölle an. Irgendwo in der Nähe roch es nach Rauch, aber es lag kein Schwefelgeruch in der Luft und sie hörte keine Schreie. Stattdessen drang ein männlicher Duft in ihre Nase. Seltsam.

Sie öffnete die Augen, um sich umzusehen. Schockiert fuhr sie hoch.

Sie befand sich in einem großen Himmelbett in der Mitte eines üppig eingerichteten Schlafgemachs – eines sehr männlich wirkenden Schlafgemachs.

„Ah, du bist endlich wach."

Viola fuhr herum und erstarrte. Dante! Er saß in einem Sessel vor dem Kamin und stand nun auf, um auf das Bett zuzugehen. Sie ergriff die Bettdecke und drückte sie fest an ihren Körper, denn ihr wurde unmittelbar bewusst, dass sie nur ihr Unterkleid trug.

„Ich musste sicherstellen, dass du dich wohlfühltest." Sein Ton klang entschuldigend und sogar seine Augen sahen sie aufrichtig an.

„Wo bin ich?", presste sie heraus, während Panik sie ergriff. Hatte er sie entführt? Was war geschehen? Sie erinnerte sich deutlich daran, dass sie die Pistole an ihre Schläfe gehalten und abgedrückt hatte.

Dante erreichte das Bett und setzte sich an dessen Rand. Viola beäugte ihn misstrauisch. „Du bist in meinem Haus. Ich wusste nicht, wo du wohnst. Deshalb habe ich dich hierher gebracht."

Instinktiv wanderte ihre Hand zu ihrer Schläfe. Sie spürte eine kleine Abschürfung, aber sonst nichts.

Seine Augen folgten ihr. „Die Kugel hat dich nur gestreift. Ich konnte die Waffe deiner Hand rechtzeitig entreißen."

Ihr Herz klopfte aus der Erkenntnis, dass er wusste, was sie getan hatte, und dass er ihr Vorhaben verhindert hatte. „Wie konntest du es wagen?"

„Wie bitte?" Seine Stirn zog sich in Verwirrung in Falten.

„Du hast mich gehört. Wie konntest du es wagen, mich davon abzuhalten? Es war meine Entscheidung." Sie funkelte ihn wütend an.

„Deine Entscheidung?“ Er stand ruckartig auf. „Du wusstest nicht, was du tatest. Du kannst dir nicht einfach wegen etwas so Belanglosem das Leben nehmen.“

„Etwas Belanglosem?“

„Ja, belanglos. Die erste sexuelle Erfahrung einer Frau ist nie sehr angenehm. Wusstest du das nicht?“

Dachte er, sie hatte sich umbringen wollen, weil er ihr wehgetan hatte, als er in sie eingedrungen war? Sie hatte in ihrem Leben schon viel stärkere Schmerzen ertragen müssen als den schwachen Schmerz, der nur ein paar Sekunden angedauert hatte. Wie selbstgefällig von Dante! „Du aufgeblasener, arroganter Mistkerl! Diese Sache hatte rein gar nichts mit dir zu tun.“

Dante starrte sie an. „Es hat alles mit mir zu tun. Du musst mich nicht anlügen. Tatsächlich wäre es besser für alle Beteiligten, wenn du bei der Wahrheit bleiben würdest. Du bist offensichtlich keine Witwe. Ich denke, darauf haben wir uns schon geeinigt.“

Viola mochte seinen Befehlston nicht und beschloss, ihm die Sache nicht leicht zu machen. Vielleicht dachte er, dass er andere Frauen herumkommandieren konnte, aber nicht sie. „Ich könnte sehr gut verheiratet gewesen und immer noch Jungfrau sein, wenn – “

Er kam plötzlich noch näher und nahm ihr Kinn zwischen Daumen und Zeigefinger gefangen. „Lügen steht dir nicht. Also hör auf, oder ich werde das hier tun, um dafür zu sorgen, dass du aufhörst.“ Er drückte einen Kuss auf ihre Lippen, einen Kuss, der zu kurz war, um ihn wirklich genießen zu können.

„Ich habe dir nicht erlaubt, mich zu küssen!“, protestierte sie und stieß ihn von sich. Dabei entglitt das Bettlaken ihren Händen.

„Du hast mir erlaubt, noch viel mehr zu tun.“ Er grinste und senkte den Blick auf ihre Brüste.

Mit einer ruckartigen Bewegung bedeckte sie sich wieder. „Geh und setz dich auf den Stuhl da drüben!“ Sie wollte, dass er so weit wie möglich von ihr entfernt war. Wenn er ihr mit seinem männlichen Duft so nahe kam, konnte sie nicht vernünftig denken. Warum sonst würde sie ihn zu sich ins Bett ziehen und ihn bitten wollen, sie wieder so zu küssen, wie er es getan hatte, bevor er seine enorme Männlichkeit an ihr benutzt hatte?

Den Blick, den er ihr zuwarf, konnte sie nur als brütend beschreiben. „Wie du willst.“ Dante ließ sich in den Sessel fallen und starrte sie an.

„Wenn du mir jetzt sagen würdest, wo meine Kleidung, meine Tasche und meine Pistole sind, könnte ich mich wieder auf den Weg machen.“

„Du wirst nichts dergleichen tun.“

Viola kniff die Augen zusammen. „Du hältst mich gefangen?“

„Zu deiner eigenen Sicherheit. Und was deine Pistole angeht: Du musst verrückt sein, wenn du wirklich glaubst, ich händige dir einfach eine tödliche Waffe aus, nachdem du versucht hast, dir das Leben zu nehmen. Nein, du, meine junge Dame, bleibst hier bis ich darüber Gewissheit habe, dass du es nicht noch einmal versuchen wirst."

Sie atmete scharf ein. „Das geht dich nichts an. Mein Leben gehört mir und ich werde tun, was ich will."

„Nicht, wenn ich es verhindern kann", keifte Dante und erhob sich. Er sah aus wie ein Tiger in einem Käfig, als er sich wieder dem Bett näherte. Unwillkürlich rutsche sie zur anderen Seite des Bettes.

„Das kannst du nicht tun."

„Ich kann noch viel mehr tun. Zuerst werde ich dir zeigen, dass Sex genauso gut für eine Frau sein kann wie für einen Mann. Und wenn du das erst einmal verstanden hast, wirst du keinen Grund mehr haben, dir das Leben zu nehmen."

Viola starrte ihn nur an. Das konnte ihm doch nicht ernst sein! Der Mann hatte ein völlig übertriebenes Selbstwertgefühl. Deshalb konnte er nicht verstehen, dass nicht er der Grund für ihren Wunsch, diese Welt zu verlassen, war. Und natürlich würde sie ihm die Wahrheit nicht gestehen. Es ging ihn nichts an. Außerdem wollte sie kein Mitleid. Und was seine Behauptung anging, dass Sex für Frauen so angenehm war wie für Männer . . . „Wie willst du das bewerkstelligen?"

Manchmal wünschte sie sich, dass ihr Gehirn schneller arbeitete als ihre Zunge, denn sie hatte wieder einmal deutlich zu früh gesprochen. Angesichts seines selbstgefälligen Grinsens konnte sie erkennen, dass er diese Situation genoss.

„Sehr langsam und sehr gründlich." Der Blick, den er über sie schweifte, brachte sie zum Zittern. Gott helfe ihr, wenn er es ernst meinte.

„Du kannst das nicht – "

„ – tun?", beendete er ihren Satz und sprang mit allen Vieren auf das Bett. „Da würde ich mir nicht so sicher sein, wenn ich du wäre."

Eine Sekunde später saß Dante rittlings über ihr und drückte sie zurück in die Kissen, sein Gesicht nur wenige Zentimeter von ihrem entfernt. Violas Körper erwärmte sich und ihr Puls galoppierte. Zu wissen, wie sie zuvor auf seine Küsse und Berührungen reagiert hatte, machte es ihr unmöglich, ihn wegzustoßen. Sie fühlte sich wie gelähmt.

Seine Fingerknöchel streichelten sanft über ihre Wange. „Wir wissen beide, dass ich stärker bin als du. Also spar dir deinen Atem für den Moment, wo du keuchend um Erlösung bittest. In der Zwischenzeit lasse ich die Diener ein Bad für dich bereiten. Und wenn du fertig bist, wird im Erdgeschoss eine Mahlzeit auf dich warten."

Ihr Kampfinstinkt hatte sie noch nicht verlassen. Wenn er dachte, er könnte sie so leicht einschüchtern, dann wusste er offensichtlich noch nicht, wie störrisch sie sein konnte. „Ich werde nichts dergleichen tun."

„Gut, dann werde ich dich selbst baden."

Schock durchfuhr sie. „Das würdest du nicht – "

Sein Grinsen ließ sie innehalten. Er würde es tun.

„Na gut."

„Gutes Mädchen!", lobte er sie. Oder machte er sich über sie lustig?

Als er vom Bett sprang, hätte sie ein Gefühl der Erleichterung verspüren sollen, doch stattdessen vermisste ihr Körper sofort seine Wärme.

Dante ging zur Tür. „Und wenn du zu lange mit dem Bad brauchst, weil du versuchst, mir aus dem Weg zu gehen, werde ich dich persönlich aus der Wanne ziehen und dich abtrocknen."

Er ließ die Tür hinter sich zuschnappen und Viola warf ein Kissen dagegen. „Du bist nicht so unwiderstehlich, wie du denkst!", murmelte sie leise und hätte schwören können, sie hörte ihn lachen, als er die Treppe hinunterging. Doch es war unmöglich, dass er sie durch die geschlossene Tür gehört hatte.

8

„Bist du verrückt?“, fuhr Raphael ihn an.

Dante zuckte mit den Schultern und trat mit dem Fuß gegen den Grill des Kamins, sodass das Feuer ihm mit einem Zischen antwortete. „Was soll ich sonst tun? Sie freilassen, damit sie es erneut versucht? Das werde ich nicht zulassen.“

„Du bist dem Mädchen gegenüber überraschend fürsorglich. Das klingt nicht nach dir. Bist du dir sicher, dass mit dir alles in Ordnung ist?“ Raphaels unverschämtes Schmunzeln trug kein bisschen dazu bei, Dante zu beschwichtigen.

„Du bist der Richtige, so zu reden. Du bist weich geworden, seit du geheiratet hast.“

„Du weißt, ich kann dich hören, Dante, nicht wahr?“, kam Isabellas Stimme vom Sofa.

„Ich versuche nur, mir deinen Gemahl vom Halse zu halten, meine Liebe.“

„Damit er deine Handlungen nicht in Frage stellt?“, konterte sie.

„Ich bin mein eigener Herr. Was ich tue, geht weder dich noch deinen Gemahl etwas an.“

„Was wird aus dem Mädchen?“, warf Raphael ein und setzte sich neben seine Frau.

„Ich verspreche dir, dass ich ihr kein Leid zufügen werde. Ich bin kein kompletter Mistkerl.“

„Das bleibt abzuwarten“, kam Violas Stimme von der Tür.

Dante sprang von seinem Sessel und wirbelte herum. Viola trat in den Raum. Sie trug das Kleid, das sie schon zuvor getragen hatte, das gleiche, das er ihr vor vielen Stunden abgestreift hatte. Die Erinnerung daran war noch frisch und brachte seinen Puls zum Rasen. Er versuchte, seine erhitzte Reaktion auf ihre Anwesenheit zu dämpfen.

„Ich würde jetzt gerne Ihr Haus verlassen, aber es scheint, als hätte jemand versehentlich die Tür verschlossen, und ich kann sie nicht öffnen.“ Sie wandte sich Raphael zu, der sich von dem Sofa erhoben hatte. „Vielleicht würden Sie mir helfen, damit ich mich verabschieden kann? Meine Eltern werden sich sorgen, dass ich so lange weg war.“

Ihr Lächeln war zuckersüß, aber Dante wusste, dass Viola alles andere als süß war. Und er würde nicht darauf hereinfallen.

„Raphael di Santori“, stellte sich sein Bruder vor. „Dante ist mein Bruder.“ Dann wandte sich Raphael zu seiner Frau, die sich neben ihn gestellt hatte. „Meine Gemahlin Isabella.“

„Es ist mir ein Vergnügen. Viola Costa. Es tut mir leid, Sie belästigt zu haben. Wenn Sie gestatten, würde ich gerne zu meiner Unterkunft zurückkehren.“ Sie zauberte ein weiteres süßes Lächeln auf ihre Lippen und wandte sich in Richtung Tür.

Ihre letzten Worte hallten in Dantes Kopf wider. Sie wollte zu ihrer Unterkunft zurückkehren, nicht nach Hause, hatte sie gesagt. Sonderbar. Er wagte zu spekulieren: „Wenn du mir erlaubst, Viola, werde ich dich gerne zu deinem Hotel begleiten, um sicherzustellen, dass du dort unversehrt ankommst. Wo bist du abgestiegen?“

„Im Aristo – “ Sie unterbrach sich, aber Dante hatte genug gehört.

„So wie ich es mir schon dachte. Du gehst nicht nach Hause zu deinen Eltern. Wenn ich raten darf, würde ich vermuten, dass deine Eltern keine Ahnung haben, wo du dich aufhältst.“ An der Art, wie sich ihre Wangen färbten, erkannte Dante, dass er recht hatte. „Tja. In diesem Fall tut es mir leid, meine junge Dame. Aber ich fühle mich verpflichtet, dich unter meiner Aufsicht zu behalten, wo dir kein Schaden zukommen kann. Ich bin gerne bereit, deine Eltern in der Zwischenzeit zu kontaktieren, sodass sie kommen können, um dich abzuholen.“

Viola kniff die Augen zusammen. „Das wird nicht nötig sein. Ich finde meinen eigenen Weg nach Hause.“

„Nein, ich muss darauf bestehen. Sobald deine Eltern hier sind, werde ich dich gerne in ihre Obhut übergeben.“ Er wandte sich an seinen Bruder. „Ich denke, das ist das Mindeste, was wir als gastfreundliche Venezianer tun können, findest du nicht auch, Raphael?“

Überraschenderweise stimmte ihm sein Bruder zu, obwohl er dabei seine Stirn runzelte. „Ich fürchte, es wäre unklug, einer jungen Dame ohne eine Anstandsdame oder eine Begleiterin zu erlauben, unser Haus zu verlassen. Wenn Sie mir die Namen Ihrer Eltern und deren Adresse geben, werde ich persönlich einen Boten schicken und ihnen Ihren Aufenthaltsort mitteilen, Signorina Costa.“

Viola schnaubte und machte ein paar Schritte auf Dante zu. Er hatte den Nagel auf den Kopf getroffen. Sie war eine Ausreißerin und wollte nicht gefunden werden. Das kam ihm gelegen, da er sie hier bei sich haben wollte. Bis . . . nun, bis er mit ihr fertig war.

„Du, du . . . “ Ihre Haut glänzte und ihr schöner Busen hob sich mit jedem Atemzug. Sie stieß ihren Zeigefinger in seine Brust. „Du, du . . . “

„Fehlen dir die Worte, meine Liebe?“ Dante schnappte ihren Finger, führte ihn an seine Lippen und küsste ihn sanft. „Wie wäre es jetzt mit etwas zum Essen? Das viele Lügen hat dich sicher hungrig gemacht.“

Viola schnaubte noch einmal und wandte sich von ihm ab. Dante konnte nicht umhin zu lachen. Es machte viel zu viel Spaß, sich mit ihr zu zanken. Verdammt, er liebte das bei einer Frau.

Isabella legte eine Hand auf Violas Arm. „Kommen Sie, Signorina Costa. Die Köchin hat ein ausgezeichnetes Mahl für uns bereitet. Überlassen wir doch die Männer ihrem Gespräch."

Viola hatte keine Wahl. Sie konnte nicht zulassen, dass Dante oder sein Bruder ihre Eltern kontaktierte. Wenn sie das täten, würden ihre Eltern sie trotz ihrer früheren Drohung, dass sie einen Skandal verursachen würde, nach Hause holen. Bis sie alle wieder in Florenz ankamen, würde zu viel Zeit vergangen sein und ihr Zustand würde sich so verschlechtert haben, dass sie keine Kraft mehr hätte, ihre Drohung auszuführen. Und ihre Eltern wussten das. Nein, sie konnte es nicht riskieren, dass ihnen eine Nachricht geschickt wurde. Sie musste sie weiter in dem Glauben lassen, dass sie sich in der Schweiz befand.

Wenn sie nur nachgedacht hätte, bevor sie gesprochen hatte, aber Dante hatte sofort erfasst, dass sie in einem Hotel wohnte. Er hatte sie in ihrem eigenen Spiel geschlagen.

Sie würde eine Strategie ausarbeiten müssen, um etwas Boden zurückzugewinnen, doch zuerst musste sie essen. Sie fühlte sich wie ausgehungert. Ihr Magen knurrte wie auf Befehl.

„Sie müssen hungrig sein", sagte Isabella und zeigte auf den Stuhl gegenüber ihrem eigenen an einem langen Esstisch.

Viola nahm Platz und breitete die Serviette über ihrem Schoß aus. „Ich bin nicht sicher, warum. Ich hatte bereits zu Abend gegessen."

„Doch nicht heute Abend. Sie schliefen fast zwanzig Stunden, nachdem Dante Sie hierher brachte."

Überrascht starrte Viola sie an. „Ich bin seit gestern hier?"

„Sie waren bewusstlos, als Dante Sie zu Bett brachte. Ich habe das Gefühl, er sorgt sich sehr um Sie. Das sieht ihm überhaupt nicht ähnlich." Isabella hatte einen verwunderten Ausdruck auf dem Gesicht. Sie war eine wunderschöne Frau mit seidener Haut, faszinierenden grünen Augen und langen, dunklen Haaren, die locker auf ihrem Kopf hochgesteckt waren.

„Er hat keinen Grund, sich um mich zu sorgen. Ich bin durchaus in der Lage, für mich selbst zu sorgen."

„Da Sie dieses Thema angeschnitten haben, warum haben Sie versucht, sich das Leben zu nehmen?"

Viola biss die Zähne zusammen. Sie hatte nicht erwartet, dass die nach außen angenehme Frau so direkt sein würde. „Niemand in diesem Haushalt scheint ein Taktgefühl zu besitzen."

Isabella machte eine wegwerfende Handbewegung. „Ach das. Geben Sie meinem Gemahl und seinem Bruder dafür die Schuld. Deren Verhalten tendiert dazu, auf andere abzufärben. Wir sind ein sehr unkonventioneller Haushalt, wenn man das so sagen kann.“

„Heißt das, Dante entführt oft ahnungslose Frauen?“ Sie kräuselte ihre Nase und hob ihr Kinn auf blasierte Art und Weise an. Wenn die Dame des Hauses sich nicht angebracht benehmen konnte, warum sollte Viola es dann? Sie war hier nur eine Gefangene, kein Gast.

„Was auch immer Sie über Dante wissen wollen, wird er Ihnen sicher sehr gerne selbst sagen. Es liegt nicht an mir, das zu tun.“ Dann wechselte Isabella das Thema. „Genießen Sie den Fasan?“

Viola kaute das göttliche Fleisch gründlich und schluckte es hinunter. „Passabel.“

„Ich werde die Köchin anweisen, morgen etwas anderes zuzubereiten, wenn Sie keine Vorliebe für Geflügel haben.“

„Ich werde bis morgen weg sein, also bitte bemühen Sie sich nicht.“ Sie konnten sie ja nicht Tag und Nacht beobachten. Sie würde sich bald davonschleichen, wenn sie nicht aufpassten. In der Zwischenzeit nahm sie eine weitere Gabel voller Fleisch und führte sie zu ihrem Mund. Das hieß aber nicht, dass sie hungern musste.

„Machst du Pläne ohne mich, Viola?“, fragte Dante gedehnt von der Tür.

Wie hatte er es geschafft, sich so lautlos anzuschleichen? Sie wollte ihm nicht die Genugtuung geben, dass er sie mit seinem plötzlichen Auftauchen erschreckt hatte und aß deshalb weiter.

„Iss auf, meine Süße, denn wir gehen aus. Ich erwarte dich in fünf Minuten im Foyer.“

Sie drehte ihren Kopf in seine Richtung, aber er hatte den Speisesaal bereits verlassen. Was zum Teufel hatte er nur vor?

9

In einen langen schwarzen Umhang gehüllt wartete Dante auf Viola, ihren Umhang über seinen Arm geschlungen. Er musste raus aus dem Haus. Wenn er weiterhin unter den wachsamen Augen seines Bruders und seiner Schwägerin verblieb, würde er nie dazu kommen, Viola zu küssen und ihre Ausbildung in den fleischlichen Künsten zu beginnen.

Es war Zeit, sie an das zu erinnern, was sie in der Nacht zuvor getan hatten – nicht den Teil, wo er ohne viel Vorbereitung in sie eingedrungen war, sondern als er sie geküsst hatte. Wenn er sich nicht irrte, hatte ihr das Küssen gut gefallen.

Er nahm ihren Duft wahr, noch bevor sie aus dem Speisesaal trat. Ebenso wie ihr Blut fremdartig geschmeckt hatte, als er es von ihrer Stirn geleckt hatte, roch auch ihr Duft fremdartig. Und dieser fremdartige Geruch erweckte den Beschützerinstinkt in ihm. Er verstand das seltsame Gefühl nicht. Schließlich war er ein selbst ernannter Schurke, dessen einzige Interessen in Unzucht lagen, sowie darin, Unmengen von Blut zu konsumieren, bis er die gleiche Art von Hochgefühl verspürte, die bei einem Menschen durch Drogen hervorgerufen wurde.

Beim Anblick von Viola, die soeben entschlossen ins Foyer fegte, wuchs sein Beschützerinstinkt ihr gegenüber noch mehr. Die Aura um sie herum schien verwundbar und war ein krasser Gegensatz zu der scharfen Zunge, die sie mit Leichtigkeit gegen ihn benutzte. Nicht, dass ihm das etwas ausmachte. Er würde sich dieser Zunge jeden Tag stellen – und jede Nacht.

Dante räusperte sich und schob seine Gedanken zurück in die dunklen Tiefen seines ausschweifenden Geistes. „Da bist du ja."

„Wohin gehen wir?", fragte sie abschätzend.

Er machte einen Schritt auf sie zu und legte den Umhang um ihre Schultern, dann schnürte er die Schleife an ihrem Hals. Er senkte seinen Kopf, um ihr ins Ohr zu flüstern: „Auf Entdeckungsreise."

Bevor sie protestieren konnte, führte er sie hinaus in die Nacht. Minuten zuvor hatte er eine Gondel und einen Gondoliere gemietet, der ihm eine reibungslose Fahrt durch die Kanäle zugesichert hatte sowie auch, diskret seine Augen abzuwenden, wenn dies notwendig wurde.

Dante half Viola in die Gondel und zwängte sich neben sie auf die komfortable Sitzbank mit der hohen Rückenlehne. Viola war zierlich, doch seine massiven Proportionen sorgten dafür, dass kein Zentimeter Platz zwischen ihnen auf der Bank verblieb.

Als der Gondoliere vom Dock abstieß und durch den Kanal navigierte, machte es sich Dante bequem und legte seinen Arm um Violas Schultern, um sie näher an sich zu drücken.

„Signore!“, protestierte sie.

Er senkte seinen Kopf zu ihr. „Bitte nenn mich Dante. Es würde mir nicht gefallen, wenn du ‚Signore‘ schreien würdest, wenn du in meinen Armen kommst. Und nun, genieß die Fahrt!“

Sie antwortete nicht und er erwartete auch keine Antwort. Im Moment wollte er nur, dass sie den Ausflug genoss. Da sie zugegeben hatte, in einem Hotel untergebracht zu sein, wusste er, dass sie ursprünglich nicht aus Venedig kam. Das hatte ihn auf die Idee gebracht, eine kleine Stadtrundfahrt entlang der malerischen Kanäle zu machen. Selbst in der Nacht wäre sie in der Lage, viele der prächtigen Villen und Paläste, für die die Stadt bekannt war, zu bewundern.

Während er auf die verschiedenen Villen deutete und ihr kleine Anekdoten über die Bewohner erzählte, fühlte er, wie sie sich langsam neben ihm entspannte. Aus dem Augenwinkel heraus bemerkte er, wie sie die vielen eindrucksvollen Häuser mit Ehrfurcht betrachtete. Ihr Mund stand in offensichtlicher Bewunderung offen. Die Villen wurden durch massive Kronleuchter beleuchtet, sodass Dante und Viola die Pracht im Inneren bestaunen konnten.

„Wunderschön“, flüsterte sie.

Dante war mit sich zufrieden. Viola schien die Gondelfahrt zu genießen. Es war Teil seines Plans, ihr zu zeigen, dass das Leben lebenswert war, dass es Schönheit und Aufregung um sie herum gab.

Als sie plötzlich neben ihm zu zittern begann, zog er sie näher. „Kalt?“

Sie nickte und er griff nach ihren gefalteten Händen. Sie waren eiskalt. Er wollte sich selbst schelten. Nur weil er die Kälte nicht so sehr verspürte wie ein Sterblicher, bedeutete das nicht, dass er sich nicht um ihr Wohlbefinden sorgen musste. „Es tut mir leid, Viola.“

Er öffnete seinen Umhang.

„Nein, dann wird dir kalt sein“, protestierte sie.

„Nein, das wird mir nicht. Komm!“ Bevor sie protestieren konnte, hob er sie in seine Arme und setzte sie auf seinen Schoß. Dann rutschte er auf der Bank zurück, bevor er seinen Umhang über sie beide schloss.

„Aber – “

Er unterbrach ihren Protest, indem er sie näher an seine Brust drückte und dabei seine Arme unter dem Umhang, entfernt von neugierigen Blicken, um sie schlang. „Auf diese Weise wird uns beiden warm sein.“

„Ist das wirklich der Grund?“ Sie hob herausfordernd ihr Kinn.

„Es gibt noch einen zweiten Grund.“

„Und der wäre?“

„Hat es dir gefallen, als ich dich gestern Nacht küsste?“

Auf seine Frage hin senkte sie ihre Lider, sagte jedoch nichts.

„Willst du, dass ich dich wieder küsse?“

Ein fast nicht wahrnehmbares Nicken war ihre Antwort. Aufregung durchströmte ihn. Er hatte sie in der Nacht zuvor also nicht falsch verstanden. Er hatte eine Chance. „Dann heb deinen Kopf und biete mir deine Lippen an.“

Sie tat genau das. Doch anstatt einen leidenschaftlichen und fordernden Kuss zu stehlen, unterdrückte er seine Begierde nach ihr und strich nur leicht mit seinen Lippen über ihre. Sie waren fast so erfroren wie ihre Hände. Er knabberte an ihren Lippen und streichelte sie mit seiner heißen Zunge in dem Versuch, sie zu wärmen.

Viola schloss die Augen und genoss die sanfte Berührung. Dante war anders als in der Nacht zuvor, weniger drängend, weniger fordernd. Sanfter, zärtlicher. Doch in keiner Weise weniger berauschend. Sie atmete seinen reichhaltigen Duft ein, eine Mischung aus Moschus und Parfüm, der gleiche, den sie in seinem Schlafgemach vernommen hatte – erdig und maskulin.

Seine Lippen bewegten sich zaghaft und berührten sie nur leicht, ohne viel Druck auf sie auszuüben. Ein frustriertes Stöhnen entkam ihr. Sie wollte, dass er sie so küsste, wie er sie in der Nacht zuvor geküsst hatte.

„Stimmt etwas nicht?“, flüsterte er an ihren Lippen.

„Nein.“ Sie konnte ihm unmöglich gestehen, was sie wollte. Stattdessen wanderten ihre Hände zu seinem Hemd und zogen ihn näher, um ihn zu zwingen, sie leidenschaftlicher zu küssen. Hatte sie ihm nicht gerade gesagt, dass ihr kalt war? Dachte er wirklich, dass dieser schüchterne Kuss sie erwärmen würde?

Als sie ihre Lippen auf seinen Mund presste, kam ein erstauntes Stöhnen aus seiner Kehle. Plötzlich neigte er den Kopf zur Seite und drückte seinen Mund an ihre Lippen, um mit seiner Zunge um Einlass zu bitten. Mit einem erleichterten Seufzer teilten sich ihre Lippen und begrüßten ihn.

Ihre Hand hielt sein Hemd fest, um ihn davon abzuhalten, zu schnell damit aufzuhören. In Sekundenschnelle hatte sich sein unschuldiger Kuss zu einem fordernden verwandelt. Sofort spürte sie, wie sich Wärme in ihrem Bauch bildete und durch ihren Körper floss und dabei all ihre Körperzellen erreichte. Sie schmiegte sich an ihn und verschmolz mit seinem Mund und seiner Zunge, öffnete sich ihm, damit er sie noch gründlicher erforschen konnte. Während der ganzen Zeit streichelte sie ihn durch den Stoff seines Hemdes. Sie staunte über die Härte seiner muskulösen Brust und die Wärme, die sein Körper ausstrahlte. Sie wollte diese Wärme in sich aufsaugen und sie wie einen Kokon um sich wickeln.

Seine Hand wanderte ihren Oberkörper hinauf und erreichte die Unterseite ihrer Brust und ihr entwich ein Stöhnen. Aber er hörte nicht auf. Im Gegenteil, sein Kuss wurde fordernder und ließ sie vergessen, wo sie war.

Seine Hand umfasste ihre Brust und drückte sie leicht. Sie schrie unwillkürlich auf und befreite ihre Lippen von seinen. „Nein, nicht hier. Jemand könnte uns sehen."

„Niemand kann sehen, was ich unter dem Umhang tue", versicherte er ihr, nahm ihren Mund wieder gefangen und unterdrückte somit ihren nächsten Protest. Als wollte er seine Aussage unterstreichen, zog er an ihrem Mieder und schaffte es, ihre Brüste zu befreien, während der Stoff sich darunter bauschte. Wie auf einem Präsentierteller ruhten ihre Brüste darauf, so als ob sie sie ihm anbot, damit zu tun, was er wollte.

„Dante." Sie versuchte, ihm zu sagen, dass es nicht anständig war, aber er küsste sie wieder. Mit jedem Kuss verlor sie mehr und mehr ihren Willen, ihm zu widerstehen. Ihr Körper schien jede Sekunde, während der er sie dieser süßen Folter aussetzte, mehr dahinzuschmelzen.

Als seine Hand über ihre Brust glitt und ihre Brustwarze streifte, schoss ein Blitz durch ihr Inneres. Dieser verflüssigte alles in seinem Weg und ließ eine bisher unbekannte Qual hinter sich. Viola wand sich unter seiner Berührung und versuchte, das Verlangen zu lindern, das seine Berührung hinterlassen hatte.

„Langsam, meine Süße", gurrte er und setzte kleine Küsse auf ihren Hals, während seine Finger ihre nackte Haut neckten und ihre Brustwarze hart machten. „Ich werde dir geben, was du willst."

Wie konnte er wissen, was sie wollte, wenn sie es doch selbst nicht wusste? Sie wusste nur, dass sie nicht wollte, dass er aufhörte, sie zu berühren. Deshalb protestierte sie, als seine Hand ihren Busen verließ und zu ihrer Taille wanderte. „Nein. Bitte. Ich will – "

Seine Hand drückte ihren Oberschenkel und Wärme durchflutete sie und ließ sie ihre Bedenken vergessen. „Ich weiß, was du willst."

Tat er das? Sie hoffte es, sonst würde sie innerlich verbrennen. Ihr Inneres schmerzte und die Stelle zwischen ihren Beinen pulsierte fordernd. Ihr Herz schlug wie wild und ihre Lunge brannte, während ihr Atem unregelmäßig wurde.

Einen Augenblick später hielt sie den Atem an. Dantes Hand wanderte über ihr Bein hinab und glitt unter ihre Röcke. Panik ergriff sie. „Was machst du?"

„Ich sorge dafür, dass du dich gut fühlst." Er knabberte an ihrem Ohr und biss sie sanft. Das lenkte sie von seiner Hand ab, jedoch nur für einen Augenblick.

Seine Finger erreichten plötzlich die Stelle, wo sich ihre Oberschenkel trafen, und drangen durch den Schlitz in ihrer Leibwäsche. Angesichts seiner Kühnheit keuchte sie. „Dante", flüsterte sie, weniger aus Protest als vielmehr zur Ermutigung, denn seine Finger hatten nun die tauartige Feuchtigkeit erreicht, die von ihrem Geschlecht tropfte. Sie spannte sich an, als sie spürte, wie er sich an ihrem Spalt entlang tastete, während Angst vor dem Eindringen, das ihr in der Nacht zuvor wehgetan hatte, sie erfüllte. Sie erstarrte und wappnete sich gegen die Schmerzen, doch nichts geschah. Seine Finger ruhten.

„Schhhh", hauchte Dante in ihr Ohr. „Ich werde nicht in dich eindringen. Ich will einfach nur deine Feuchtigkeit spüren und dich streicheln."

Langsam entspannte sich Viola. Unterschiedliche Emotionen bekämpften sich in ihrem Kopf. Sie sollte ihn wegstoßen, ihm so eine Intimität nicht erlauben. Doch in der Nacht zuvor hatte sie ihm viel mehr erlaubt. Sie hatte nicht die Kraft, ihm zu widerstehen, denn genauso, wie sie in der Nacht zuvor mehr von seinen Küssen haben wollte, wollte sie nun mehr von dem, was er jetzt tat.

Und war es nicht genau das, weswegen sie nach Venedig gekommen war? Um die Freuden des Fleisches zu erleben? Der Verlust ihrer Jungfräulichkeit in der Nacht zuvor war unangenehm gewesen, aber was Dante nun mit seinen Fingern anstellte, fühlte sich mehr als angenehm an. Als seine Finger ihr intimes Fleisch liebkosten, stieg die Hitze in ihrem Körper an und ihr Herz begann, fieberhaft zu schlagen.

„Gefällt dir das?" Dantes heisere Stimme verursachte eine weitere Hitzewelle.

Bevor sie sich zurückhalten konnte, gestand sie ihm ein: „Ja."

„Ich mag es auch. Du bist so glatt, so weich. Und dann . . . " Er zog seinen mit Tau bedeckten Finger weiter nach oben, weg von ihren weiblichen Blütenblättern zu einer Stelle, die knapp unter ihren Schamhaaren lag. „Dann ist da noch das hier." Er rieb über das empfindliche Fleisch, was sie dazu brachte, nach Luft zu schnappen. „Ja, es scheint, als hätte ich gefunden, was du brauchst."

Als er seinen Finger um das Bündel, das empfindlicher als jeder andere Teil ihres Körpers war, rieb, pochte dieses noch heftiger als zuvor. Sie fühlte, wie mehr Feuchtigkeit aus ihrem Inneren drang. Ihr Kopf fiel an seine Schulter und sie keuchte unkontrollierbar.

„So empfänglich", lobte er und setzte seine süße Folter fort. Sie fühlte sich schwach in seinen Armen. Viola machte ihre Schenkel breit, um ihm einen besseren Zugang zu dieser besonderen Stelle zu ermöglichen. Sein Knurren bestätigte ihr, dass er ihre Tat zu schätzen wusste.

Wie zum Dank dafür streichelte er sie nun noch intensiver, mit mehr Druck. Da geschah etwas. Ihr Körper spannte sich an, sowohl aus Angst als auch in Erwartung. Sie wusste nicht, was auf sie zukam. Viola wusste nur eins: „Hör nicht auf!"

Augenblicke später explodierte ihr Körper. Die Spannung zersplitterte in Wellen unbekannten Vergnügens und Freude, die durch sie hindurchflossen. Sie glaubte eine Explosion von weißem Licht zu sehen, die so intensiv war, dass sie dachte, sie würde sterben.

Dies war ihr Ende.

10

Dies war die zweite Nacht, in der Dante Viola in sein Haus trug. War sie in der Nacht zuvor bewusstlos gewesen, so schlief sie dieses Mal nur. Nachdem er sie in der Gondel zum Höhepunkt gebracht hatte, war sie an seiner Brust eingeschlafen. Und alles, wozu er nun fähig war, war zu lächeln, als er in ihr friedliches Gesicht blickte. Es war das erste Mal, dass sie rundum wohl und entspannt aussah. Und er mochte den Anblick. Sehr sogar.

Dante spitzte die Ohren, als er die Stimme seines Bruders hörte. Doch dieses Mal wusste er, dass dieser ihn nicht stören würde, denn Raphaels Stimme kam aus seinem Schlafgemach. Und seine Frau war bei ihm. Dante war froh darüber, dass die beiden Turteltauben ihre Hände nicht voneinander lassen konnten. Für die nächsten paar Stunden würden sie seine Pläne nicht durchkreuzen.

Leise trug er Viola nach oben in sein Schlafgemach, wo er sie auf sein Bett legte. Irgendwie sah das Bild richtig aus: Ihr dunkelblaues Kleid zeichnete sich von den weißen Laken ab, und ihre langen, dunklen Haare fächerten sich um ihren Kopf wie ein Heiligenschein. Dante schüttelte den Kopf. Er war weich geworden. Ihr Wunsch, sich das Leben zu nehmen, nachdem sie sein Bett verlassen hatte, hatte sein Ego angeschlagen. Er würde ihr nicht erlauben, ihn zu verlassen, bis er dieses wieder aufgebaut hatte und es wieder so stark wie zuvor war: damit es wieder als die Mauer um sein Herz dienen konnte.

Während er sie auszog, streichelten und liebkosten seine Hände ihre üppigen Kurven und ihre zarte Haut. Nach dem, was sie ihm in der Gondel erlaubt hatte, konnte er darin nichts Falsches sehen. Als sie schließlich nackt auf seinem Bett lag, entkleidete er sich und gesellte sich zu ihr.

Das Feuer im Kamin brannte und machte die Kammer angenehm warm. Er hatte einen Diener damit beauftragt, das Gemach gut zu heizen. Er wollte, dass es Viola ohne eine dicke Bettdecke warm genug wäre. Denn das, was er im Sinn hatte, war besser, wenn sie nicht zugedeckt wäre.

„Viola", flüsterte er ihr zu und drückte sanfte Küsse auf ihren Mund.

Schließlich regte sie sich und ihre Augenlider öffneten sich einen Spalt. „Hmm?"

„Deine Lektion in Sachen fleischlicher Gelüste ist noch nicht vorbei." Es war nur fair, sie vorzuwarnen. Dann glitt er ihren Körper hinab und legte seine Hände auf ihre Schenkel, um diese auseinanderzudrücken. Er ließ sich dort nieder, wo er Platz für sich geschaffen hatte.

Viola bäumte sich auf. „Was?“ Plötzlich hellwach, ihre Augen weit geöffnet, starrte sie ihn schockiert an. „Wo sind meine Kleider?“ Sie versuchte, sich mit ihren Händen zu bedecken, aber er schob diese weg.

„Wie du dich sicher erinnerst, habe ich schon alles gesehen. Also ist es nicht notwendig, dich zu verstecken. Jetzt lehn dich zurück und genieße es.“

Ihr Mund öffnete sich, dann klappte er wieder zu und ihre Augen suchten seine für einen langen Moment. Er konnte nicht sehen, was sie dachte, aber etwas ging in ihrem hübschen Kopf vor sich. Schließlich ließ sie sich wieder auf die Kissen zurückfallen und er senkte seinen Mund auf ihr Geschlecht.

Er atmete tief ein, um das verführerische Aroma ihres Körpers einzusaugen. Ihre Locken kitzelten seinen Mund und er rutschte weiter nach unten, bis seine Lippen ihren heißen Spalt erreichten. Ob sie immer noch feucht war, weil er sie in der Gondel zum Höhepunkt gebracht hatte, oder ob sie schon wieder erregt war, konnte er nicht sagen. Aber sie war feucht und ihr Honig tropfte aus ihrem Schlitz.

Dante spürte, wie sich ihre Muskeln anspannten, als hätte sie Angst davor, dass er ihr wehtun würde. Aber er hatte nicht die Absicht, das zu tun. Er wollte ihr Vergnügen bereiten, nur um seines eigenen Egos willen natürlich, redete er sich ein.

Mit seiner Zunge leckte er über ihre feuchten, weiblichen Falten und teilte sie dadurch. Ihr reichlicher Honig lief über seine Zunge, entzündete seine Geschmacksnerven und entfachte ein Feuer in seinem Körper. Sie schmeckte wie ein Frühlingsmorgen, frisch und unschuldig.

„Oh!“ Ihr gestöhntes Wort gefiel ihm, und die Tatsache, dass sie gleichzeitig ihre Muskeln entspannte, war Bestätigung dafür, dass sie wollte, dass er weitermachte. Nicht, dass er an diesem Punkt aufgehört hätte. Die Wiederherstellung seines Egos war zu wichtig. Und außerdem machte ihn das Lecken ihrer süßen Muschi so hart wie ein Brett und steifer als eine morgendliche Brise.

Das köstliche Häppchen, an dem er schlemmte, hatte keine Ahnung von der Wirkung, die sie auf ihn hatte, und er hatte nicht vor, sie darauf hinzuweisen. Nein, er hatte noch nie einer Frau solche Macht über sich gegeben. Vermutlich war seine Reaktion auf sie sowieso nur vorübergehend. Der einzige Grund, warum sie ihn so erregte, war, weil sie sein Selbstwertgefühl zerstört hatte und er deshalb ihre Anerkennung brauchte. Sobald sein Ego wiederhergestellt war, würde sie ihn nicht weiter in Versuchung führen.

Er hatte viel erfahrenere Frauen in seinem Bett gehabt – Frauen, die die erstaunlichsten Dinge wussten, wie sie einem Mann Vergnügen bereiten konnten. Und er hatte noch nie abgelehnt. Viola war nicht diese Art von Frau, und selbst wenn er es ihr beibrachte, würde sie niemals die Dinge tun, die er von einer Frau erwartete, vor allem von einer, die wollte, dass er länger als eine Nacht blieb.

Violas leises Stöhnen trieb zu seinen Ohren und er erhöhte den Druck seiner Zunge auf ihrem weichen Fleisch. Er leckte ihren Honig auf und strich mit seiner Zunge nach oben in Richtung des kleinen Fleischbündels, das er schon zuvor mit seinen Fingern geneckt hatte. Es hatte ihn überrascht, wie offen sie auf seine Berührung reagiert hatte und wie einfach es gewesen war, den richtigen Rhythmus zu finden, um sie zu einem heftigen Höhepunkt zu bringen. Er konnte immer noch die Erschütterungen spüren, die durch ihren Körper gefegt waren. Selbst jetzt fühlte er, wie bei dem Gedanken daran ein Schauer durch seinen Körper raste.

Ihre Perle war geschwollen, sogar noch mehr als zuvor. Er zog diese in seinen Mund und streifte mit seiner Zunge leicht darüber. Sie wand sich unter ihm und ihre Atemzüge stießen abgehakt aus ihrer Lunge. Aus dem Augenwinkel konnte er sehen, wie ihre Hände sich in den Laken verkrampften und ihre Fingerknöchel weiß von der Intensität wurden, mit der sie gegen die Reaktion ihres Körpers anzukämpfen versuchte.

Das spornte ihn nur noch mehr an. Mit einer Hand öffnete er sie noch weiter, während er mit dem Finger seiner anderen Hand ihren Schlitz entlang streichelte, ohne in sie einzudringen.

Ihre Hüften drängten sich gegen ihn, als wollte sie ihn dazu bewegen, in sie einzudringen. Aber er gab der Versuchung nicht nach. Stattdessen leckte seine Zunge ihre Perle, die nun fast aufrecht stand. Dante bewegte sich zwischen ihren Oberschenkeln, um seinen Schwanz an die Bettlaken zu reiben. Sein Körper war so angespannt, dass er jederzeit explodieren könnte.

Das war ihm noch nie zuvor passiert, doch er wusste, er könnte seinen eigenen Höhepunkt erreichen, nur indem er ihre süße Muschi leckte. Er unterdrückte sein Verlangen und konzentrierte sich auf Viola. Wieder zog er das pralle Bündel aus Fleisch in seinen Mund und saugte daran. Viola stieß ein lautes Stöhnen aus und bäumte sich ihm entgegen.

Einen Moment später erzitterte ihr Körper. Gleichzeitig stieß er seinen Finger in ihr Inneres und spürte, wie sich ihre Muskeln um ihn verkrampften, als ihr Orgasmus über sie hereinbrach. Erst als sich ihr Körper wieder beruhigte – was eine Ewigkeit zu dauern schien – ließ er von ihr ab, kletterte zum Kopfende des Bettes und nahm sie in seine Arme.

„Oh."

Er wich etwas zurück und rollte zur Seite, damit er ihr gerötetes Gesicht betrachten konnte. Der Anblick gefiel ihm immer mehr. Aber er hatte seine eigenen Bedürfnisse nicht vergessen. Tatsächlich pochte sein Schwanz mittlerweile schmerzhaft. Als er seine Hand um seine Erektion legte und zu pumpen begann, senkte sie ihren Blick darauf.

„Ja, sieh mir zu, meine Süße." Es erregte ihn, dass sie ihn beobachtete. „Siehst du, was du mir antust? Du machst mich so hart, dass ich mich nicht beherrschen kann."

Der Druck in seinen Hoden wurde immer stärker und seine Hand – immer noch feucht von Violas Honig – bewegte sich schnell auf und ab. Er drückte sich so fest, wie er wusste, dass ihre jungfräuliche Scheide ihn drücken würde. Sein Herz begann, wie wild zu schlagen, und sein Atem wurde unregelmäßig. Aber seine Atemzüge waren nicht die einzigen, die in seinem Gemach widerhallten.

Violas Atmung was so fieberhaft wie seine eigene. Ihre Haut glänzte von dem Schweiß, der sich auf ihrer Stirn und ihrem Hals gebildet hatte und nun in kleinen Rinnsalen über ihre Brüste lief. Er blickte diese Brüste an, während er weiterhin in seine eigene Hand stieß. Als ihr ein Stöhnen entkam, schaute er zu ihr auf. Was er sah, ließ ihn die Beherrschung verlieren. Sie leckte sich die Lippen mit ihrer rosa Zunge, als ob sie ihn kosten wollte.

„Oh, Gott, Viola!" Sein Schwanz zuckte und eine Sekunde später schoss sein Samen aus ihm heraus und regnete über ihren Bauch und seine eigene Haut. Immer wieder spritzte mehr Samen aus seinem Schwanz, bis sein Höhepunkt verebbte und er auf seinem Rücken zusammenbrach.

11

Viola war fasziniert von Dante, auch jetzt noch, nachdem dieser längst seinen Samen von ihnen beiden abgewischt und sie wieder an seine Brust gezogen hatte. Natürlich hatte sie noch nie gesehen, dass ein Mann sich so berührte. Und bei Gott, wie hatte ihr dieser Anblick gefallen. Ihr war das Wasser im Munde zusammengelaufen und sie hatte sich nach einer Kostprobe gesehnt. So wie er von ihr gekostet hatte. Nie hätte sie sich vorstellen können, dass ein Mann mit seinem Mund auf diese Art und Weise eine Frau verwöhnen würde.

Bei seinen erregenden Liebkosungen hatte sich ihr Gehirn ausgeschaltet und ihr Körper hatte nur instinktiv reagieren können. Der Gedanke, zu welch völliger Glückseligkeit ihr Körper in der Lage war, ließ sie gleichzeitig vor Freude und vor Verzweiflung erschauern. Jetzt, da sie wusste, was wahres Vergnügen war, wie sollte sie nicht an der Tatsache verzweifeln, dass sie bald sterben würde? Sie stieß einen kleinen Seufzer aus.

Dantes Brust hob sich unter ihren Händen. „Hat es dir gefallen?“ Er legte seine Hand unter ihr Kinn und drängte sie, ihren Kopf zu heben. Als ihre Blicke sich trafen, sah er besorgt aus. „Es widert dich an, dass ich mich selbst berührt habe?“

„Nein!“, protestierte sie sofort. Nichts könnte weiter von der Wahrheit entfernt sein. Aber wie konnte sie ihm sagen, dass es sie erregt hatte, da sie sich doch ihrer eigenen ausschweifenden Gefühle schämte? „Ich – “

„Du musst meine Gefühle nicht schonen. Nächstes Mal werde ich das besorgen, wenn ich alleine bin.“

Und ihr den Anblick seines sinnlichen Körpers in voller Ekstase vorenthalten? „Warum solltest du das tun?“

Er warf ihr einen verwunderten Blick zu. „Männer müssen genauso Erlösung finden wie – “

Sie legte ihren Finger auf seine Lippen, um ihn zu stoppen, als ihr klar wurde, dass er ihre Frage missverstanden hatte. „Nein, warum würdest du das vor mir verbergen wollen? Mochtest du es nicht, dass ich dir zusah?“

Seine Augen veränderten sich sofort. Das Blau in ihnen schimmerte jetzt golden, doch es war vermutlich die Glut des Kaminfeuers, die seine Augen in diesem schönen Farbton leuchten ließ. „Es hat dir gefallen, mir zuzusehen?“

Viola nickte.

„Hat es dich erregt?“

Mehr als alles andere. „Oh . . . ja!“

Dante hob den Kopf und gab ihr einen sanften Kuss. „Ich liebe es, wenn du mir zusiehst. Zu wissen, dass du mich beobachtest, während ich mir selbst Vergnügen bereite, erregt mich ungemein.“ Er hielt inne und holte tief Luft. „Ich bin seit langer Zeit nicht mehr so hart gekommen.“

Allein der Gedanke daran, was er getan hatte, verursachte erneut Hitzewallungen in ihr. Ohne nachzudenken, legte sie ihre Hand auf seine Brust. Sie spürte, wie sich seine Muskeln unter ihr anspannten, als sie sich ihren Weg nach Süden bahnte. An dem Nest von lockigem Haar angekommen, stoppte sie.

„Bitte“, murmelte Dante an ihren Lippen. „Berühr mich!“

Viola erlaubte ihrer Hand, weiter nach unten zu gleiten, und stieß auf das harte Fleisch, das er berührt hatte, während sie ihm zugesehen hatte. Sein Schwanz war hart, so hart wie zuvor, als er ihn mit seiner eigenen Hand gestreichelt hatte. Kurz nachdem er gekommen war, hatte seine Männlichkeit in der Größe etwas abgenommen, doch jetzt, nur wenige Minuten später, stand sein Schaft wieder aufrecht und war hart wie Marmor.

Dante stieß einen ruckartigen Seufzer aus. „Viola.“

Sie schlang ihre kleine Hand um ihn, konnte ihn jedoch nicht komplett umfassen. „Warum ist er so hart?“

Er schmunzelte. „Wegen dir.“

„Was meinst du damit?“ Sie stützte sich auf einen Ellbogen, während sie weiterhin seine Erektion streichelte. Sie mochte das Gefühl. Trotz seiner Härte war die Oberfläche fast so weich und geschmeidig wie Samt.

Er schnippte mit dem Finger leicht gegen ihre Nasenspitze. „Du bist in meinem Bett, so nackt wie am Tag, als du geboren wurdest, und du bist so verdammt verlockend, dass kein Mann mit einem Herzschlag nicht hart werden würde, wenn er dich ansieht. Hast du eine Vorstellung, wie schwer es für mich ist, dich jetzt nicht unter mich zu werfen und dich bis zur Ohnmacht zu ficken?“

Schock durchfuhr sie und sie konnte ihr leichtes Zucken nicht verhindern. Sie erinnerte sich an die Schmerzen, als er in sie eingedrungen war, und sie wollte keine Wiederholung dessen.

Dante starrte in ihre geweiteten Augen und erkannte sofort, dass er zu weit gegangen war. Er hätte ihr nie gestehen sollen, was er in sich verspürte. Sie hatte immer noch Angst vor einem Eindringen und das absolut Schlimmste, was er hatte tun können, war, zuzugeben, dass er sie ficken und seinen harten Schwanz bis zum Anschlag in sie hineinstoßen wollte.

„Oh, verdammt“, fluchte er. „Viola, es tut mir leid. Bitte vergiss, was ich gesagt habe.“

Erst jetzt bemerkte er, dass sie seinen Schwanz losgelassen hatte. Doch das war jetzt egal. Er wollte nur, dass sie keine Angst vor ihm hatte.

Sie senkte ihren Blick. „Ich verstehe. Und warum solltest du auch nicht bekommen, was du wirklich willst? Du warst ein guter Lehrer. Du hast mir gezeigt, was ich wissen wollte. Es ist nur angebracht, dass ich dafür bezahle." Ihre Stimme brach ab.

„Sprich nicht weiter!"

„Nein, ich schulde es dir. Und ich bin nicht jemand, der seine Schulden nicht bezahlt." Sie zog sich aus seiner Umarmung und legte sich flach auf den Rücken. „Mach es nur. Tu, was du tun möchtest."

Dante sprang vom Bett und eilte zum Kamin, so weit wie möglich von ihr weg, um der Versuchung zu widerstehen. „Nein. Das werde ich nicht tun."

„Aber ich weiß, dass du es willst. Das hast du selbst gesagt. Ich habe nichts dagegen."

Sie hatte nichts dagegen? Er fuhr sich mit der Hand durchs Haar. „Darum geht es doch! Ich will dich nicht ficken, nur weil du nichts dagegen hast. Ich will dich ficken, weil du mich in dir spüren willst. Weil du mich begehrst. Nicht, weil du nichts dagegen hast!" Er spuckte die Worte geradezu heraus und versuchte damit, den bitteren Geschmack in seinem Mund loszuwerden.

Was zum Teufel war nur los mit ihm? Nie zuvor hätte er so ein Angebot abgelehnt. Sein Schwanz war hart wie eh und je. Nicht einmal ihr nüchternes Angebot war in der Lage gewesen, ihn schlaff zu machen. Doch hier stand er, nackt wie ein Baby und geil wie ein Matrose, und trotzdem sprühten Worte der Ablehnung aus seinem Mund. Jemand sollte ihn für seine Dummheit pfählen.

Und da er bereits das Thema seiner eigenen Dummheit angeschnitten hatte, warum um alles in der Welt hatte er sie noch nicht gebissen? Er hatte genügend Gelegenheiten gehabt, ihr Blut zu nehmen, ohne sie auch nur mit seiner Überzeugungskraft betäuben zu müssen. Doch er hatte es nicht getan.

Wie ein zahmes Haustier hatte er sie gestreichelt und sich ihrer Bedürfnisse angenommen, anstatt sich um seine eigenen zu kümmern. Passierte das allen Männern, wenn Frauen ihr Selbstwertgefühl mit Füßen traten?

Dante ballte die Hände zu Fäusten, denn er wollte auf jemanden einschlagen. Er fühlte, wie sich sein Kiefer verkrampfte und erkannte zu seinem Entsetzen, dass seine Vampirseite hervorbrechen wollte. Der Juckreiz, der immer die Verlängerung seiner Fänge begleitete, machte sich bereits bemerkbar.

In Panik suchte er nach seiner Kleidung. Er eilte dorthin, wo seine Sachen auf dem Boden lagen und hob sie auf, als er Violas zögerliche Stimme aus dem Bett kommen hörte. „Habe ich etwas falsch gemacht?"

Er wollte nicht in ihre Richtung schauen, aus Angst, er würde seine Augen an ihrem Körper weiden und der Versuchung erliegen, sie so wild zu nehmen, wie er nur konnte. Und dann würde er nicht weiter sein als zuvor. Sie würde ihm nie helfen, sein Selbstwertgefühl wieder aufzubauen, wenn er sie jetzt verletzte.

„Schlafe! Ich bin bald wieder da."

Noch mehrere Stunden verblieben in dieser Nacht. Nachdem er seinen Dienern Anweisung gegeben hatte, dass Viola das Haus nicht verlassen durfte, eilte er in die Nacht hinaus, um auf Beutezug zu gehen. Er brauchte Blut, je mehr, desto besser. Erst wenn sein Blutdurst gestillt war, würde er sich erlauben, wieder nach Hause zurückzukehren. Dann wäre er besser in der Lage, seine fleischlichen Triebe zu kontrollieren. Denn diese auf Viola loszulassen und ihr dabei wehzutun, würde seinem Bedürfnis, ihre Vergebung zu erlangen, nicht weiterhelfen.

Vergebung? Erst als das Wort durch seinen Kopf raste, wurde ihm klar, dass ein Schuldgefühl ihn antrieb – die Schuld daran, dass sie die Pistole an ihren Kopf gesetzt und abgedrückt hatte.

Er wusste jetzt, dass sein Handeln und seine Gefühle nichts mit seinem Ego zu tun hatten. Es hatte damit zu tun, dass er ihr Leben gerettet hatte, selbst wenn er derjenige gewesen war, der sie dazu getrieben hatte, sich dieses nehmen zu wollen.

Die Erhaltung dieses Lebens war nun seine Aufgabe.

12

Viola erwachte mit stechenden Kopfschmerzen. Wäre sie alleine gewesen, hätte sie vor Schmerzen aufgestöhnt, aber sie fand sich in Dantes Armen wieder. Er war vollständig bekleidet und schlief. Das Feuer im Kamin war niedergebrannt, aber die glühenden Holzscheite spendeten noch ausreichend Wärme im Raum.

Um Dante nicht auf ihren Zustand aufmerksam zu machen, tat sie, was sie immer tat, wenn sie versuchte, die Schmerzen loszuwerden: Sie atmete ein und aus und stellte sich vor, sie läge auf einer ruhigen Wiese. Sie verlangsamte ihre Atmung und versuchte, sich nur auf das Fantasiebild in ihrem Kopf zu konzentrieren, aber dieses Mal stellte sich das Bild nicht ein. Alles, was sie vor ihrem geistigen Auge sehen konnte, war Dante: wie er sie in der Gondel berührt hatte, wie er seinen Mund auf ihr Geschlecht gelegt und sie geleckt hatte, bis sie vor Vergnügen aufgeschrien hatte. Dante, Dante, Dante. Wie ein Refrain hallte sein Name in ihrem Kopf wider.

Statt ihrer Atmung sich zu verlangsamen, beschleunigt sich diese. Statt ihren Körper in einen beruhigenden Schlaf zu wiegen, wo es keine Schmerzen gab, fühlte sie ihre Haut heiß werden und ihren Magen sich vor Begierde verkrampfen. Der Begierde, berührt zu werden. Von Dante.

Ihre Kopfschmerzen waren vergessen. Nur seinem Körper nahe zu sein, zählte nun. Viola umklammerte seine Hand und zog sie auf ihre nackte Brust. Der Kontakt von Haut auf Haut beruhigte sie, aber es war nicht genug. Sie wollte, dass er sie streichelte und ihre Brustwarzen neckte, wie er es zuvor getan hatte. Und dass er ihre Brüste drückte und diese quälende Begierde befriedigte.

Sie presste ihre Hand auf seine und drückte sie, damit Dante ihre Brust umklammerte. Endlich regte er sich. Ein unverständliches Murmeln kam über seine Lippen, doch er erwachte nicht. Sie seufzte frustriert. Sie musste etwas unternehmen.

Sie betrachtete seinen entspannten Körper und sein Gesicht, das im Schlaf beinahe weich und friedlich aussah. Und seine Männlichkeit – doch die Härte, die sie in der Nacht zuvor unter ihren Fingern gespürt hatte, war nicht vorhanden. Die Ausbuchtung unter dem Stoff seiner Hose war nicht mehr so groß. Viola legte ihre Handfläche darüber und spürte die Wärme darunter. Als sie sanft drückte, regte Dante sich plötzlich.

Sie sah, wie er erstaunt die Augen aufriss.

„Guten Morgen“, flüsterte sie.

„Wenn du deine Hand nicht sofort entfernst, kann ich nicht garantieren, dass das Einzige was heute Morgen hochsteigt, die Sonne ist.“ Er warf ihr einen bedeutungsvollen Blick zu. Aber anstatt ihre Hand zu entfernen, drückte sie fester zu. Sein Blick verriet, dass seine Worte nicht als Drohung gemeint waren.

„Was, wenn ich nicht will?“, neckte sie und war sich plötzlich ihrer selbst viel sicherer, weil sie ihn unter ihrer Hand schon anschwellen spürte. Wie es schien, hatte er sie in der Nacht zuvor nicht belogen: Ihre Gegenwart in seinem Bett erregte ihn.

„Was willst du?“ Seine Stimme hatte einen tieferen Ton angenommen und sie erkannte das Grollen darin als Erregung. Die gleiche Erregung, die sie nun dazu brachte, seine harte Männlichkeit zu drücken.

„Mehr.“

„Mehr von dem, was wir letzte Nacht taten?“

„Ja. Aber dieses Mal . . . “ Sie zögerte, unsicher, wie sie ihren Wunsch äußern sollte.

„Dieses Mal?“, hakte Dante nach.

„Ich möchte dich berühren.“

„Viola, du wirst mein Tod sein.“

Sie würde nicht gewalttätig sein, das musste er doch wissen. „Ich werde dir nicht wehtun. Ich sah, wie du es getan hast. Ich kann es genauso tun.“

Er atmete schwer. „Das meinte ich nicht. Ich weiß, dass du mir nicht wehtun wirst. Aber du wirst mich dazu bringen, jegliche Beherrschung zu verlieren, wenn du mich so berührst. Verstehst du das nicht? Wie kann ich dir die Freuden des Fleisches zeigen, wenn ich mich nicht zügeln kann?“

Sie verstand nicht, wie sich das von dem unterschied, was er mit ihr getan hatte. „Aber ich verliere doch auch die Beherrschung, wenn du mich berührst. Es ist nicht fair, wenn ich nicht das Gleiche tun darf.“

Dante schüttelte den Kopf und seufzte. „Ich habe das Gefühl, dem kann ich nicht widersprechen.“

„Ist das ein ‚Ja‘?“

Aufregung durchfuhr sie, als er nickte. Sie würde seinen schönen Körper berühren und seine harte Länge mit ihrer Hand pumpen und ihn dazu bringen, sich ihr auf die gleiche Weise hinzugeben, wie sie in seinen Armen erlegen war, als er sie mit Liebkosungen überschüttet hatte. Erwartungsvoll leckte sie sich die Lippen.

Dante blickte auf Violas geöffneten Mund und sein Herz hörte beinahe auf zu schlagen. Sie wollte ihn berühren, nicht, weil er sie dazu überredete oder durch Küsse ihre Sinne so durcheinanderbrachte, dass sie nicht wusste, was sie tat, sondern weil . . . Nun, warum dann? Warum wollte sie das Instrument streicheln, das ihr zwei Tage zuvor so viel Schmerz verursacht hatte?

Aber die eifrigen Hände, die jetzt die Klappe seiner Hose öffneten und seinen voll erigierten Schwanz aus seinem Gefängnis entließen, waren Beweis genug, dass sie ihm Vergnügen mit ihrer Berührung schenken wollte. Es war zu spät, sie davon abzuhalten. In dem Moment, als sie ihre weiche Hand um ihn schlang, schloss er die Augen und stieß einen tiefen Seufzer aus. Nichts könnte sich besser anfühlen als ihre Hände auf ihm.

„Ist das so in Ordnung?", fragte sie mit zögerlicher Stimme.

„In Ordnung?", krächzte er, denn seine Kehle war plötzlich so trocken wie Sandpapier. „Es ist perfekt." Danach verlor er die Fähigkeit zu sprechen und konnte nur grunzen, um ihren zärtlichen Berührungen zuzustimmen.

Violas Berührung war magisch. Zumindest empfand Dante es so. Ihre Hand war fest und doch sanft. Stark und dennoch weich. Sie pumpte seinen Schaft meisterhaft und übte den richtigen Druck und die richtige Geschwindigkeit aus, variierte zwischen langen und kurzen Strichen, drückte ihn abwechselnd hart, dann glitt sie nur leicht mit ihren Fingern seinen Schwanz entlang. Er liebte alles, was sie tat.

Jede Liebkosung trieb ihn näher dem Wahnsinn entgegen, denn nur so konnte dies beschrieben werden. Es war wahnsinnig, ihr zu erlauben, ihm Vergnügen zu bereiten, wo er doch wusste, dass es letztlich zu nur einer Sache führen konnte: Er würde seinen Schwanz in ihr weiches Inneres stoßen. Und genau das wollte sie nicht. Sie wollte es weich und sanft. Sie wollte streicheln und liebkosen, küssen und lecken. Und er würde ihr diese Wünsche auch erfüllen, aber wenn sie seinen Schwanz so streichelte wie jetzt, war alles, woran er denken konnte, wie es sich anfühlen würde, wenn sich ihre Scheidenmuskeln um ihn verkrampften.

„Oh, Gott, Viola, ich komme", rief er aus, als der Druck in seinen Hoden zunahm. Dann zuckte er in ihrer Hand. Sein Samen schoss in die Luft und regnete über ihre Hand, sein Hemd und seine Hose. Aber sie ließ nicht von ihm ab. Sie streichelte ihn weiter, bis die letzte seiner Zuckungen verebbt war.

Mit dem letzten Quäntchen Kraft zog er sie an seine Brust und drückte einen Kuss in ihr Haar. „Danke." Er drückte sie fest an sich, denn er wollte die wunderbare Frau in seinen Armen niemals loslassen. Sie passte so perfekt zu ihm, dass er kaum bemerkte, wo ihr Körper begann und seiner endete.

„Das gefiel mir." Violas Stimme erwärmte sein Herz.

„Nicht annähernd so sehr wie mir." Er lachte und fühlte, wie sich das Lachen auf seinem ganzen Gesicht ausbreitete. Wer hatte je behauptet, dass Jungfrauen nutzlos im Bett wären? Es stellte sich heraus, dass diese Beinahe-Jungfrau eine viel bessere Schülerin als er ein Lehrer war.

13

„Das können wir doch nicht tun“, protestierte Viola und errötete.

„Natürlich können wir das. Sie werden nichts bemerken.“ Während der letzten drei Tage und Nächte hatte Dante das Haus nur verlassen, um sich zu ernähren, so begierig war er darauf, die Zeit mit der immer unersättlicher werdenden Viola zu verbringen. Nun, da er ihr gezeigt hatte, zu welchen Empfindungen ihr Körper fähig war, schien sie nicht genug davon bekommen zu können. Es war, als versuchte sie, alles aufzusaugen und für magere Zeiten aufzusparen.

Die einzigen Dinge, die er nicht mit ihr getan hatte, war, in sie einzudringen oder ihr zu erlauben, ihn mit dem Mund zu befriedigen. Bei der ersten Sache befürchtete er, sie abzuschrecken und wenn sie das letztere mit ihm tat, würde er nicht in der Lage sein, seine Körperreaktionen unter Kontrolle zu halten. Außerdem hatte er keinen Grund zu glauben, dass sie ihn überhaupt in ihren Mund nehmen wollte. Allerdings schien sie mehr über Sex wissen zu wollen, deshalb hatte er beschlossen, ihr zu zeigen, was andere taten. Da es sie erregt hatte, ihn zu beobachten, als er sich selbst zum Höhepunkt gebracht hatte, würde sie es vielleicht auch genießen, ein anderes Paar zu beobachten.

„Komm, ich glaube, es wird dir gefallen. Es kann sehr erregend sein, andere beim Liebemachen zu beobachten.“

Er bemerkte, wie ihre Wangen ein noch tieferes Rot annahmen. Als sie versuchte, ihre Wimpern zu senken, um seinem Blick auszuweichen, fasste er mit seiner Hand an ihr Kinn und zwang sie, ihn anzusehen. „Ich werde dich berühren, während du sie beobachtest.“

Ihre Lippen öffneten sich und ihre rosa Zunge erschien, um sie zu lecken. Er bemerkte, wie ihr Puls raste. Dann nickte sie langsam. „Aber ich möchte dich auch berühren.“

Dante lächelte und küsste ihre niedliche Nase. „Das will ich doch hoffen.“ Solange er zurückdenken konnte, war er noch nie in so guter Stimmung gewesen. Viola hatte das Talent, seine bisher verborgene unbeschwerte Seite hervorzulocken.

Kurze Zeit später, nachdem er sie angewiesen hatte, was sie tragen oder nicht tragen sollte, nahm er ihre Hand. Barfuß schlichen sie sich zu einem kleinen Abstellraum, der neben dem Schlafgemach seines Bruders lag. Vor Jahren hatte Dante entdeckt, dass der Spiegel über Raphaels Kamin auf der anderen Seite transparent war, sodass jeder, der davon wusste, sie beobachten konnte. Dante hatte dies nur entdeckt, weil er in dem Raum nach einem alten Buch gesucht hatte. Und er wusste, dass sonst niemand dort Zugang hatte, da er den einzigen Schlüssel besaß.

Nicht, dass er normalerweise seinen eigenen Bruder beobachten würde. Das interessierte ihn nicht, doch würde diese Situation etwas Nervenkitzel für Viola liefern und sie wären dort sicher vor Entdeckung.

Dante sperrte die Tür hinter ihnen ab, damit sie nicht gestört werden würden. Er bemerkte, wie Violas Blick auf die große erhöhte Holzplattform fiel, die als Ablage gedacht war.

Dante hatte viele Kissen darauf ausgebreitet, auf denen sie es sich bequem machten konnten, während sie Raphael und seine Frau beobachteten.

Viola öffnete ihren Mund, um etwas zu sagen, doch Dante legte seinen Finger auf ihre Lippen. „Sch! Wir müssen leise sein. Mein Bruder hat ein außergewöhnlich gutes Gehör.“ Das galt für alle Vampire.

Er führte sie die vier Stufen zu der Plattform hinauf und zog einen schwarzen Vorhang zurück, der an der gegenüberliegenden Wand hing. Der Spiegel dahinter diente als Fenster in das Gemach, wo Raphael gerade Isabella auszog.

„Oh!“ Viola schnappte nach Luft und drehte sich vor Verlegenheit weg.

„Sie können uns nicht sehen“, versicherte er ihr.

Zögernd wandte sie sich wieder um und spähte durch die Scheibe. Dante interessierte das Treiben in Raphaels Schlafgemach weniger. Stattdessen betrachtete er Viola. Er hatte ihr aufgetragen, nur ein Korsett, Strümpfe und Strumpfbänder, sowie einen Morgenrock darüber zu tragen. Und den Morgenrock hatte er nur hinzugefügt, damit niemand sehen würde, dass sie halb nackt war, als sie durch den Korridor schlichen.

Er selbst trug nur einen Morgenrock mit nichts darunter. Schon jetzt ragte sein Schwanz voll erigiert nach oben und er hatte Viola noch nicht einmal von ihrem Gewand befreit und ihren spärlich bekleideten Körper bewundert. Das würde er jetzt gleich nachholen.

Viola kniete sich hin und setzte sich auf ihre Unterschenkel, während ihre Augen der Handlung in dem Raum nebenan folgten. Dante warf einen kurzen Blick in die gleiche Richtung und sah, wie Raphael die nackte Isabella auf das Bett legte und dann vor ihr stand, nackt und hart.

Dante legte seine Hände auf Violas Schultern und zerrte an ihrem Morgenrock. Ohne ihr zureden zu müssen, öffnete sie den Gürtel. Er war sicher, dass sie nicht einmal wusste, was sie tat, so fasziniert schien sie von der Szene, die sich vor ihren Augen abspielte, zu sein.

Dante befreite sie von ihrem Gewand. Das Korsett, das er sie angewiesen hatte zu tragen, reichte nur von der Spitze ihrer Schamhaare bis knapp unter die Schwellung ihrer Brüste und präsentierte diese wie auf einem Silberteller. Für ihn. Die Bänder des schwarzen Spitzenstrumpfgürtels liefen über ihre herrlichen Pobacken hinunter und hielten ihre Seidenstrümpfe an Ort und Stelle.

Er umfasste Violas Hüften und zwang sie auf ihre Knie, damit er ihren verlockenden, herzförmigen Hintern richtig bewundern konnte. Seine Hände glitten streichelnd darüber. Ein leises Stöhnen kam über ihre Lippen.

Er streifte ihre langen Haare zur Seite und entblößte damit ihren blassen Hals. Langsam strich er mit den Fingern über die pralle Ader, die unter ihrer seidenen Haut pulsierte. Seine Lippen sehnten sich nach einer Kostprobe und senkten sich auf ihre Haut. Er begrüßte Violas Zittern mit rein männlicher Befriedigung. Zu wissen, dass seine Berührung sie erregte, machte ihn noch härter, als er ohnehin schon war.

„Flüstere mir zu, was du siehst."

„Das kann ich nicht."

Er küsste ihren Hals und zog die weiche Haut in seinen Mund. Dann schob er seine Hand auf ihr verführerisches Gesäß und streichelte die perfekten Pobacken. Ein gestockter Atemzug war ihre Antwort.

„Bitte sag mir, was du siehst."

Er spürte, wie ihr Herz wie wild schlug. „Er spreizt ihre Beine. Weit." Ihre Stimme war leise und heiserer, als er sie je gehört hatte.

„Ich möchte, dass du deine Beine breit machst", befahl Dante.

Viola zog die Knie auseinander. Sofort wurde der Duft ihrer Erregung stärker und neckte seine Nase auf die verlockendste Art und Weise. Er legte seine Hand zwischen ihre Schenkel und griff nach vorne.

„Er steht zwischen ihren Beinen, und er . . . er stößt in sie hinein. Oh Gott!"

Dante ließ seine Finger über ihre feuchten Schamlippen gleiten und mit ihrem reichhaltigen Honig beschichten. Dann glitt er weiter nach oben und umkreiste ihre Perle. Sie wimmerte und ihr Körper begann, wieder zu beben.

„Er stößt immer wieder hinein und sie, sie . . . sie mag es." Verwirrung schwang in Violas Stimme mit, als hätte sie Isabellas Reaktion auf die Berührung ihres Mannes nicht erwartet.

Dante zog seine Hand von ihrer Perle weg und streifte mit seinen Fingern über ihren nassen Schlitz, glitt mit langen und langsamen Bewegungen entlang ihres Fleisches und badete in ihrer feuchten Wärme.

„Ja, sie mag den harten Schwanz ihres Mannes in sich fühlen, wie er sie füllt, wie er ihre enge Scheide dehnt. Will sie mehr? Ermutigt sie ihn?"

Er fühlte Viola nicken. „Ja, sie hält ihn bei den Hüften fest. Sie zieht ihn zu sich. Sie will mehr. Tiefer. Härter." Sie stieß jedes Wort abgehakt hervor. Violas Körper rieb sich dabei rhythmisch gegen seine Hand. „Tiefer, härter", wiederholte sie.

Bei ihren Worten verlor Dante seine Beherrschung. Ohne nachzudenken, schob er seinen Finger tief in sie hinein. Sie drängte sich ihm entgegen, als wollte sie mehr. Ein geflüstertes ‚tiefer' überraschte ihn, doch kam er ihrer

Bitte gerne nach. Er zog seinen Finger zurück, dann tauchte er ihn wieder hinein. Ihre Scheide war noch enger, als er in Erinnerung hatte, und verlockender als alles, was ihm jemals angeboten worden war.

Immer wieder stieß Dante in sie hinein, während seine andere Hand eine Brust umfasste und ihre harte Brustwarze kniff.

Viola schrie auf und warf den Kopf zurück. „Mehr. Ja, sie liebt seinen Schwanz." Ihre Worte klangen, als wäre sie im Delirium. „Sie will gefüllt werden. Gestreckt werden."

Nun verstand er sie. Viola gab vor, jemand anderer zu sein, sodass sie verlangen konnte, was sie wollte. „Will sie seinen Schwanz in sich?", fragte er und hielt den Atem an. Würde Viola seinen Schwanz wollen?

Sie keuchte schwer. Ihr Puls raste. „Sie will, dass sein großer Schwanz sie füllt."

„Ist sie sich sicher, dass sie das will? Seinen Schwanz in ihr?" Dante fuhr fort, sie mit seinem Finger zu ficken, und erhöhte sein Tempo, denn er wollte nicht, dass sie aus ihrem Trance-ähnlichen Zustand erwachte. Er dehnte ihre Scheide, um sie auf die Invasion seines Schwanzes vorzubereiten.

„Ja", keuchte sie.

Bei ihrer Antwort drückte Dante sie nach vorne in die Kissen. Dann zog er seinen Finger aus ihr und spreizte ihre Beine. Der Anblick ihres schönen runden Hinterns, der nach oben zeigte und ihm damit einen perfekten Blick auf ihre glitzernden Blütenblätter gab, raubte ihm fast seine Kontrolle. Er riss sich sein Gewand vom Leib und ließ sich zwischen ihren Schenkeln nieder, sein Schwanz hart und bereit.

„Jetzt", flüsterte sie. „Sie braucht jetzt seinen Schwanz."

Sie lag vor ihm, bereit für sein Vergnügen. Er konnte nicht länger warten. Dante bewegte seine Hüften nach vorne und teilte ihre erwartungsvollen Lippen mit seinem Schwanz.

„Mehr."

„Alles", murmelte er. „Ich gebe dir alles, was du willst." Und dann, ohne Eile, drang er in sie ein. Ihre Scheide dehnte sich, um ihn aufzunehmen, doch drückte ihn gleichzeitig wie ein enger Handschuh. So musste sich das Paradies anfühlen.

Als er bis zu seinen Eiern in sie eintauchte, keuchte sie. Er hielt in seinen Bewegungen inne und beobachtete ihre Reaktion.

Viola wandte den Kopf und sah ihm tief in die Augen. „Dante", war alles was sie sagte, doch durch die Art, wie sie es sagte, während der Atem aus ihrer Lunge eilte, ihre Lippen glitzerten und ihre Wangen sich röteten, wusste er, dass alles gut war. Ihre Augen bestätigten es. Die Begierde darin war nicht zu verleugnen.

„Viola, meine Liebste."

Er stieß nochmals in sie hinein und ein paar qualvolle Sekunden lang dachte er, er würde sofort kommen. Aber er musste sich zurückhalten, denn er brauchte mehr als nur ein fieberhaftes Ficken. Er musste ihr in die Augen schauen und sie küssen, wissen, dass sie ihn sah, dass sie wusste, dass er es war, der Liebe mit ihr machte.

Dante zog sich aus ihr heraus, ignorierte ihren enttäuschten Seufzer und rollte sie auf den Rücken, bevor er wieder in sie eintauchte. „Ich muss dich ansehen."

Er gönnte ihr keine Pause, sondern küsste ihre roten Lippen und legte dabei seinen Kopf zur Seite, um sie noch tiefer zu erobern. Sie antwortete ihm, indem sie mit ihrer Zungenspitze seine suchte und ihn in die Höhlen ihres köstlichen Mundes einlud.

14

Dantes Kuss brachte sie zurück in die Realität und das erste Mal war die Wirklichkeit schöner als die Fantasiewelt. Dies war nicht wie die Vereinigung, die sie in jener Nacht in der schmuddeligen Herberge mit ihm erlebt hatte. Noch war es wie die Dinge, die sie in den letzten drei Tagen gemacht hatten, einander zu berühren, zu küssen und zu streicheln. Dies war viel mehr, viel besser.

Dieses Mal verspürte Viola keinen Schmerz. Ihr Körper akzeptierte ihn und die Feuchtigkeit, die bereits aus ihr getropft war, hatte ihm, trotz seines beeindruckenden Umfangs, ein leichtes Eindringen ermöglicht. Er hatte sich Zeit genommen und war langsam in sie eingetaucht, bereit, sich jederzeit zurückzuziehen, sollte er ihr Schmerzen bereiten. Doch alles war perfekt.

Die Fülle, die sie erlebte und die all ihre Nervenenden zum Kribbeln brachte, war anders als die Art, wie ihr Körper sich unter der Berührung seines Mundes und seiner Finger angefühlt hatte. Sein Schwanz in ihr ließ sie sich vollkommen fühlen. Sie konnte es nicht anders beschreiben. Sie wollte mehr davon.

Dante hörte auf, sie zu küssen, und sie blickte ihn erstaunt an. „Stimmt etwas nicht?“

Er lächelte das verruchteste Lächeln, das sie je gesehen hatte. „Nein. Halte deine Augen offen. Ich möchte, dass du siehst, wer dich liebt.“

Die Beharrlichkeit in seiner Stimme überraschte sie und brachte sie dazu, ihn mit anderen Augen zu sehen. Hatte sich zwischen ihnen etwas verändert? Plötzlich schien er mehr als nur ihr Lehrer zu sein. Jetzt war er einfach ein Mann, dessen Augen ihr verdeutlichten, dass er beabsichtigte, sein eigenes Vergnügen ohne Zurückhaltung zu fordern – und ohne sie dabei zu kurz kommen zu lassen.

Bei dem in seinen Augen liegenden Versprechen raste ein Schauer durch ihren Körper. Sie konnte sich nicht von dem Anblick losreißen. Sie vergrub ihre Hände in seinem Haar und zog ihn für einen weiteren Kuss zu sich und er begann, in einem langsamen und gleichmäßigen Rhythmus in sie zu stoßen. Seine Zunge erforschte sie synchron zu den Bewegungen seiner Hüften, stieß in sie hinein, zog sich dann zurück und imitierte so die Bewegungen seines harten Schwanzes.

Bei jedem Stoß stieg ihre Körpertemperatur. Schweiß bildete sich auf ihrer Stirn und ihrem Hals. Ihr Herz schlug wie wild, immer schneller und unregelmäßiger, als raste es auf ein Ziel zu.

Ihre Gebärmutter ballte sich zusammen und sie hätte schwören können, dass sein Schwanz mit jedem Stoß so tief reichte. Sie bäumte ihm ihre Hüften entgegen, um den Druck zu erhöhen und ihm entgegenzukommen, wenn er in sie hineinstieß. Ein tiefes Stöhnen kam über seine Lippen und er riss seinen Mund von ihr. „Oh Gott, Viola, du wirst mir noch all meine Beherrschung rauben.“

Aber er verlangsamte seine Bewegungen nicht. Vielmehr wurden diese immer wilder. Ihre Hüften rieben aneinander, jedes Mal härter, sodass ihr Körper bebte und ihre Perle vor Erregung kribbelte. Sie kannte mittlerweile die Zeichen, die ihr ihr Körper sandte. Dante hatte sie gelehrt. Sie wusste, dass die Anspannung, die sich jetzt in ihrem Geschlecht bildete, die Wärme, die durch ihren Körper schoss, während er sie füllte und streckte, das gleiche Gefühl war, das sie hatte, wenn er sie leckte oder ihren Lustknopf berührte.

„Oh, ja, Dante, ja bitte, mehr.“

Und er gab ihr mehr. Er ritt sie härter, nahm sie mit mehr Kraft, dehnte sie weiter, als sie dachte, dass ihr Körper in der Lage wäre. Mit seinen Lippen tat er das Gleiche: Er erfasste ihren Mund, als wäre er ein Eroberer, der die Absicht hatte, einen neuen Kontinent zu erkunden. Seine Hände streichelten sie überall: ihr Gesicht, ihre Brüste, ihren Hals. Als könnte er nicht genug von ihr bekommen, genauso wie sie nicht von ihm ablassen konnte.

Dantes Haare waren nass von seinem Schweiß und die Feuchtigkeit lief in Rinnsalen über seinen Hals und seine Brust und badete ihre Brüste darin, als sie sich an ihn rieb. Ihre empfindlichen Brustwarzen waren hart und brannten von der Berührung. Nichts hatte sich jemals so gut angefühlt.

„Ja, oh, ja“, rief er aus und küsste ihren Hals mit offenem Mund. „Du bist so heiß. Ich kann mich nicht mehr zurückhalten.“

Sie spürte seine Zähne an ihrer Haut entlangkratzen und das fremdartige Gefühl ließ sie vor Lust erbeben. Sie neigte ihren Kopf in der Hoffnung, er würde die Handlung wiederholen. Abermals streiften seine Zähne über ihre Haut.

Dante kniff die empfindliche Haut an Violas Hals und spürte ihre pralle Vene darunter pochen. Sein ganzer Körper spannte sich an und forderte ihn auf, ihr Blut zu trinken. Die Art, wie sie ihren Kopf zur Seite neigte, um ihm einen besseren Zugang zu gewähren, machte es noch schwerer, der Versuchung zu widerstehen. Aber er musste sich beherrschen.

Wenn er von ihr trank, würde er seine Überzeugungskraft benutzen müssen, um ihr Gedächtnis zu löschen, damit sie nicht wusste, was er getan hatte, und das war das Letzte, was er wollte. Er wollte, dass sich Viola an jede einzelne Sekunde ihres Liebesspiels erinnerte. Er wollte nichts auslassen. Seit Tagen hatten sie einander nur durch Küssen und Streicheln Vergnügen bereitet. Nun endlich, da er tief in ihrem göttlichen Körper vergraben war, konnte er dieses Erlebnis nicht zerstören, nur weil ihm nach ihrem Blut gelüstete. Er musste seinen ersten Höhepunkt in ihr erleben, und er wollte, dass sie spürte, wie sich sein Samen in ihr ergoss.

Dante unterdrückte sein Verlangen nach ihrem Blut und küsste ihren Hals, während er ihren berauschenden Duft einatmete. Sein Schwanz bewegte sich mit langen und begierigen Stößen in ihrem Körper und reichte mit jedem Mal tiefer. Ihre Scheide war so herrlich eng, dass er sich nicht erinnern konnte, warum er jemals dagegen gewesen war, eine Jungfrau zu betten. Sie war glatt und heiß, und ihre Reaktionen auf ihn waren so ehrlich. Keine andere Frau hatte je in seinem Bett so reagiert. Keine Frau hatte sich ihm jemals so geöffnet wie Viola. So wie sie es jetzt tat.

Er nahm seine Lippen von ihrem Hals und blickte sie an. Ihre Pupillen waren vor Leidenschaft geweitet, ihre Haut gerötet. Es war der schönste Anblick, der sich ihm je geboten hatte. „Schwebe mit mir“, flüsterte er an ihre Lippen und presste seine Hüften an sie, um seinen Schwanz noch tiefer in sie zu treiben.

Dann nahm er ihre Lippen gefangen und legte alles, was er hatte, in diesen Kuss. Jedes Gramm Lust und Leidenschaft, sowie die Liebe, die er angefangen hatte, für sie zu empfinden. Seine Hand glitt zwischen ihre Körper, suchte das Dreieck von lockigen Haaren und neckte ihre Perle. Das Stöhnen von ihren Lippen bestätigte ihm, dass er die richtige Stelle gefunden hatte.

„Ja, komm mit mir. Jetzt.“

Er rieb ihren geschwollenen Lustknopf und stieß seinen Schwanz tief in sie hinein. Ihre Muskeln packten ihn und ballten sich um ihn. Er konnte förmlich die Wellen spüren, die durch ihren Körper rasten, und gab alle Zurückhaltung auf. Einen Moment später brach sein Orgasmus über ihn herein und er schoss heiße Spritzer von Samen tief in ihre einladende Höhle, bis sie ihn bis zum letzten Tropfen gemolken hatte.

Ohne aus ihrem warmen Körper zu gleiten, rollte er zur Seite und behielt sie, fest an seine Brust gedrückt, in seinen Armen. „Ich habe noch nie etwas so Perfektes verspürt.“ Er überraschte sich selbst mit seinen Worten. Er hatte noch nie einer Frau seine Gefühle offenbart.

Ihr Atem liebkoste seinen Hals und erstaunt erkannte er, dass er es liebte, wie sie sich an ihn kuschelte, wo er normalerweise nach Sex etwas Abstand bevorzugte.

„Das war sehr schön.“ Ihre Worte erwärmten sein Herz. Und die nächsten ließen es schneller schlagen. „Können wir das noch einmal tun?“

„Gib mir zehn Minuten und wir können tun, was immer du willst.“ Und was Dante wollte. Viola unter ihm, Viola auf ihm, Viola vor ihm. Viola, Viola. Bis er von ihrem Duft und ihrem Geschmack betrunken war.

15

Trotz der wunderbaren Nacht, die sie mit Dante verbracht hatte, erwachte Viola mit rasenden Kopfschmerzen. Sie wollte ihn nicht auf ihren Schmerz aufmerksam machen und schlich sich deshalb aus dem Bett und nahm die Pillen aus ihrer Tasche. Der Arzt hatte sie ihr gegeben, aber schon prophezeit, dass sie nicht lange helfen würden. Sobald die Schmerzen zu stark wurden, würden die Pillen ihre Wirkung verlieren.

Da sie wusste, es würde eine Weile dauern, bis das Medikament ihre Schmerzen dämpfte, ging sie, nur mit einem Morgenrock bekleidet, die Treppe hinunter in den Salon. Es war still im Haus. Nicht einmal die Diener schienen wach zu sein. Eigentlich war es ein recht seltsamer Haushalt. Niemand stand vor Mitte des Nachmittags auf, außer vielleicht gelegentlich Isabella, aber weder Raphael noch Dante schienen sich früher zu erheben.

Eigenartigerweise gesellten sich die beiden Männer auch nie zu den Mahlzeiten zu ihnen. Sie schienen immer andere Pläne zu haben. Isabella schien das nicht zu stören und sie beschwerte sich auch niemals bei ihrem Mann, dass er nicht mit ihr aß. Allerdings hatte Isabella immer gerne Viola als Gesellschaft im Speisesaal. Und in Anbetracht der körperlichen Aktivität, der sie und Dante während der Nacht nachgingen, war Viola immer wie ausgehungert.

Was sowohl Dante als auch Raphael für ihren Lebensunterhalt taten, war unklar. Beide schienen außerordentlich wohlhabend zu sein. Was die Tatsache, dass sie sich ein Haus teilten, sehr sonderbar erscheinen ließ.

Eine neue Schmerzenswelle unterbrach ihren Denkprozess und sie musste sich am Sofa abstützen. Sie schaffte es gerade noch, sich hinzusetzen, bevor der Schmerz sie in die Knie zwang. Sie schloss die Augen, dankbar, dass die Diener auch während des Tages die Vorhänge geschlossen ließen, sodass nur wenig Licht in das Haus eindrang. Hatte sie dies anfangs merkwürdig gefunden, war sie nun dankbar dafür, weil helles Licht ihre Kopfschmerzen verschlimmerte.

Viola lehnte sich zurück in die Kissen und atmete langsam ein und aus. Ob sie es nun dem gleichmäßigen Atmen zu verdanken hatte oder der Wirkung der Pille, jedenfalls wurden ihre Schmerzen weniger und gedämpfter. Sie verschwanden nicht ganz, waren aber auf ein erträgliches Maß reduziert. Nun konnte sie ihre Gedanken wieder zu Dante schweifen lassen.

Sie hatte Glück gehabt, ihm begegnet zu sein. Trotz der anfänglichen Schmerzen, die er ihr verursacht hatte – und die ihr vermutlich jeder Mann verursacht hätte – hätte sie sich keinen besseren Liebhaber vorstellen können, der ihr das wunderbare Vergnügen zeigte, welches Männer und Frauen einander schenken konnten. Zunächst war ihr die Reaktion ihres Körpers auf ihn peinlich gewesen, genauso wie die Dinge, die sie ihm erlaubt hatte. Aber in Anbetracht ihrer einzigartigen Situation hatte sie diese Gedanken weggeschoben.

Sie hatte nichts zu verlieren. Jedenfalls nichts, was ihr wichtig war. Ihr Ruf bedeutete ihr nichts. Sie hatte ja kein langes Leben vor sich, während dessen sie den Verlust ihrer Jungfräulichkeit oder ihre ausschweifende Lebensweise bereuen konnte. Sie lebte unter dem Dach eines Fremden und teilte sein Bett. Selbst wenn sie weiterleben würde, würde dieser Fremde ihr nie einen Heiratsantrag machen. Nicht, wenn sie noch Jungfrau wäre und schon zweimal nicht nach all den Dingen, die sie getan hatte. Kein Mann würde eine verdorbene Frau wie sie als Gemahlin wollen.

Viola schüttelte den Kopf und versuchte, die dummen Gedanken zu verscheuchen. Sie sollte nicht über Ehe und all die Dinge, die damit verbunden waren, nachdenken, wusste sie doch, dass diese außerhalb ihrer Reichweite lagen. Sie sollte dankbar sein: Sie hatte wahre Glückseligkeit in den Armen eines Mannes erlebt, eines Mannes, der so leidenschaftlich war, dass ihr die Knie weich wurden und ihr Herz jedes Mal flatterte, wenn er ihr mit diesem lüsternen Blick über ihren Körper zu verstehen gab, dass er sie lebendig verschlingen wollte.

Für ein paar Tage länger würde sie genießen, was er ihr so freizügig gab. Sie würde es genießen und sich in den Kokon von Empfindungen einwickeln lassen, die Dante hervorzauberte. Aber sie wusste, dass dies nicht ewig andauern konnte. Schon jetzt spürte sie den Schmerz in ihrem Kopf zunehmen. Vielleicht würde das Ende früher kommen, als ihr Arzt erwartet hatte. Ihr Plan, sich ihr eigenes Leben zu nehmen, bevor sie die Kontrolle über ihren Körper verlor, stand immer noch. Sie würde ihn ausführen, sobald sie wusste, dass das Unvermeidliche unmittelbar bevorstand.

***

Dante drehte sich in den Bettlaken. Seine Hände suchten nach Viola, um sie in seine Arme zu ziehen. Aber das Bett war leer. Er öffnete seine Augen und die Enttäuschung traf ihn wie ein Schlag. Nachdem er den erstaunlichsten Sex seines Lebens in Violas Armen erlebt hatte, wollte er diese Arme wieder um sich spüren. Jetzt. Sofort. Sein Hunger auf sie war noch stärker als sein Durst auf Blut. Und wenn er bedachte, dass er die letzten zwei Nächte kein Blut zu sich genommen hatte und wie ausgehungert er war, was dies mehr als verwunderlich.

Er rollte sich auf den Rücken und starrte zur Decke. Was geschah mit ihm? Er war noch nie der Typ Mann gewesen, der Nacht für Nacht mit der gleichen Frau verbrachte. Er mochte Vielfalt. Er liebte alle Arten von Frauen.

Nach der letzten Nacht wusste er, dass sein Ego wiederhergestellt war. Sein Schuldgefühl darüber, dass er sie beim ersten Mal verletzt hatte, war von Violas enthusiastischer Erklärung, es wieder tun zu wollen, ausgelöscht worden. Und sie würden es wieder tun. Und immer wieder. Bis er nicht mehr mitzählen konnte. Und jedes Mal würde sie ihn mit diesen funkelnden Augen ansehen und ihn wie ein Kätzchen anlächeln, das eine endlose Schüssel warmer Milch entdeckt hatte.

Seine Brust schwoll an bei dem Gedanken, dass er derjenige war, der dieses Lächeln auf ihr schönes Gesicht zauberte. Dante grinste. Er wollte es wieder tun, denn er konnte nicht genug von ihrem Lächeln bekommen. Seltsamerweise verursachte dieser Gedanke nicht den Wunsch, davonzulaufen, als wäre ihm die Sonne auf den Fersen. Vielleicht war es ja doch nicht so schlecht, wie er immer gedacht hatte, mehr als eine Nacht mit der gleichen Frau zu verbringen. Zumindest bedeutete es, dass er ihren Körper jetzt so gut kannte, dass er sie zum Höhepunkt bringen konnte, wann immer ihm danach war – und es war ihm oft danach.

Vielleicht hatte sein Bruder Raphael doch die richtige Idee gehabt, als er eine gute Frau geheiratet hatte. Er schien glücklich zu sein, und nach dem zu urteilen, was Dante in der Nacht zuvor kurz durch den Spiegel gesehen hatte, ließ ihr eheliches Liebesspiel nichts zu wünschen übrig, trotz der Vertrautheit, die zwischen ihnen herrschen musste. Er hatte noch nie zuvor darüber nachgedacht. Nun, Ideen wie diese waren sowieso verfrüht. Vielleicht würde seine Begeisterung für Viola schnell verfliegen, jetzt wo er sie endlich gründlich gefickt hatte.

Ja, das würde sicherlich der Fall sein. Und vielleicht war genau das der Grund, warum er sie jetzt wieder wollte: Sein Körper hatte Lust auf Sex bekommen und wollte mehr davon. Er war sich beinahe sicher, dass das der Grund war. Beinahe.

Dante stand auf und wusch sich schnell, bevor er sich anzog und die Treppe hinunterging. Seine Nasenflügel bebten, als er ihren Duft vernahm. Er fand Viola im Salon auf dem Sofa ausgestreckt vor. Ihre Augen waren geschlossen. Das sanfte Heben und Senken ihrer Brust zeigte an, dass sie schlief.

Er ließ sich auf das Sofa nieder, nahm sie in seine Arme und hob sie auf seinen Schoß. Sie regte sich, aber er drückte sie lediglich an seine Brust und strich mit der Hand über ihren Rücken. Sie murmelte etwas im Schlaf und er brachte es nicht über sich, sie zu wecken. Sie sah so friedlich und zufrieden aus. Er schloss die Augen und entspannte sich. Mit Viola in seinen Armen schien alles so viel besser zu sein.

16

„Seid ihr zwei sicher, dass ihr euch uns nicht anschließen wollt?“, fragte Isabella, als Raphael den schwarzen Umhang über ihre Schultern legte und ihr ein Paar lange Handschuhe reichte.

Sein Bruder hatte endlich erkannt, dass Dante nur Violas Bestes im Auge hatte. Und wenn er Raphaels gelegentliches Schmunzeln richtig interpretierte, war dieser mit den Entwicklungen zwischen ihnen sehr zufrieden. Raphael hatte am Tag zuvor so etwas Ähnliches gesagt.

„Wenn ich es nicht besser wüsste, dann würde ich sagen, dass du völlig in sie vernarrt bist.“

Dante hatte nur geschnaubt und die implizierte Frage seines Bruders unbeantwortet gelassen.

„Wir sind uns sicher.“ Dante saß in seinem Lieblingssessel vor dem Kamin und was die Situation noch komfortabler machte, war die Tatsache, dass Viola auf seinem Schoß saß und sich an ihn kuschelte. Warum sollte er ausgehen, wenn er doch alles, was er wollte, hier hatte? „Amüsiert euch. Ich führe Viola ein anderes Mal zum Tanzen aus.“

Nachdem die Haustür endlich hinter den beiden zugefallen war, blickte er auf Violas rosige Wangen und ihre roten Lippen, begierig auf eine Kostprobe. „Du wolltest doch nicht ausgehen, oder?“

Sie schüttelte ihr langes Haar, das über ihre nackten Schultern fiel. Sie trug ein tief ausgeschnittenes Kleid, das er in aller Eile für sie hatte anfertigen lassen. Sie hatte nicht viele Kleider mitgebracht und das blaue Kleid, das sie bei ihrer Begegnung getragen hatte, war mittlerweile zerknittert und schmutzig. Außerdem mochte er sie in Kleidern sehen, die mehr Haut entblößten als jenes blaue.

Während der vergangenen Woche waren sie in eine angenehme Routine verfallen und zu Dantes Überraschung hatte er noch nicht angefangen, sich mit ihr zu langweilen. Im Gegenteil: Je mehr Zeit er mit ihr verbrachte, desto mehr sehnte er sich nach ihrer Gesellschaft.

„Ich bleibe viel lieber hier mit dir.“ Sie hielt inne. „Alleine.“

Bei ihrem suggestiven Ton zuckte sein Schwanz eifrig. Er kannte diesen sinnlichen Ton und wusste, was er bedeutete. Und er war mehr als bereit für alles, was sie im Sinn hatte. „Ich bin dein Sklave.“

Sie kicherte. „Das meinst du doch nicht wirklich.“

Dante stupste mit seinem Finger ihre Nase. „Doch. Das meine ich ernst. Du bist die Herrin meines Körpers und meines H – “ ‚Herzens‘ hätte er fast gesagt. Auch wenn es im Scherz gemeint war, konnte er sich doch nicht erlauben, so etwas zu äußern.

Viola war gütig genug, seinen Versprecher nicht auszunutzen und nicht zu verlangen, dass er sich ihr erklärte. Stattdessen gab sie ihm einen sanften Kuss auf die Lippen und rutschte von seinem Schoß.

„Geh nicht!“, bat er.

Ein Lächeln lag wieder auf ihrem Gesicht und Schalk funkelte in ihren Augen. „Ich gehe nirgendwo hin.“ Sie setzte sich zwischen seine Beine auf den Boden und schob seine Knie weiter auseinander, sodass sie näher heranrutschen konnte.

Als ihr Blick auf seinen Schritt fiel, blieb ihm fast die Luft weg. Sie hatte ihn noch nie in den Mund genommen. Er hatte es nie gefordert, trotz all der Dinge, die sie miteinander getan hatten. Irgendwie hatte er immer das Gefühl gehabt, sie wäre nicht dazu bereit. Doch schien sie jetzt bereit zu sein.

„Du willst das wirklich tun?“

Sie nickte.

„Hier?“

Noch ein Nicken.

„Jetzt?“

Sein Schwanz schwoll an und drückte gegen seine Hose, begierig darauf, aus seinem Gefängnis befreit zu werden. Er öffnete den ersten Knopf. Sie umklammerte sofort seine Hand.

„Lass mich das machen.“

Dante ließ den Kopf gegen die Rückenlehne seines Sessels fallen und atmete schwer. „Warum jetzt plötzlich?“ Er fühlte sich, als wäre er gestorben und in den Himmel aufgefahren.

„Ich möchte dir etwas geben, um das du mich noch nie gebeten hast.“

Er streichelte ihr Gesicht und strich mit seinem Daumen über ihre Lippen. „Du weißt doch, dass du das nicht tun musst.“ Doch er wollte es. Bei Gott, wie er ihre Lippen um seinen Schwanz spüren wollte.

Viola öffnete die restlichen Knöpfe und befreite seinen harten Schaft. „Du bist wunderschön.“

Ihr Atem blies über seine nackte Haut, streichelte ihn, neckte ihn. Er beobachtete, wie sie ihre kleine Hand um ihn wickelte. Er rutschte auf seinem Sessel weiter nach vorne, um seine Hose weiter nach unten zu schieben, sodass sie nicht nur einen besseren Zugang zu seinem Schwanz, sondern auch zu seinen Hoden hatte. Sie half ihm, den Stoff bis zu seinen Knöcheln hinunterzuziehen, damit er sich ihr öffnen konnte.

Als sie näherkam und sich über seine Erektion beugte, stieß er ein Stöhnen von sich.

Sie kicherte. „Ich habe noch nicht einmal angefangen.“

„Ich weiß, mein Süße, aber du hast keine Ahnung, was die Macht der Suggestion einem Mann antun kann. Wenn du mich nicht bald in deinen schönen Mund nimmst, werde ich kommen, ohne dass du mich berührst."

„Das können wir aber nicht zulassen."

Einen Augenblick nach ihrer geflüsterten Antwort befand sich Dante im Paradies. Anstatt zuerst zögerlich über seinen Schwanz zu lecken, wie er erwartet hatte, schloss Viola ihre Lippen um ihn und glitt seine gesamte Länge hinab und nahm ihn damit in ihre Wärme und Feuchtigkeit auf. Ihr Stöhnen prallte gegen sein empfindliches Fleisch und hallte dort wider. Ihre Hand legte sich um seine Wurzel, während sie sich mit der anderen auf seinem Oberschenkel abstützte.

Dante legte seine Hände auf ihren Kopf und stützte sie sanft, ohne sie zu drängen. Er wollte, dass sie ihn so lutschte, wie sie wollte: langsam oder schnell, das spielte keine Rolle. Schon jetzt wusste er, dass er es nicht lange aushalten würde. Sein Körper brannte, als wäre er den Strahlen der Sonne ausgesetzt, aber dies war ein angenehmes Feuer. Ein Feuer, das er noch nie zuvor verspürt hatte. Wärmend, schmeichelnd, beruhigend. Kein Feuer, das zerstörte, sondern ein Feuer, das ihn hegte.

Es war Viola, die dieses Feuer in ihm schürte und ihn entflammte: mit ihrer Zunge, die von oben nach unten an seiner Erektion entlangglitt, ihren Lippen, die ihn leckten, ihren Fingern, die sich im Einklang mit ihrem Mund bewegten. Sie gab ihm Weichheit und Wärme. Und die Begierde, die er für sie verspürte? Er wusste nun, dass diese mit der Zeit nur noch mehr wachsen anstatt abnehmen würde. Er durfte sie nie gehen lassen.

„Viola", rief er aus. „Ich brauche dich." Es war egal, wie jung sie war und wie unerfahren. Alles, was zählte, war, dass er sich in ihren Armen vollkommen fühlte.

Dante blickte in ihr Gesicht. Ihre Augen waren geschlossen, als ob sie wirklich liebte, was sie mit ihm tat. Er konnte sich von dem Anblick, wie sein Schwanz zwischen ihren roten Lippen verschwand, dann wieder auftauchte, nicht losreißen. „Ich habe mich noch nie so gut gefühlt."

Für jede andere Frau hätten seine Worte als Ermutigung gedient, ihn härter zu saugen, doch Viola wollte er nur mitteilen, dass sie ihn in die Knie gezwungen hatte. Als sie ihre Hand sanft auf seine Eier legte, nahm er einen tiefen Atemzug und wusste, dass es sein letzter vor seinem Höhepunkt wäre.

„Ich komme", keuchte er und versuchte, sich aus ihrem Mund zu ziehen. Zu seiner Überraschung hielt sie jedoch ihren Mund fest um ihn geklammert. Er explodierte in ihr und spürte, wie sie seinen Samen schluckte. Nicht ein einziger Tropfen entkam ihren Lippen.

Sobald er wieder Luft schnappen konnte, zog er sie zu sich auf seinen Schoß, bedeckte ihre geschwollenen Lippen mit seinen und drängte seine

Zunge in sie, um ihr zu zeigen, was ihm ihre Handlung bedeutete. Er war außer Atem, als er sie endlich freiließ.

Dante legte seine Stirn an ihre und versuchte, sein rasendes Herz zu verlangsamen, aber er schaffte es nicht. Zu viel Aufregung pumpte durch seine Adern, zu viele Erkenntnisse schlugen auf einmal über in herein. „Viola?“

„Dante.“ Sein Name rollte wie eine Liebkosung über ihre Lippen.

Was auch immer er sagen wollte, war wie weggeweht. Nur ein Gedanke verblieb. „Heirate mich!“

17

Viola kletterte von seinem Schoß, die Augen geweitet, als hätte er etwas wirklich Erschreckendes gesagt. Ihr Mund stand offen, als sie ein paar Schritte zurückwich und ihre Arme vor sich ausstreckte, als wollte sie ihn abweisen. Wollte sie das?

„Viola“, brachte er heraus, während er seine Hose hochzog und sich von dem Sessel erhob.

„Nein, bitte. Ich glaube nicht . . . ich kann nicht . . .“

„Dante, da bist du ja!“ Dante fuhr beim Klang der Stimme herum und sah seinen Freund Lorenzo den Raum betreten. Lorenzos Blick fiel auf ihn und dann auf Viola und er verbeugte sich kurz. „Ich hoffe, ich unterbreche nichts.“

Dante sah ihn tief einatmen und wusste, dass er den Geruch von Sex, der in der Luft lag, wahrnahm. Er hing schwer im Raum. Als Lorenzos Augen voller Interesse aufflackerten, warf Dante ihm einen warnenden Blick zu. Der anrüchige Vorschlag, der seinem Freund eindeutig auf der Zunge gelegen war, verstarb sofort.

Zumindest war eine Katastrophe abgewendet worden, denn Viola mit seinem Freund für eine Stunde unbekümmerten Liebesspiels zu teilen, würde niemals passieren. Ja, er und Lorenzo hatten sich schon oft Frauen geteilt, doch Dante würde nie einem anderen Mann erlauben, seine Pfoten auf Viola zu legen. Nicht einmal seinem besten Freund.

Dante räusperte sich. Lorenzos Unterbrechung hätte zu keinem schlechteren Zeitpunkt kommen können. Verdammt, er hatte um Violas Hand angehalten, was etwas war, das er nicht geplant hatte, bis die Worte tatsächlich über seine Lippen gekommen waren. Und so wie es aussah, glaubte sie ihm nicht, dass er es ernst meinte. Doch das war es ihm. Verdammt ernst.

„Lorenzo, wie ich sehe, kannst du dich immer noch bei meinen Dienern einschmeicheln, damit sie dich hereinlassen, selbst wenn ich mit wichtigeren Dingen beschäftigt bin.“

Lorenzo kam lächelnd näher. „Wenn ich das nicht täte, würde ich dich nie sehen. Wo hast du die ganze Woche gesteckt? Niemand hat dich gesehen.“

Dante blickte zu Viola, die am Kamin stand, ihr Gesichtsausdruck unlesbar. Er ließ einen langen Blick über sie schweifen. „Ich war mit wichtigeren Dingen beschäftigt.“ Er hielt inne und vereinte seinen Blick mit ihrem. „Viel wichtigeren Dingen.“

Die Luft prickelte von der Spannung zwischen ihnen. Er riss seinen Blick von ihr und drehte den Kopf zurück zu seinem Freund, der ihn überrascht ansah.

„Darf ich vorstellen, Signorina Costa. Viola, das ist mein Freund Lorenzo."

„Sehr erfreut", antwortete Lorenzo und verbeugte sich in Violas Richtung.

„Signore", gab sie höflich zurück.

„Und nun, wo du dich meines Wohlergehens versichert hast, könntest du – "

Lorenzo hielt die Hand hoch. „So sehr ich deine Privatsphäre respektiere, wäre es besser, wenn du mich anhörst. Es braut sich etwas in der Stadt zusammen."

Dante hob eine Augenbraue hoch. „Es braut sich etwas zusammen?" Zum ersten Mal interessierte ihn nicht, was sich außerhalb seiner eigenen vier Wände abspielte.

„Nico kam vor einer Stunde zu mir. So wie es scheint, hast du jemanden verärgert, der jetzt mit Mord und Totschlag droht. Es ging darum, dass du ihm angeblich eine Frau weggenommen hast." Lorenzo sah an ihm vorbei zu Viola. „Nicht, dass ich ihm das übel nehmen könnte."

Dante musste kein Gedankenleser sein, um zu erraten, um wen es sich handelte. „Ich nehme an, du beziehst dich auf einen Mann namens Salvatore."

Er hörte Viola hinter sich nach Luft schnappen.

„Derselbe."

„Er stellt keine Bedrohung für mich dar."

„Und für sie?"

Dante atmete tief ein. „Viola steht unter meinem Schutz. Sie wird dieses Haus nicht ohne mich verlassen."

Er hörte sie keuchen und drehte sich zu ihr. Ihre Augen waren weit aufgerissen, aber sie schien nicht mehr verschreckt zu sein. Stattdessen sah sie ihn ungläubig an. „Ich bin immer noch deine Gefangene? Ich dachte . . . "

„Du hältst sie gefangen?", fragte Lorenzo, bevor Dante Violas Bedenken beschwichtigen konnte.

„Halte dich da heraus, Lorenzo! Außerdem ist es nicht wahr."

„Wie konntest du nur?" Ihre Stimme war atemlos. Unvergossene Tränen umrandeten ihre Augen, als sie an ihm vorbei zur Tür stürmte.

Er versuchte nicht, sie zu stoppen, doch er ließ das Thema nicht fallen. „Du hast mir noch keine Antwort gegeben, Viola, und ich muss eine Antwort bekommen. Wir reden darüber, sobald Lorenzo gegangen ist."

Sie ging auf seine Worte nicht ein und rauschte aus dem Zimmer. Er hörte, wie sie die Treppe hinauf stapfte, bevor er sich wieder an seinen Freund wandte.

„Eine Antwort worauf?"

„Seit wann bist du so neugierig?"

„Seit du dich so seltsam benimmst“, erwiderte Lorenzo.

„Ich benehme mich nicht seltsam.“

„Natürlich tust du das. Und ich vermute, dass das Mädchen etwas damit zu tun hat. Seit wann scherst du dich einen Dreck um das, was eine Hure denkt?“

Schneller als ein Wimpernschlag schnappte Dante Lorenzo am Kragen und fletschte seine Zähne. „Sie ist keine Hure! Sie ist die Frau, die ich heiraten werde!“

Der schockierte Ausdruck auf Lorenzos Gesicht hätte Dante fast für dessen unhöfliche Unterbrechung entschädigt, doch nicht ganz. Er lockerte seinen Griff.

„Du machst was? Zuerst dein Bruder und jetzt du. Was zum Teufel ist in dem Blut, das ihr trinkt? Denn ich will sicherstellen, dass ich diese Quelle wie die Pest meide. Seid ihr alle verrückt geworden?“

„Ich versichere dir, mir geht es blendend. Wenn du mich also jetzt entschuldigen würdest, damit ich mit Viola sprechen und ihre Antwort bekommen kann.“

„Du meinst, sie hat nicht ‚Ja‘ gesagt?“

„*Noch* nicht“, korrigierte Dante ihn. Noch nicht. Denn sie konnte unmöglich einen Grund haben, ihn abzulehnen. Sie hatten eine unglaubliche Woche zusammen verbracht und einander unaussprechliches Vergnügen bereitet. Warum sollte sie dies nicht unter dem Schutzmantel einer Ehe weiterführen wollen? Warum nicht die Sicherheit wollen, die ihr eine Ehe gewährte?

Natürlich würde die Tatsache, dass er ein Vampir war, nicht gerade für ihn zählen, aber davon wusste sie noch nicht einmal. Deshalb konnte das nicht der Grund für ihren Einwand sein.

„Nun ja, dann viel Glück. Allerdings würde ich gerne deine Aufmerksamkeit wieder auf diesen Salvatore lenken. Mein Vorschlag ist, diese Situation im Keim zu ersticken und sich sofort um diese Bedrohung zu kümmern, bevor sie eskaliert.“

Dante fuhr sich mit den Fingern durchs Haar und seufzte. „Was schlägst du vor?“

***

Viola stopfte ihr Kleid in die Tasche und zog die Kordel fest zu. Sie wusste nicht, was Dante mit ihrer Pistole getan hatte, doch es war egal. Sie würde sich irgendwo eine neue beschaffen. Alles, was jetzt zählte, war so schnell wie möglich ihn und sein Haus zu verlassen.

Er wollte sie heiraten. Wie konnte er ihr das nur antun? Wie konnte er diesen Traum vor ihr baumeln lassen, wenn er sich doch nie erfüllen würde, da sie in ein paar Wochen sterben würde? Viola seufzte. Sie sollte ihm nicht die Schuld daran geben. Schließlich hatte sie ihre Kopfschmerzen vor ihm geheim gehalten, sodass er keinen Grund hatte zu glauben, es ginge ihr nicht gut.

Heirate mich. Die Worte hallten in ihrem Kopf wider und liebkosten ihr Herz. Sie hoben sie für kurze Zeit auf eine Wolke voller Glück, nur um sie Sekunden später herunterstürzen zu lassen. Er hatte nicht gesagt, dass er sie liebte, aber sie hatte es in seinen Augen gesehen. Trotz der Tatsache, dass sein Höhepunkt ihn nur Augenblicke zuvor ergriffen hatte, hatte sie erkannt, dass er seinen Heiratsantrag ernst gemeint hatte. Es war nicht einfach eine Nachwirkung seines lustverschleierten Zustands gewesen. Seine Augen hatten ihr seine Seele offenbart.

Ein Schluchzen riss sich aus ihrer Brust.

Nein, sie konnte sich nicht erlauben, in diesen Träumen zu schwelgen und sich vorzustellen, was wäre, wenn sie nur gesund und nicht zum Sterben verurteilt wäre. Es würde nur zu mehr Schmerzen führen, nicht nur für sie, sondern auch für ihn. Wenn sie ihn jetzt verließ, würde sie ihm zumindest nicht das Herz brechen. Er würde wütend und enttäuscht sein, aber seine Liebe zu ihr konnte noch nicht tief genug sein, um sein Herz zu verletzen. Aber wenn sie ihm erlaubte, sie zu heiraten, würde er miterleben, wie sie über die nächsten paar Wochen verwelkte.

Sie wollte ihm nicht so wehtun. Er hatte zu viel für sie getan. Sie würde ihm nicht dafür danken, indem sie ihm Schmerz zufügte.

Seine Worte zu seinem Freund Lorenzo, dass er sie nicht alleine das Haus verlassen ließe, hatten ihr die nötige Ausrede gegeben, ihn wegzustoßen. Das würde es leichter machen zu gehen. Er würde sie nicht verfolgen, denn ihre Behauptung, er würde sie einsperren, wäre eine Beleidigung für ihn. Sein Stolz und sein Ego würden verletzt sein, weil er – mit Recht – geglaubt hatte, dass sie aus freiem Willen bei ihm geblieben war.

In der ersten Nacht war sie Dantes Gefangene gewesen und vielleicht sogar in der zweiten, aber danach hatte sie gewählt zu bleiben. Sie hatten nie darüber gesprochen, doch sie hatte ihn kein Wort mehr zu den Bediensteten, seinem Bruder oder seiner Schwägerin sagen hören, dass sie das Haus nicht verlassen durfte.

Viola bedauerte, dass alles so bald zu Ende gehen musste. Sie warf einen letzten Blick auf das Bett, das sie eine Woche lang geteilt hatten, und ihr Körper erinnerte sich sofort an das Vergnügen, das er ihr geschenkt hatte, an die Zärtlichkeit, mit der er sie überschüttet hatte. Selbst jetzt ballte sich ihr Unterleib begierig nach seiner Berührung zusammen. Begierig auf einen letzten Kuss. Aber das konnte sie nicht riskieren. Wenn sie ihm einen letzten Kuss oder eine letzte Umarmung erlaubte, würde sie ihn nie verlassen.

Die Tränen brannten in ihren Augen, aber sie weinte sie lautlos. Kein Ton kam über ihre Lippen, als sie, ihre Schuhe in der Hand, geräuschlos die Treppe hinunterschlich. Im Foyer blieb sie stehen und lauschte. Dante und Lorenzo waren noch im Salon. Die Tür war nur angelehnt und sie hörte ihre gedämpften Stimmen.

Leise wie eine Kirchenmaus erreichte sie die schwere Tür aus Eichenholz und legte ihre Hand an den Griff. Viola hielt den Atem an und drückte die Klinke nach unten.

18

Dante hörte den dumpfen Schlag der Eingangstür, als diese zufiel, und schoss aus seinem Sessel hoch. Ohne Lorenzo anzusehen, rannte er in den Flur und riss die Tür auf. Seine Augen gewöhnten sich schnell an die Dunkelheit, als er die schlecht beleuchtete Gasse hinunter blickte.

Viola hatte es bis an die Ecke des fünften Hauses geschafft, bevor er sie eingeholt und in seine Arme gezogen hatte.

„Nein, lass mich gehen!“

Ihr Sträuben wäre nutzlos. Er würde sie nicht gehen lassen. Er wusste, dass sie Gefühle für ihn hegte. Wie tief diese waren, war er sich nicht sicher, aber er spürte, dass er ihr nicht gleichgültig war. Wieso also wollte sie ihn nicht heiraten?

„Ich kann dich nicht gehen lassen, Viola!“

Sie versuchte, sich loszureißen, und er lockerte seinen Griff, um ihr nicht wehzutun, doch er ließ sie nicht los.

„Bitte“, flehte sie ihn an und ihre Augen füllten sich mit Tränen.

„Ich liebe dich.“ Mit seinen nächsten Worten wagte er eine Vermutung. „Und ich weiß, du liebst mich auch. Also, warum verlässt du mich?“

Sie hob ihr Kinn und ihre Blicke trafen aufeinander. Ihre Lippen zitterten, als sie ansetzte, ihm zu antworten. Ihr süßer Atem trieb zu ihm und er atmete tief ein. „Es wird nie funktionieren. Bitte lass mich gehen.“

Er schüttelte den Kopf und biss die Zähne zusammen. Sie verschwieg ihm etwas, er konnte es spüren. Er konnte den eifersüchtigen Impuls, der in ihm hochkam, nicht unterdrücken. „Gibt es einen anderen Mann?“

„Nein!“ Ihr Protest kam blitzschnell und vehement. „Bitte, Dante, wenn du mich wirklich liebst, dann musst du mich gehen lassen.“

„Warum? Sag mir, warum!“ Seine Stimme hallte von den Wänden der benachbarten Gebäude wider.

Viola ließ ihren Kopf und ihre Schultern hängen. Er hatte sie zur Niederlage gezwungen, aber er verspürte keine Freude dabei, sie so besiegt zu sehen.

Ihre Stimme war ruhig und gefasst, als sie endlich antwortete. „Weil ich sterben werde, Dante. Ich habe einen Gehirntumor. In ein paar Wochen werde ich tot sein. Deshalb kann ich dich nicht heiraten.“

Er lockerte seinen Griff, denn der Schock ihrer Offenbarung machte ihn plötzlich kraftlos. Sie entzog sich ihm und trat zurück. Es war, als träfe ihn ein kalter Luftstoß. Einen Moment lang fühlte er sich benommen und verwirrt.

Aber dann floss Blut durch sein Gehirn und die Räder darin begannen, sich wie wild zu drehen.

Jetzt verstand er alles! Der fremdartige Duft und der Geschmack ihres Blutes hatten ihre Krankheit angedeutet. So hatte ihr Körper ihm mitteilen wollen, dass sie krank war. Er hatte es nicht erkannt. Trotzdem hatte er immer das Gefühl gehabt, sie beschützen zu müssen; er hatte gespürt, dass sie verwundbar war. Wie verletzlich, verstand er erst jetzt. Aber er würde nicht zulassen, dass sie ihn deswegen ablehnte.

„Ist das der einzige Grund, warum du mich nicht heiraten willst?“ Die Tat, die er bereit war zu vollbringen, verlangte, dass sie sich ihrer Gefühle ihm gegenüber sicher war. Wenn sie ihn nicht liebte –

„Ist das denn nicht genug?“, flüsterte sie.

Dante bohrte seine Augen in ihre. „Sag mir die Wahrheit. Liebst du mich?“

Ein Schluchzen brach aus ihr heraus, aber trotzdem hörte er ihre Worte. „Ja, mehr als ich möchte.“

Sein Herz frohlockte. „Bist du bereit, den Rest deines Lebens mit mir zu verbringen?“

„Dante, bitte quäle mich nicht!“

„Antworte mir, Viola!“

„Ja, ich möchte meine letzten Wochen mit dir verbringen.“

Er schüttelte den Kopf. „Das habe ich nicht gefragt. Ich habe dich um die Ewigkeit gebeten.“

„Ich habe keine Ewigkeit, Dante. Verstehst du das nicht? Ich habe mich damit abgefunden. Wirklich. Aber wenn ich eine Ewigkeit vor mir hätte, gäbe es niemanden auf dieser Welt, mit dem ich diese lieber verbringen würde als mit dir.“

Dante nickte. „Das ist alles, was ich wissen wollte.“ Sie würde ihm gehören. Nun, da er wusste, dass sie ihn liebte, würde sich alles zum Guten wenden. Er würde ihr offenbaren, was er war: ein Vampir, eine Kreatur der Nacht – ein unsterbliches Geschöpf. Und er würde sie unsterblich machen, indem er sie in eine Vampirin verwandelte. Jegliche Krankheit würde ihrem Körper entfliehen, wenn er ihr Blut aus ihr saugte und ihr seines einflößte. Sie würde nahezu so unverwundbar sein wie er. Und sie würde leben. Um seine Frau zu sein. Für immer.

„Komm, lass uns nach Hause gehen und ich werde dir über unser gemeinsames Leben erzählen. Du wirst – “

„Pass auf, Dante!“, drang Lorenzos Schrei zu ihm.

Alles passierte zu schnell, als dass Violas verweinte Augen es erfassen konnten. Lorenzo war Dante aus dem Haus gefolgt, aber es war noch ein weiterer Schatten zu sehen, einer, der aus dem Eingangsbereich eines Hauses gesprungen war. Sie erkannte ihn sofort. Salvatore – der Mann, der sie gebettet hätte, wäre Dante nicht dazwischen gekommen.

Das Mondlicht reichte aus, um zu erkennen, dass er mit einer Pistole bewaffnet war, einer Pistole, die er nun auf Dante richtete. Oh nein, das würde sie nicht zulassen. Sie hatte ihren eigenen Tod akzeptiert, aber sie konnte den Mann, den sie liebte, nicht sterben lassen. Ohne nachzudenken, sprang sie vor Dante, als der Schuss losging.

Sie spürte kaum den Schmerz, als die Kugel in ihren Rücken eindrang. Es war wie ein Nadelstich, ein kleiner Stachel. Vielleicht fühlte sich so der Tod an – alle Schmerzen verschwanden. Schreie in der Gasse wanderten zu ihren Ohren, vermischten sich miteinander, als andere Leute gerannt kamen. Aber alles, was sie fühlte, war Dante. Sein starker Körper hielt sie in seinen Armen. Seine Stimme war an ihrem Ohr. „Oh, Gott, nein!“

Andere Stimmen ertönten. Sie vernahm Lorenzos: „Bring sie ins Haus!“

Fußtritte; Menschen rannten; Stimmen hallten in der Gasse wider – ihre Gedanken konnten nicht alles verarbeiten, was gerade passierte.

„Ich habe ihn erwischt. Er ist tot.“ Raphael schien wie aus dem Nichts erschienen zu sein. Wann war er von dem Ball zurückgekehrt?

„ – die Kugel für mich.“ Fragmente von Sätzen trieben zu ihr.

„Bitte halte durch, meine Liebste!“ Es war Dantes tröstliche Stimme.

„ – so viel Blut. Sie schafft es nicht“, hörte sie Isabellas Stimme jammern.

Dann drang Raphaels beruhigende Stimme zu ihr. „Dante wird sich um sie kümmern.“

Sie spürte die Bewegung, als Dante sie trug, aber ihre Augen waren zu trübe, um sein Gesicht zu erkennen. „So kalt“, murmelte sie.

„Ich weiß, meine Liebste. Halte durch! Alles wird gut werden. Ich verspreche es dir.“ Aber sie konnte die Angst und die Verzweiflung in seiner Stimme hören. Der Schmerz, vor dem sie ihn hatte bewahren wollen.

„Verzeihe mir, Dante!“, presste sie heraus. Die wenigen Worte machten sie atemlos.

„Nein! Du bleibst bei mir. Hörst du mich?“, rief er.

„Hier, auf dem Sofa. Du musst es jetzt tun“, kam Raphaels drängende Stimme.

„Sie weiß es nicht.“

„Liebst du sie?“

„Ja“, sagte Dante, seine Stimme fest und stark.

Dann spürte sie seine Lippen auf ihren wie er sie sanft küsste. „Ich liebe dich. Bitte glaube mir, dass ich das tue, weil ich dich liebe.“ Dann legte er seine Lippen auf ihren Hals.

Ihre Haut prickelte. Sie spürte seine Zähne sie streifen und erinnerte sich an die Nacht, als er sie zum ersten Mal wirklich geliebt hatte. Sie stöhnte leise. „Ja.“

Als seine Zähne ihre Haut durchbohrten, sträubte sie sich, aber Dantes starker Körper hielt sie fest. Sie wehrte sich nur für eine Sekunde, bevor sie sich den Empfindungen hingab. Es erinnerte sie ein bisschen an Sex – und auch beim Sex war das erste Eindringen schmerzhaft gewesen, aber nur für einen Moment. Später war es angenehm gewesen. Genau wie dies jetzt.

Viola hatte nie gedacht, dass sie ihren Tod so lebendig erleben würde, aber anstatt einfach in den Schlaf zu driften, erlebte sie jeden Moment ihrer Zeit mit Dante wieder. Wie ein sich bewegendes Bild spielte es sich vor ihrem geistigen Auge ab, bis alles um sie herum schwarz und ruhig wurde. Dunkel.

19

Viola Blut war noch auf Dantes Zunge, als er sein eigenes Handgelenk mit seinen Fängen durchstach. Er hatte so viel von ihrem Blut genommen, dass ihr Herz nur noch zwanzig Mal pro Minute schlug. Sie war jetzt bewusstlos, aber noch am Leben.

Trotz der Tatsache, dass sein Bruder und Isabella im Salon standen, war es im Haus unheimlich still. Keiner hatte ein Wort gesprochen, seit Dante den Prozess begonnen hatte. Er war nur auf Viola konzentriert. Wenn er den Moment verpasste, wo ihr Körper sein Blut akzeptieren konnte, würde sie sterben.

Sein Körper spannte sich an, und als er darauf wartete, dass sich ihr Herzschlag noch weiter verlangsamte, spielte sich die ganze Szene in der Gasse vor seinem geistigen Auge wieder. Er hatte Salvatore einen Sekundenbruchteil, bevor Lorenzo ihn alarmiert hatte, gesehen. Er war seiner eigenen Sicherheit wegen unbekümmert gewesen und hatte nur daran gedacht, Viola außer Gefahr zu bringen. Er hatte nicht erwartet, dass sie so rasch handeln und ihn von Salvatores Angriff abschirmen würde. Sie hatte grundlos ihr Leben für seines geopfert. Salvatores Waffe hätte ihm nichts anhaben können. Nur Silberkugeln konnten das.

Violas Herz schlug nun noch langsamer.

Es war an der Zeit. Er hob sein Handgelenk und setzte es an ihre geschlossenen Lippen.

„Nein!“, schrie Lorenzo, als er in den Raum stürmte. „Tu es nicht, oder du wirst sie töten!“

Dante hob seinen Kopf und knurrte.

„Die Kugel ist aus Silber.“ Lorenzo streckte ihm seine offene Hand entgegen. Ein Ring lag auf seiner Handfläche.

Schock durchfuhr Dante. Er zog seine Hand von Violas Mund weg. Er erkannte das Symbol auf dem schwarzen Onyx-Ring: ein Kreuz mit drei Wellen durchzogen. Das Symbol der Hüter des Heiligen Wassers, der Gruppe der wohlhabenden Venezianer, deren Aufgabe es war, die Vampire in ihrer Mitte zu beseitigen. Eine geheime Gesellschaft, die er und seine Vampirfreunde seit Jahren bekämpften.

„Ich fand ihn an Salvatore, bevor ich seine Leiche beseitigte.“

„Er war ein Hüter?“ Raphael schnappte nach Luft.

Lorenzo nickte schnell. Da sie nun wussten, dass Salvatore ein Mitglied der geheimen Gesellschaft gewesen war, könnte ihnen dies bei der Suche nach den verbleibenden Hütern helfen. Später, nachdem Viola außer Gefahr war.

„Du musst ihr die Kugel herausnehmen, bevor du sie verwandelst“, sagte Raphael.

„Oder sie wird sterben“, flüsterte Dante zu sich selbst.

Wenn die silberne Kugel in ihr blieb, würde das tödliche Metall ihr Fleisch von innen heraus verbrennen und sie töten, sobald er sie in einen Vampir verwandelt hatte. Wäre sie mit einer normalen Kugel erschossen worden, würde ihr neuer Vampirkörper den Fremdkörper ausstoßen und sich selbst heilen.

Dante strich seine Hand über Violas Gesicht. Dadurch, dass sie ihn von Salvatores Kugel abgeschirmt hatte, hatte sie ihm wirklich das Leben gerettet. Nun musste er ihres retten oder alles wäre umsonst gewesen.

Er warf seinem Bruder einen verzweifelten Blick zu. „Hilf mir!“

Ohne zu zögern, eilte Raphael an seine Seite und seine Finger verwandelten sich zu scharfen Krallen. Dante schüttelte den Kopf. „Nein, halte sie. Ich hole die Kugel selbst heraus.“

Dante übergab Viola in Raphaels Arme, sodass ihm ihr Rücken und die klaffende Wunde zugewandt waren. Sobald sie ein Vampir war, würde ihr Körper sich innerhalb von Minuten selbst heilen.

„Schnell!“, wies Raphael ihn an.

Dantes Finger hatten sich schon zu Klauen verwandelt. Er schnitt durch die oberen Schichten ihrer Haut und Muskeln und folgte dem Weg, den die Kugel genommen hatte. Als er die Kugel spürte, die neben einem Knochen verkeilt war, schickte das Silber einen Bolzen von Schmerz durch ihn.

Fauchend ballte er die Zähne zusammen und rollte seine Klaue, um die Silberkugel von dem Knochen zu lösen. Mit einem Stöhnen zog er sie aus ihrem Körper und ließ sie zu Boden fallen. Sein Fleisch brutzelte, wo es mit dem Metall in Kontakt gekommen war. Aber er ignorierte den Schmerz.

Er hatte keine Zeit. Und er durfte Viola nicht verlieren.

Er nahm Viola aus Raphaels Armen, legte sein blutendes Handgelenk an ihren Mund und zwang ihre Lippen auf. Das Blut tropfte hinein und füllte ihren Mund.

„Schluck es, Viola!“, drängte er sie. „Schluck es, verdammt noch mal!“

Ihr Mund bewegte sich nicht. Sein Herz verkrampfte sich schmerzhaft. Sie musste leben, damit er weiterleben konnte. Sie war alles, was er wollte. „Bitte“, flüsterte er. Er beugte sich über ihr Gesicht und eine einsame Träne tropfte aus seinem Auge. Sie fiel auf ihre Lippen und lief in ihren Mundwinkel, bevor sie dem Weg folgte, den sein Blut zuvor genommen hatte. „Verlass mich nicht!“

Das Glucksen aus ihrer Kehle erschreckte ihn. Sie schluckte. Sie holte tief Luft.

„Viola!“

Die erleichterten Atemzüge seiner Begleiter erfüllten den Raum. Doch Dante sah nur Viola. Wie ihre Brust sich mit jedem Atemzug hob und senkte. Wie ihre Wangen rosig wurden. Wie ihre Kehle arbeitete, um den Rest seines Blutes zu schlucken.

„Viola, meine Liebste.“

Ihre Augen flogen auf und zutiefst erleichtert konnte er sie nur anlächeln.

„Dante, oh Dante, bist du verletzt? Du blutest.“ Violas Augen starrten auf sein Handgelenk.

Er schüttelte den Kopf und lachte befreit auf. Es war verrückt, dass ihr erster Gedanke war, sich um ihn zu sorgen. „Nein, meine Liebste, mir ging es noch nie besser.“ Dann drückte er sie an seine Brust. „Ich liebe dich, Viola, ich liebe dich so sehr.“

„Salvatore“, stammelte sie. „Hat er dich erwischt?“

Dante wich gerade weit genug zurück, sodass er ihr Gesicht sehen konnte. „Du hast die Kugel abbekommen. Du hast mir das Leben gerettet.“

Ein verwirrter Ausdruck machte sich auf ihrem Gesicht breit. „Aber ... ich verstehe nicht. Ich fühle mich gut. Sogar ... ” Sie hielt inne. „Ich fühle mich besser als gut. Er muss wohl an mir vorbeigeschossen haben, obwohl ... ich gespürt habe, wie die Kugel mich getroffen hat.“

Er gab ihr einen sanften Kuss auf die Lippen. „Du wurdest erschossen. Du starbst beinahe. Ich habe die Kugel aus dir herausgeholt. Aber das ist nicht alles.“ Dante sah seinen Bruder an. Wie sollte er ihr sagen, was passiert war? Wie konnte er ihr erklären, was er war? Was sie jetzt auch war?

„Sag es ihr“, sagte Raphael.

Dante schluckte schwer.

„Sag mir was?“

Viola sah Dante an. Dieser blickte zum ersten Mal, seit sie ihm begegnet war, unsicher drein. Etwas stimmte nicht. Während sie hätte schwören können, dass sie den Einschlag des Geschosses sowie die Schmerzen, die gefolgt waren, gespürt hatte, fühlte sie sich besser, als sie sich seit langer Zeit gefühlt hatte. Sie war nicht müde und sie verspürte nicht einmal einen Hauch ihrer üblichen Kopfschmerzen. Kein Pochen, kein dumpfer Schmerz, nichts. Sie fühlte sich, wie sie sich vor ihrer Krankheit gefühlt hatte. Nein, besser. Sie fühlte sich so voller Energie, dass sie einfach loslaufen wollte, nur so zum Spaß.

Alle ihre Sinne schienen schärfer zu sein. Ihr Sehvermögen war besser – nicht dass es je schlecht gewesen wäre – aber jetzt konnte sie das kleinste Detail auf Isabellas besticktem Kleid und selbst die Filigranarbeit auf den Knöpfen von Raphaels Weste sehen. Nicht zu sprechen von ihrem

Geruchssinn. Ihre Nasenflügel bebten, als sie ihren Kopf in Isabellas Richtung drehte. Sie roch deutlich anders als die drei Männer im Raum. Sie hatte noch nie zuvor den Unterschied bemerkt.

„Meine Liebste." Dantes zärtliche Anrede rüttelte sie aus ihren Beobachtungen. „Auf den ersten Blick wird dir das, was ich dir erzähle, seltsam vorkommen, aber ich muss es dir sagen."

Viola hob ihre Hand und legte sie auf seine Wange. Zu wissen, dass er am Leben und gesund war, war alles, was sie brauchte. Nichts anderes könnte wichtiger sein.

Dante drehte seinen Kopf zur Seite und küsste ihre Handfläche. „Ich habe dich zu einer von uns gemacht."

Dantes Worte ergaben keinen Sinn. „Eine von euch?"

„Ja, du bist jetzt wie ich, Raphael und Lorenzo: unsterblich."

Sie stieß ein leises Lachen aus. „Du machst Spaß."

„Nein. Ich gab dir mein Blut, damit du leben kannst. Viola, ich bin ein Vampir."

Seine Behauptung rüttelte sie auf und ihre Hand rutschte von seinem Gesicht. Sie konnte nicht richtig gehört haben. „Entschuldigung, könntest du das nochmals sagen? Ich glaube, ich habe mich verhört."

Dante schüttelte langsam den Kopf. „Du hast richtig gehört. Ich bin ein Vampir. Und ich habe dich in einen Vampir verwandelt, sonst wärst du gestorben, selbst wenn Salvatore nicht auf dich geschossen hätte. Es tut mir leid, aber es gab keine Zeit, es dir zu erklären. Ich musste schnell handeln."

Viola hörte seine Worte. Langsam sanken sie ein.

„Du lagst im Sterben. Ich konnte nicht zulassen, dass du stirbst. Ich musste dich sofort verwandeln."

Sie versuchte, die Folgen seiner Worte zu verstehen. „Du bist ein Vampir? Und unsterblich?"

Er nickte.

„Und ich bin auch ein Vampir? Aber mein Gehirntumor . . . Ich werde trotzdem sterben."

Ein warmes Lächeln spielte um seine Lippen und breitete sich über sein ganzes Gesicht aus.

Hoffnung blühte in ihr auf. „Werde ich das nicht?"

„Nein. Jede Krankheit wird durch die Verwandlung geheilt. Du bist gesund. Dein Tumor ist weg. Du bist unsterblich."

Ihr Tumor war weg. Das waren die einzigen Worte, die sie wirklich verstand. Sie würde leben. Ihr Leben war noch nicht vorbei. Sie hatte eine Chance. Ihr Herz füllte sich mit Freude, dass es drohte zu explodieren, wenn sie ihren Emotionen nicht freien Lauf ließ.

Tränen entkamen ihr. „Oh, mein Gott!"

Dantes Gesicht verzog sich, als ob er Schmerzen erlitt. „Es tut mir leid, Viola." Er senkte den Kopf und vermied es, sie anzusehen. „Verzeih mir."

„Dir verzeihen?" Er hatte ihr ein neues Leben geschenkt, ihr das größte Geschenk gegeben, das sie sich jemals gewünscht hatte. Sie war noch nie glücklicher gewesen. Sie nahm sein Kinn und zwang ihn, sie anzusehen. Reue lag in seinen Augen. Er hatte ihre Tränen missverstanden. „Ich möchte dir eine Antwort auf deine Frage geben."

„Meine Frage?"

Sie lächelte und rückte näher. „Ich möchte deine Frau werden. Für alle Ewig – " Bevor sie das letzte Wort beenden konnte, waren seine Lippen auf ihren und küssten sie atemlos. Er nahm diese nur so lange von ihren, um ein ‚Ja' an ihren Lippen zu murmeln, bevor er sie mit seiner Zunge zu erforschen begann.

Ein Räuspern im Raum erinnerte sie daran, dass sie nicht alleine waren. Dante unterbrach den Kuss und drehte seinen Kopf kurz zu den Anwesenden im Raum. „Verschwindet!"

Viola kicherte. „Das ist unhöflich, Dante."

„Das ist mir egal. Ich möchte jetzt Liebe mit dir machen."

Raphael lachte laut auf. „Letztes Mal, als ich nachsah, hattest du noch ein Schlafgemach, mein lieber Bruder. Ich empfehle dir, es zu benutzen." Dann zögerte er einen kurzen Augenblick, bevor er fortfuhr: „Und, Dante, die Abstellkammer neben meinem Gemach ist von nun an tabu. Such dir deine Aufregung anderswo!"

20

Die Tür schloss sich mit einem lauten Knall, der durch das ganze Haus hallte. Dante war es egal, was alle davon hielten. Er war nicht einmal überrascht, dass Raphael wusste, dass sie ihn und Isabella beim Sex beobachtet hatten. Viola war in jener Nacht etwas lautstark geworden und Raphael würde die Geräusche mit seinem außergewöhnlichen Vampirgehörsinn vernommen haben.

Aber all das zählte nicht.

Viola war am Leben und sie hatte ihn so akzeptiert, wie er war.

Dante hielt seine zukünftige Frau zwischen seinem Körper und der Tür gefangen und drückte sich an sie.

„Ist dein Bruder zornig auf uns?"

„Raphael? Wohl kaum. Ich bin sicher, ihn hat es auch erregt zu wissen, dass wir ihm und Isabella zusahen."

„Aber wir dürfen es nicht wieder tun?" Ein sinnliches Lächeln umspielte ihren hübschen Mund.

Dante rieb seinen harten Schwanz an ihrem weichen Bauch. „Nein. Aber ich bin mir sicher, dass ich andere Dinge für uns finden kann, die dir gefallen werden, wenn du das willst."

Sein Herz setzte einen Schlag aus, als er sah, wie Viola eine Augenbraue als Zeichen von Interesse hob. Ihre atemlose Stimme unterstrich ihre Erregung. „Ja?"

„Alles, was du möchtest, meine Liebste. Dich zu befriedigen ist meine Aufgabe." Er ließ seine Finger zu Krallen werden. Langsam, damit sie sah, was er tat, legte er seine Krallen dort hin, wo ihr Dekolleté ihre üppigen Brüste offenbarte.

Sie wich nicht zurück, sondern atmete tief ein und drückte dabei das Fleisch noch näher an seine scharfen Krallen. „Was wirst du tun?"

Es war keine Frage, nicht so, wie sie sie hauchte. Es war eine Herausforderung. Eine Herausforderung, der er nur allzu gerne nachkam. Schneller, als das Auge eines Menschen es hätte sehen können, schnitt er durch ihr Mieder und teilte es in der Mitte.

„Du meinst, was *habe* ich gerade getan?", korrigierte er sie.

Viola blickte auf ihr zerrissenes Kleid, dann hob sie den Kopf und sah ihn mit goldschimmernden Augen an. Er spürte die Macht in ihr, die Macht eines Vampirs. Das Wissen, dass sie ihm gehörte – dass sie für alle Ewigkeit ihm gehörte – überwältigte ihn.

„Oh Gott, du bist wunderschön.“

Sie hob ihre Hand. Vor seinen Augen verwandelten sich ihre eleganten Finger zu Krallen. Sie berührte seinen Hals damit, wanderte nach unten, wo der oberste Knopf seines Hemdes offen stand. Mit einem sinnlichen Lächeln schnitt sie das Hemd entzwei. Doch ihre Krallen stoppten nicht, sondern pausierten nur für einen Moment.

Dante knurrte seine Zustimmung. Sie war ihm ebenbürtig – furchtlos, gewagt, und unersättlich.

Viola schnitt behutsam durch den Stoff seiner Hose, bedacht darauf, seine Erektion nicht zu streifen. Er holte tief Luft, als eine kühle Brise seinen Schwanz traf und sich plötzlich weiche Finger um ihn schlangen.

„Du bist wunderschön“, flüsterte sie mit derselben heiseren Stimme, die er so liebte, da sie ihm damit ein Fenster in ihre Seele bot und ihm zeigte, was sie für ihn empfand.

Unfähig, sich zurückzuhalten, riss er ihr das Kleid vom Leib und setzte ihre Nacktheit seinen hungrigen Augen aus. „Meins, alles meins!“ Er drückte sie härter gegen die Tür, packe ihre Oberschenkel, spreizte sie und hob sie hoch. Der Duft ihrer Erregung wirkte wie eine Droge auf ihn, so überwältigend, dass er nicht länger widerstehen konnte.

Mit einem tiefen Stöhnen positionierte er seinen Schwanz an ihrem Kern und stieß in ihre Wärme und presste sie dadurch härter gegen die Tür.

„Ja“, rief sie aus, ihre Arme um seinen Hals geschlungen, ihre Beine um seine Hüften gewickelt.

Lust und Begierde rasten durch ihn, ebenso wie das Wissen, dass er sich nicht mehr zurückhalten musste. Es feuerte seine Lenden an, härter in sie zu stoßen. Viola war nun eine Vampirin und genauso stark wie er, genauso unzerstörbar. Er konnte ihr nicht wehtun. Jetzt konnte er ihr endlich zeigen, was er fühlte: die Wildheit, mit der er sie liebte, sie begehrte und sie brauchte.

Viola bedeutete ihm alles.

„Morgen“, stieß er aus, „wirst du meine Frau werden.“

Ihre Augen blinzelten im Einvernehmen auf.

„Aber heute Nacht mache ich dich zu meiner Gefährtin.“ Er hob die Hand zu ihrem Gesicht und rieb seinen Finger über ihre Lippen, drängte diese, sich zu öffnen.

„Ich will dich“, sagte sie atemlos. Als wüsste sie genau, was er wollte, öffnete sie ihren Mund und entblößte ihre Zähne.

„Ja“, ermutigte er sie, als sein Schwanz härter in sie stieß.

Instinktiv verlängerten sich ihre Reißzähne. Ihre Augen leuchteten nun in einem goldenen Farbton, genau wie seine.

Er legte den Kopf zur Seite und bot ihr seinen Hals an. „Später gehe ich mit dir auf Beutezug“, flüsterte er. „Aber zuerst will ich, dass du von mir trinkst.“

Dante würde sich immer an den genauen Moment erinnern, als Violas Fänge zum ersten Mal in sein Fleisch eindrangen. Es war ein Moment der reinen und völligen Glückseligkeit und Ekstase. Ein Fest der Liebe und Leidenschaft, der Lust und Begierde. Als sie seine Essenz in sich aufsaugte, brach sein Orgasmus über ihn herein und wusch wie eine Flutwelle, die Venedig für immer ertränken würde, über ihn hinweg. Gleichzeitig brach eine andere Welle über ihn herein, so mächtig wie seine eigene: Violas Höhepunkt. Ihre Muskeln verkrampften sich um seinen Schwanz, melkten ihn bis zum letzten Tropfen, den er ihr geben konnte.

Und er würde ihr alles geben, was er besaß. Seinen Reichtum, seinen Körper und vor allem sein Herz.

Für alle Ewigkeit.

„Für immer“, flüsterte Viola und küsste ihn mit ihren blutverschmierten Lippen.

Mehr Novellen aus dem Clan der Vampire kommen bald ...

Über die Autorin

Tina Folsom ist gebürtige Deutsche und lebt schon seit über 20 Jahren im englischsprachigen Ausland, die letzten 12 Jahre davon in San Francisco, wo sie mit einem Amerikaner verheiratet ist.

Tina ist schon immer ein bisschen herumzigeunert und hat in vielen verschiedenen Orten gelebt: nach Lausanne in der Schweiz, arbeitete sie kurzzeitig auf einem Kreuzfahrtschiff im Mittelmeer, verbrachte dann ein Jahr in München, bevor sie nach London zog. Dort ließ sie sich als Buchhalterin ausbilden. Aber die Wanderlust ergriff sie nach 8 Jahren in England, und sie zog über den großen Teich.

In New York war sie ein Jahr auf der berühmten Schauspielschule, der American Academy of Dramatic Arts. Danach blieb sie ein Jahr in Los Angeles, wo sie an der UCLA Drehbuchschreiben studierte. Dort lernte sie auch ihren Mann kennen, der in San Francisco lebte. So zog sie kurzerhand drei Monate später nach San Francisco.

Erst war sie dort als Buchhalterin und Steuerberaterin tätig. Sie machte sogar ihre eigene Kanzlei auf. Doch damit war sie noch nicht ganz zufrieden. Eine Zeit lang hatte sie ihr eigenes Immobiliengeschäft, aber das Schreiben vermisste sie sehr. Also fing sie im Herbst 2008 wieder damit an und schrieb ihren ersten Liebesroman.

Vampire haben es ihr schon immer angetan. Mittlerweile hat sie 18 Bücher in Englisch sowie über zwei Duzend in anderen Sprachen (Französisch, Spanisch und Deutsch) herausgegeben.

Tina hört gerne von ihren Lesern. Schreiben Sie ihr doch einfach eine email: tina@tinawritesromance.com

http://facebook.com/TinaFolsomFans
Twitter: @Tina_Folsom
www.tinawritesromance.com

3289826R00106

Printed in Germany
by Amazon Distribution
GmbH, Leipzig